Erwin Riess
Herr Groll und die Stromschnellen des Tiber

Rome wasn't built in a day,
but they were laying bricks
every hour

John Heywood

Für Piratessa, ohne deren Hilfe
dieses Buch nicht zustande gekommen wäre

Prolog

Ich bin religiös wie ein Windrad. Das dreht sich im Kreis, produziert Strom und braucht dazu kein höh'res Wesen. Auch ich drehe mich oft im Kreis, produziere aber höchstens leere Kilometer. Höh're Wesen kenne ich viele, das ist in meiner Sitzposition nicht anders möglich. Was diese Herrschaften anlangt, ist mein Bedarf aber gedeckt. Seit ich denken kann, liege ich, ein Angehöriger der niederen Stände, mit den höh'ren Wesen im Streit.

Mister Giordanos Bitte, die Geschichte des verlorenen Sohnes aufzuschreiben, konnte ich nicht abschlagen. Dennoch war es ein Fehler, dem Drängen des alten Herrn nachzugeben, denn die Geschichte erwies sich als Mahlstrom, wer da hineingezogen wird ist verloren. Daß wir in Rom der Auslöschung entgingen, ist reiner Zufall. Die Schäden an meinem armen Rollstuhl Joseph und meine lädierte Schulter erinnern täglich daran. Daß wir in dem allgemeinen Chaos auch noch einen Weltkrieg verhinderten und den Chef der römischen Christenheit vor seinen lieben Kardinalsbrüdern retteten, erwähne ich nur am Rande. Die Welt kennt meine Bescheidenheit.

Mister Giordano kann sehr hartnäckig sein. Zwar hat er sich aus dem Geschäft zurückgezogen und die Sprechstunden in seiner Bar „Mare Chiaro" eingestellt. Das Lokal heißt jetzt „Mulberry Street Bar" und wird von seinem Enkel Larry geführt. Sogar Pizzen werden dort jetzt gebacken. Mein väterlicher Freund verbringt den Winter in Florida, aber er ergibt sich nicht dem Buen Retiro. Seine jahrzehntelange Tätigkeit als Consigliere für eine bedeutende sizilianische Familie und deren New Yorker Zweigstelle hat er nie aufgegeben. Noch immer verfügt er über gute Kontakte zu italienischen und amerikanischen Geschäftsleuten und Geheimdiensten. Der Tod seiner geliebten Sekretärin, die ihre letzten, umnachteten Jahre in einem Pflegeheim in Kennebunkport, Maine, zugebracht hatte, ging ihm sehr nahe. Die beiden waren nicht nur durch eine loyale Arbeitsbeziehung miteinander verbunden gewesen. Mister Giordanos Kollegen in Florida taten alles, den Freund nicht in eine Altersdepression rutschen zu lassen. Auch vor diesem Hintergrund muß die Niederschrift der Geschichte vom verlorenen Sohn verstanden werden, sie wirkte sich belebend auf Giordanos Gemüt aus. Des weiteren soll eine nennenswerte finanzielle Zuwendung in Verbindung mit einer Schiffspassage in die Neue Welt nicht unerwähnt bleiben, ich betrachtete sie nicht als Honorar, sondern als Abgeltung meines doch beträchtlichen Aufwands.

Das alles hätte nicht gereicht, gäbe es für meinen Entschluß nicht auch eine historische Begründung. Diese liegt, wie die Welt schon zweimal bitter erfahren musste, darin, daß unbedeutende politische Ereignisse in Österreich dazu neigen, eine welthistorische Dimension anzunehmen.

Im Nachfolgestaat der einstigen Großmacht mit See-schiffahrt, Marine und der größten Flußreederei der Welt, in dessen engen Grenzen ich den Großteil meines Lebens zugebracht habe, ist eingetreten, was viele für unmöglich, einige für unwahrscheinlich und nur drei Personen für unvermeidbar gehalten hatten. Die drei sind Wenzel Schebesta, der Vorsitzende des „Ständigen Ausschusses zur Klärung sämtlicher Welträtsel", welcher beim Binder-Heurigen in Wien-Floridsdorf in Perma-nenz tagt, mein treuer Joseph III., ein unverwüstlicher Rollstuhl der Schweizer Armee namens Küschall, und ich, der weit über die Grenzen Floridsdorfs hinaus geachtete Lebens- und Vermögensberater Groll.

Was war geschehen?

Eine epidemische Fremdenangst hatte sich unter mei-nen Landsleuten zu einem Generalhaß auf die Welt verdichtet. Zuerst war allerorten, ununterbrochen und mantragleich die Rede von „verständlicher Furcht" und „berechtigten Ängsten" angesichts armer Seelen, die vor Krieg und Hunger fliehen. Dann betraten Haß-prediger des Internets eine technologische Bühne, die von der Nachfolgepartei der NSDAP betrieben wird. Wer diese Leute als das bezeichnet, was sie sind, näm-lich virtuelle Mordbrenner im Übergang zur Tat, dem wurde von staatsnahen Experten beschieden, daß man harmlose Umschreibungen verwenden müsse, widrigen-falls die Unterstützung der lieben Landsleute für eine neue große Zeit der Menschenhatz noch stärker würde. Man solle die Herrschaften in geistigen Schnürstiefeln und Kampfdirndln hätscheln und besänftigen, keinesfalls dürfe man sie vergraulen. Schon gar nicht solle man sich von ihrem höhnischen Gelächter und ihrer schamlosen Niedertracht irritieren lassen. So predigten Großjournalisten, Finanzjongleure und Träger des großen Verdienstzeichens der Zweiten Republik, die eben dabei ist, in der Garderobe der Geschichte eilig den Mantel an sich zu reißen und zu verschwinden. Wissenschaftliche Erklärungen liefern Sozialphilosophen, Sozialpsychologen, Sozialtheologen und andere Herolde der „berechtigten Ängste". Allesamt Enkel der einstigen Beschwichtigungshofräte.

Und so leben wir in einem weitgehend menschenleeren Land – ein paar Tausend Flüchtlinge und Millionen „Fürchtlinge". Fäuste werden geschüttelt, Mordpläne geschmiedet, und wann immer die „Fürchtlinge" den Mund aufmachen, speien sie Haßparolen: Hängt sie! Ertränkt sie! Fort mit den Invasoren aus unserer Heimat! Denn wir sind das Volk und unser ist die Rache für sinkende Löhne, steigende Mieten, Arbeitslosigkeit, zerbrochene Beziehungen, Übergewicht und ranzigen Leberkäse. Wir wissen, wie der Hase läuft. Wir sind die Fürsten des Abschaums.

Menschen mit schwarzen Haaren und großen, dunklen Augen tragen an allem Schuld, grundsätzlich, vorsätzlich und genetisch. Dies in einem Land, in dem Landsmannschaften und parlamentarische Freikorps stolz darauf sind, das Wirtsvolk frei von Genen zu wissen. Die Fürchtlinge verwehren den Flüchtlingen die einfachsten Arbeiten, um sie besser als Schmarotzer am Volkskörper verleumden zu können. Eine gesellschaftliche Arbeit wird den Invasoren, die mit Wischtelefonen bewaffnet sind und Geldscheine in engen Körpertaschen verstecken, allerdings abverlangt: Syrern, Afghanen, Somaliern, Westafrikanern, Roma wird die Rolle einer gesellschaftlichen Abschreckungswaffe zugewiesen. Nicht nur heimische underdogs werden durch die schändliche Behandlung der „Fremdvölkischen", deren Unterstützung Woche für Woche weiter zusammengestrichen wird, diszipliniert. Und wie immer, wenn eine Gruppe kujoniert wird, sind die Fangarme nach der nächsten schon ausgefahren. Und so dehnt man – aus Gründen der Gleichheit vor dem Gesetz – den Sozialabbau auf österreichische Staatsbürger aus, und ebenso wie immer macht man mit behinderten Menschen den Anfang und streicht deren Unterstützung rigoros zusammen. So laufen die Flüchtlinge im Probebetrieb und produzieren zumindest sozialpolitischen Mehrwert. Angesichts des fremdenfeindlichen Furors meiner Landsleute und der Kürzungen bei der sozialen Sicherheit konnte ich es mir nicht leisten, auf ein Zusatzeinkommen zu verzichten. Noch dazu, wo ich überzeugt bin, daß wir uns erst in den Hauptproben eines Stücks befinden, dessen Premiere viele Heimatverräter und unsichere Kantonisten aus dem Theater schmeißen wird – und das für immer.

Ich habe also auf Mister Giordanos Bitte die Ereignisse meines „Marsches auf Rom und Umgebung" aufgeschrieben. Daß ich dabei die erstaunliche Kriminal- und Liebesgeschichte des Dozenten und seiner polnischen Historikerin nicht ausspare, liegt auf der Hand. Zu eng zeigte sie sich mit meinem Auftrag verknüpft.

Auch Wenzel Schebesta begrüßt die Niederschrift. Zwar zeuge die Geschichte von haarsträubenden Ermittlungsfehlern und stümperhaftem Vorgehen, davon abgesehen weise sie aber Elemente eines Welträtsels auf, und für dessen Klärung sei der Ausschuß ja eingerichtet worden.

Tag für Tag verrichten Windräder ihre Arbeit. Schon der junge Cervantes war von den Windmühlen der kastilischen Hochebene fasziniert. Als ich in Rom auf seine Spuren stieß, stand ich nicht vor einem, sondern gleich vor mehreren Welträtseln. Ich sah mich daher gezwungen, die erste Hauptregul des Herrn aus der Mancha anzuwenden. Sie lautet: Bewegung ist alles.

1. Kapitel

*Eine hochnotpeinliche Befragung. Kanadische Pioniere und
die Farben des Erdöls. Eine Profeß in Rom, eine Flucht nach
Sibirien, eine verzweifelte Mutter im Weinviertel*

„Ich habe nur Schlechtes von Ihnen gehört", sagte die
großgewachsene Dame im olivgrünen Kostüm. „Sie
trinken mehr, als Ihnen guttut, noch dazu trinken Sie
schlechten Wein. Wahrscheinlich können Sie sich guten
Wein nicht leisten oder Sie sind nicht in der Lage, guten
Wein zu erkennen. In Weingegenden ist dieser Defekt
häufig anzutreffen. Ich weiß das, ich komme aus einer
Weingegend. Darüber hinaus sind Sie unzuverlässig,
großsprecherisch und neigen zu Eskapaden, aus denen
andere Sie retten müssen. Daß Sie im Rollstuhl sitzen,
spricht auch nicht für Sie. Leute Ihres Schlages müssen
immer kompensieren. Daraus resultieren ein brüchiges
Selbstbewusstsein, das gern mit einem schmierigen und
hinterfotzigen Charakter einhergeht, und ein Hang zur
Traumtänzerei. Auch das weiß ich, denn ich habe mit
behinderten Jugendlichen gearbeitet. Eine disziplinlose
und obszöne Bande."
Es war still im Garten des Binder-Heurigen in Wien-
Floridsdorf. Eine warme Brise umspielte den weißen
Fliederbusch. Die Klientin und ich waren allein. Im
Frühling tauchen die ersten Heurigengeher erst bei
Einbruch der Dämmerung auf. Ich war kein Heurigen-

gast, ich hielt Sprechstunde in der Freiluftkanzlei meiner illegalen Lebens-und Vermögensberatung „Ister". Die Adresse wurde nur unter der Hand weitergegeben. Wer zu mir fand, hatte schon einiges hinter sich und steckte in großen Schwierigkeiten. Für die meisten Klienten bin ich die letzte Hoffnung. Es gibt keine bessere Geschäftsgrundlage.

Ich lehnte mich im Rollstuhl zurück. „Fahren Sie in der Laudatio fort."

Es ist nicht ungewöhnlich, daß manche Klienten sich bei der Erhebung der Anamnese arrogant gebärden; sie hoffen dadurch den Preis für meine Dienstleistung drücken zu können. Das Gegenteil ist aber der Fall. Wer mit dem Rücken zur Wand steht und dennoch feilscht, landet bei mir in der Honorarklasse zwei, fünfzig Prozent Aufschlag für Dummdreistigkeit in Tateinheit mit Anmaßung.

Die Frau in Olivgrün kramte in ihrer Handtasche, holte ein großes weißes Kuvert hervor und legte es auf den Holztisch.

„Da ist kein Geld drin. Falls Sie das hoffen."

Ich hätte das Hoffen am Tag meiner Firmung aufgegeben, erwiderte ich. Sie schaute mich streng an, wie eine Lehrerin, die eine obszöne Bemerkung aus der Klasse hört.

„Wann sind Sie aus der Kirche ausgetreten?"

„Mit der Volljährigkeit. Ich dachte, eine Religion, die Leute wie mich aufnimmt, taugt nichts. Im übrigen nehme ich keine Anzahlung, nur Erfolgshonorar."

Nach einer kurzen Pause fügte ich hinzu, daß ich gegen einen Spesenersatz im voraus aber keinen Einwand hätte.

In welcher Höhe dieser zu veranschlagen zu sei, wollte die Klientin nun wissen. Er erreiche das Niveau einer großzügigen Anzahlung, erwiderte ich.

Ein Lächeln umspielte ihren Mund. „Genau so wurden Sie mir beschrieben. Unberechenbar und gerissen. Also keine Anzahlung, sondern ein Spesenersatz in Höhe einer Anzahlung."

Ich nickte ernst.

„Sie werden Ihr Geld bekommen", sagte sie. Lassen Sie mich noch eine Frage klären. Sie sind aus der Kirche ausgetreten, ich vermute aus finanziellen und somit niederen Motiven. Sind Sie dennoch gläubig? Die meisten Nestflüchtlinge hängen ja irgendwelchen Derivatglauben an, sie glauben an einen Gott ohne Kirche, ein zweites Leben im Nirwana oder an fliegende Schmalzbrote. Daher meine Frage: Sind Sie gläubig?"

„Ist das wichtig?" fragte ich zurück. Inquisitorische Fragen bringen mich in Rage.

„In meinem Fall ja."

Ich schaute ihr geradewegs in die Augen. Sie senkte den Blick nicht.

„Ich wiederhole: Sind Sie gläubig?" Ihre dunkle Stimme war plötzlich metallisch scharf.

Dieses Stadium der Anamnese sollten wir abschließen, dachte ich und sagte verbindlich. „Ich glaube an Schlaf."

Die Dame in Olivgrün spitzte für einen Moment die Lippen.

„Diesen Satz habe ich schon einmal gehört."

„Es gibt viele, die an Schlaf glauben", fuhr ich fort.

„Wenn alle, die an Schlaf glauben, eine Religion betrieben, sähe die Welt anders aus."

„Sie meinen: besser."

„Anders. Schläfer haben eine *hidden agenda*. Jahrzehntelang verhalten sie sich unauffällig, doch auf ein Zeichen der Zentrale erwachen sie von einer Sekunde auf die andere zum Leben und beginnen ihr subversives Werk."

„Und wer, bitteschön, ist die Zentrale?"

Ich machte eine abwehrende Handbewegung. „Ich bin nicht befugt, darüber zu sprechen."

Die Klientin schwieg eine Weile. Dann schob sie mit einer energischen Handbewegung eine schwarze Haarlocke aus ihrem Gesicht.

„Ich habe Erkundigungen über Sie eingezogen." Sie war wieder zum geschäftlichen Tonfall zurückgekehrt.

„Gnädige Frau, anders kommt man nicht zu mir. Ich stehe nicht im Branchenverzeichnis."

„Mir wurde zugetragen, daß Sie ein Schlitzohr sind. Und daß Sie eine Passion für die Donau haben."

„Man hat Sie nicht belogen."

„Sie glauben also an den Schlaf und an die Donau."

„An die Donau glaube ich nicht. Ich bin ihr hörig."

Sie warf das Haar in den Nacken. Die Bewegung war anmutig und stand ihr gut.

„Sie sind nicht gekommen, um mit mir über Glaube, Liebe, Hoffnung zu sprechen."

Geschäftsanbahnungen dürfen nicht ausufern, ich bin kein Gesprächstherapeut, sondern Lebens- und Vermögensberater. Wenn man dieses Gewerbe richtig betreibt, kommt man mit wenigen Sätzen durch. Die Mehrzahl aller Krisen ist durch Trennungen und Ortswechsel zu meistern. Doch am interessantesten sind jene Verstrickungen, die ungewöhnliche Lösungen erzwingen. Sie erweitern den Horizont und füllen die Börse.

Die Frau in Olivgrün zündete sich eine Zigarette an. Ihre Finger zitterten nicht. Sie dachte nach. Dann blies sie den Rauch in mein Gesicht. Erschrocken wedelte sie mit den Händen Rauchfetzen beiseite und dachte weiter nach. Ihr schwarzgefärbtes Haar fiel lang über ihren Rücken. Es glänzte wie der Bug eines Tankschiffs, das durch die Strömung pflügt. Sie saß aufrecht, aber nicht wie höhere Töchter in der Tanzstunde. Ihre Haltung war natürlich, ihr Blick fest und ihre Gesten bestimmt. Eine selbstbewußte, erfahrene und schöne Frau. Aber sie ließ mich zappeln. Gesprächstechnisch ist das schlecht, das Machtspielchen untergräbt meine Autorität. Also griff ich ein.

„Gnädige Frau, meine Sprechstunde endet um siebzehn Uhr. Ab diesem Zeitpunkt können Sie mit mir Intimitäten anbahnen oder über die Binnenschiffahrt reden. Man kann beides auch koppeln, in der beschriebenen Reihenfolge."

Sie senkte den Blick. Jetzt erst sah ich ihre Zigaretten-schachtel. Eine Nazionali, in der rotblauen Packung. Straßenarbeiter und Philosophen der Fünf-Sterne-Bewegung rauchen diese Marke.

Sie musterte mich mit kalten Augen. „Ich habe keine Ahnung von der Binnenschiffahrt. Und das andere kommt bei Ihnen ja wohl nicht in Frage."

Der Konter saß. Ich zwang mich dazu, mein Lächeln nicht einfrieren zu lassen.

„Kommen wir also zum Geschäft", sagte sie trocken. „Ich möchte mit Ihnen über meinen Sohn sprechen."

Nach einem langen Blick auf die Bahnhofsuhr oberhalb des Eingangs zur Schank öffnete ich die linke Hand und drehte sie ein wenig. Marlon Brando hat diese Geste im „Paten" zur Perfektion entwickelt, das Öffnen der auf einem Tisch ruhenden linken Hand geht immer mit einem einladenden Lächeln einher. Ver-suchen Sie es, Sie werden mir recht geben.

Die Klientin zog drei Fotografien aus dem Kuvert. Sie zeigten einen kurzhaarigen, schlanken Mann mit süd-ländischem Teint. Er trug Jeans und ein schwarzes T-Shirt mit der Aufschrift „beyond remedy". Sinnliche Lippen, buschige Augenbrauen, ein offener Gesichts-ausdruck mit einem Anflug von Verwegenheit. Jim Morrison, bevor er die Doors gründete.

„Markus, mein Einziger. Morgen wird er vierundzwan-zig Jahre alt."

Neidlos stellte ich fest: Der Einzige sah blendend aus, ein würdiger Sproß seiner Mutter. Er wird eine Jugendtorheit begangen haben, dachte ich. Autounfall unter Drogeneinfluß, Spielschulden, Fehlspekulation mit elterlichem Geld, geschwängerte Asylwerberinnen – etwas in der Kategorie. Schöne Männer von Markus' Zuschnitt sind vielen Verführungen ausgesetzt.

Es schien, als könne meine Klientin Gedanken lesen. Sie dämpfte die Zigarette aus und zündete sich unverzüglich eine neue an. Ich schob ihr den Aschenbecher zu, setzte mich im Rollstuhl gerade und legte beide Hände auf den Tisch.

Sie seufzte schwer, dann sagte sie: „Markus hat eine ausgefallene Berufswahl getroffen. Er wird Priester. Sein Entschluß steht seit der Firmung und seinem Eintritt ins erzbischöfliche Gymnasium fest. Er hatte durchaus Mädchenbekanntschaften, noch heute drehen die Mädchen sich nach ihm um. Aber der Entschluß meines Sohnes, sein Leben dem Allmächtigen zu weihen, ist unverrückbar. Es ist tragisch, eine ungeheuerliche Verschwendung von Leben. Daß es sich um eine Dauerstellung handelt, vermag meinen Schmerz nicht zu lindern."

Wieder machte ich die bewußte Geste.

„Er war in seinem Glauben nie fanatisch oder versponnen", fuhr die Mutter fort. „Er sieht sich auf der Seite der Armen und verabscheut den hohen Klerus. Ein Papst mit roten Seidenschuhen geht nicht durch die Straßen der Elenden, sagt er über Benedikt. Vom argentinischen Papst ist er begeistert, er liebt ihn wie einen Vater – den er nicht hatte. Das heißt, er hatte im

Lauf der Jahre drei, aber sie waren nie für ihn da. Der leibliche Vater folgte noch vor Markus' Geburt dem Ruf einer Lustenauerin, der zweite starb nach zwei Jahren bei einem Autounfall, und der dritte…

Josephs Gestänge knarrte. Er wurde ungeduldig. „Ist ihr Sohn denn – Jesuit?" unterbrach ich.

„Die sind ihm zu streng. Außerdem ist er historisch bewandert. Deschners ‚Kriminalgeschichte des Christentums' liegt bei Markus auf dem Nachtkästchen. Ihm haben es die Malteser angetan; die pflegen Verbindungen rund um den Globus, und sie keltern guten Wein, und den hat Markus bei uns im Weinviertel immer geschätzt. Mein Nachbar, Adolf Huber, betreibt eines der berühmtesten Weingüter des nördlichen Weinviertels. Die Adresse ‚Erdölstraße 1' bürgt für Qualität. Der Huber'sche Zweigelt ist wirklich außerordentlich, seine Viskosität ist unerreicht. Solcherart verwöhnt, war Markus' Weg vorgezeichnet: er heuerte bei den Malteserrittern an. Sie entschuldigen den saloppen Ausdruck."

Ich nickte wohlwollend. In der Sprache der Schiffahrt über Ritterorden zu sprechen schien mir keine schlechte Idee.

„Seit achtzehn Monaten studiert er nun an der Päpstlichen Universität Gregoriana auf der Piazza della Pilotta. Das ist beim Trevi-Brunnen."

Ich nickte. Die Straßen Roms sind mir so fremd wie die Grundlagen des Christentums.

„Mein Sohn wird Malteserritter. Welche Mutter kann das schon von ihrem Sohn sagen? Welche Mutter muß das von ihrem Sohn sagen? Mein Einziger wird kein Weltpriester, er wird Ordensmann, ein Fra'. Das kommt von Frater, Bruder."

Die unglückliche Mamà hatte keine hohe Meinung von meiner Bildung. Ich bemühte mich, ihr Vorurteil noch zu verstärken. „Mir ist der Name eines Dorfs im Waldviertel geläufig, direkt an der tschechischen Grenze und unweit der mährischen Thaya. Die ist zwar wie die March und die Donau eine internationale Wasserstraße, aber dort oben ist sie noch lange nicht schiffbar. Die Ortschaft heißt Fratres. Ich glaube aber nicht, daß dort viele Malteserritter aufhältig sind. Andererseits gibt es in Mailberg im Weinviertel eine häßliche und abweisende Malteserburg mit einem renommierten Schloßweingut", – die Klientin nickte – „es ist nicht auszuschließen, daß die Mailberger Fratres einen vorgeschobenen Außenposten in Fratres betreiben."

Um das zu überprüfen, hätte ich den Dozenten und dessen Computerflunder benötigt. Aber mein Freund war nicht ansprechbar, er sei einer großen Sache auf der Spur, hatte er am Telefon gesagt, so groß, daß das Schicksal des Abendlands davon abhänge. Der Dozent hat immer große Ziele, darunter tut er's nicht.

Markus' Mutter lächelte gequält. Sie wußte nicht, ob ich sie auf den Arm nahm.

„In einem Jahr soll er die Profeß feiern, er meldet sich regelmäßig, ein Telefonat pro Woche, manchmal zwei", sagte sie traurig. „Häufig kommen Postkarten, er überrascht mich mit immer neuen Ansichten von Rom. An minder wichtigen Feiertagen kommt er auch nach Hause. Er erzählt mir dann, was es mit den einzelnen Kirchen oder Straßenzügen, die auf den Karten abgebildet sind, auf sich hat."

Braver Bub, dachte ich. Der Stoff für eine Predigt.

„Markus kümmert sich um mich. Er würde es nie zulassen, daß mir etwas zustößt."

„Gnädigste, es wäre für uns beide hilfreich, wenn Sie mir jetzt erzählen könnten, wo das Problem liegt."

„Habe ich das nicht gesagt?" rief sie aus. "Seit sechs Wochen höre ich nichts von ihm! Kein Anruf, keine Postkarte! Wenn ich zurückrufe, heißt es auf Italienisch: keine Verbindung unter dieser Nummer. Aber eine andere habe ich nicht! Meine Angst wird von Tag zu Tag größer. Eine Mutter spürt, wenn ihr Kind in Gefahr ist. Wie kann denn ein Priesterzögling in Rom verlorengehen! Ein Küken verliert sich ja auch nicht im Nest."

Aber manche fallen heraus und werden von großen schwarzen Katzen namens Luzifer gefressen, dachte ich.

„Ich bin keine Landpomeranze, falls Sie das glauben!" setzte sie hinzu.

Ich hob abwehrend die Hände. Sie strich ihr Kleid glatt, das mir jetzt weniger olivgrün vorkam.

„Ich weiß mich schon in der Welt zu behaupten. Zehn Jahre Wirtschaftskammer, davon fünf Jahre im Ausland, in Schweden, der Sowjetunion und Kanada. Dann fünfzehn Jahre in der Erdölbranche, zuletzt als Prokuristin bei van Sickle. Ich habe mit ehemaligen SS-Geologen, österreichischen Ministern und sowjetischen Handelsattachés verhandelt. Da lernt man auch im Weinviertel die Welt kennen. Pardon, ich vergaß hinzuzufügen: Van Sickle ist…"

„Gnädige Frau", unterbrach ich höflich. „Ich kenne die Firmengeschichte, die Firma van Sickle zählt zu den Pionieren der heimischen Erdölförderung. Einer meiner Freunde schuftete bei van Sickle in der Prospektion, Ende der siebziger Jahre ging er nach Tjumen in Sibirien und später nach Misurata, Libyen."

Hannes war schon in den Siebzigern, aber wenn er von seinen Abenteuern auf den Erdölfeldern dieser Welt erzählte, waren die Jahre wie weggeblasen. Von ihm wußte ich auch, daß einzelne Fraktionen des Weinviertler Erdöls bei Licht dunkelgrün leuchteten. Französisches Erdöl ist laut Hannes bordeauxrot, iranisches tiefschwarz, die Öle der Golfemirate sind essigbraun, das sibirische glänzt in tiefem Revolutionsrot, kann aber auch einen rostigen Ton annehmen, das hochwertige Nordseeöl ist messingfarben. Das österreichische Erdöl schwankt zwischen tiefgrün und braun, woran man auch erkennen kann, daß der österreichische Faschismus eine geologische Konstante hat. Sagte man Hannes ein Naheverhältnis zum „Ständigen Ausschuß zur Klärung sämtlicher Welträtsel", welcher beim Binder-Heurigen in Permanenz tagt, nach, ich würde nicht widersprechen.

„Ich weiß nicht einmal, wo ich nach meinem Sohn suchen soll", klagte die verzweifelte Mutter. „Als Frau habe ich in Ordenskreisen keine Möglichkeit, gezielt nachzufragen. Man würde nicht einmal mit mir sprechen. Mütter, die es nicht verwinden können, ihre Söhne an eine Parallelwelt verloren zu haben, gibt es viele."

„Sie erwähnten den dritten Vater…"

Sie verschränkte die Arme vor der Brust.

„Für einen Kommunisten der alten Schule und Erdölgeologen, der Religionen grundsätzlich verabscheut, hatte Markus' Berufswahl verheerende Auswirkungen. Er trank und wurde gewalttätig, gegen mich und gegen Markus. Am Tag, als unser Sohn ins römische Priesterseminar einrückte, schlug mein Mann mich so blutig, daß ich eine Woche das Haus nicht verlassen konnte. Am nächsten Tag unterzeichnete er einen Kontrakt für ein sibirisches Erdölfeld. Unsere Ehe war vorher schon zerrüttet, aber ich hätte es noch eine Weile ausgehalten."

Ich nahm mir vor, mich bei Hannes über den Kollegen zu erkundigen.

Die Dame in Olivgrün sah sich um, offensichtlich nach einer Servierkraft, aber vor siebzehn Uhr war mit der Kellnerin nicht zu rechnen. Sie fuhr fort:

„Auch mir fiel es schwer, Markus' Berufswahl zu akzeptieren. Aber dann sagte ich mir: Hauptsache, der Bub ist glücklich. Das ist es ja, was Eltern ihren Kindern mitgeben. Das Streben nach Glück. Ich habe Markus keine Vorwürfe gemacht, es war ja auch für ihn nicht einfach. Ich schwor bei mir: Was auch kommen mag, ich tue alles, um mit meinem Sohn im Gespräch zu bleiben. Außerdem: Rom ist nicht aus der Welt."

26

Zuerst verliert die Frau den Mann, dann den Sohn, dachte ich. Das war nicht leicht, im Weinviertel schon gar nicht. Depressionen gedeihen in diesem Landstrich besonders gut.

„Ich verstehe", sagte ich.

„Das glaube ich nicht. Sie sind ein Mann. Wahrscheinlich allein lebend, Leute Ihres Schlages sind meist beziehungsunfähig. Sie können das nicht nachvollziehen."

Ich nickte höflich. Ein Psychotherapeut verliert auch nicht die Nerven, wenn ein Klient davon träumt, mit einem Dutzend Wildschweinen sexuell zu verkehren. Der Therapeut wird Ruhe bewahren und in beharrlicher Gesprächsarbeit die Anzahl der Sexualpartner auf höchstens drei reduzieren. Mit dreien schafft man es immer, das gilt für Menschen wie für Wildschweine.

2. Kapitel

Wer zu spät kommt, den bestraft die Phrase.
Kühlschränke im Renndesign und die Zukunft der Konspiration.
Der Dozent verfällt einer polnischen Historikerin.
Der wahre Grund für die Entstehung des römischen Weltreichs.
Schließlich: Durchbruch an den Isonzo

„Wir sind hier falsch", rief der Dozent. Ich kurbelte entschlossen am Lenkrad und gab Vollgas. Der verschlammte Weg führte steil bergauf, linkerhand fiel der Weingarten ins Tal ab, rechts ragte ein Fichtenwald in den Himmel. Mein alter Renault 5 schlingerte wie ein Fischerboot bei rollender See.

„Drehen Sie um Gottes willen um", schrie der Dozent. „Der Berg wird uns verschlucken! Nichts wird an uns erinnern!"

Ich konzentrierte mich darauf, den Gasring gedrückt und die Geschwindigkeit hoch zu halten. Daß ein Hietzinger Akademiker in Seenot die Götter anruft und den Weltuntergang nahen sieht, bestärkte meinen Vorbehalt gegen Privatschulen. Sie richten die Kinder betuchter Eltern zu künftigen Vorstandsvorsitzenden ab; wenn es aber donnert und blitzt, fallen die kommenden CEOs auf das Niveau von Welpen zurück.

„Das Leben selbst wird uns den Weg weisen, lassen Sie Ihre Götter schön zu Hause", sagte ich scharf. Eine glückliche Fügung bescherte uns festen Grund. Wir bogen in einen schmalen Weg ein und kamen gut voran. Auf der Kuppe bot sich uns ein pittoresker Anblick. Eine Versammlung grüner Buckel; Wellenberge in einem Meer aus Wein.

„Steirisches Disneyland", befand der Dozent. „Sind Sie sicher, daß wir uns hier auf der schnellsten Route nach Rom befinden?"

Noch bevor ich antworten konnte, setzte mein Gefährte das Lamento fort. „Ein Navigationsgerät haben Sie ja ebensowenig wie taugliche Straßenkarten! Mit Hilfe Ihrer Militärkarte aus der Monarchie haben Sie uns in die Wildnis manövriert. Trutzige Ruinen, tückische Wanderdünen, ein furchterregender Gebirgsstock."

„Vor der Soboth brauchen Sie sich nicht zu fürchten. Höchstens vor den Motorrädern auf der Paßstraße."

„Das sagt einer, der über zu wenig Intelligenz verfügt, um Furcht zu empfinden", gab der Dozent zurück. „Sicher gibt es auf der Soboth Wölfe, die das Fleisch von gesund ernährten Großstädtern schätzen. Sie sollten sich einen Jeep zulegen oder, besser, einen Traktor mit Seilwinde."

Abgesehen von meiner finanziellen Malaise seien beide Fahrzeuge für mich schon aufgrund ihrer Sitzhöhe unerreichbar wie der Monte Tricorno, der König der Julischen Alpen, antwortete ich.

„Keine Ausflüchte! Sie sprechen vom Triglav. Ein Nanga Parbat mit Zwetschken. Kommen Sie mir jetzt nicht mit Slowenien!"

„Wir *sind* in Slowenien, verehrter Freund! Eben haben wir mit Hilfe der k.u.k. Manöverkarte das Grenzmanagement der Festung Österreich ausgetrickst und sind ohne Kontrolle durch wildgewordene Innen-, Außen- und Kriegsminister nach Slowenien durchgebrochen. Ein perfektes Umgehungsmanöver, es wird dereinst an den Militärakademien für Aufsehen sorgen. Wir haben uns drei Stunden im Stau erspart und befinden uns auf dem schnellsten Weg nach Rom. Vor uns liegt das Mittelmeer. In der Ferne sehe ich schon die Kuppel des Pantheon."

Daß ich infolge eines glücklichen Irrtums im Weingarten eines ehemaligen Grazer ÖVP-Stadtrats gelandet war, der sich standhaft weigerte, sein Grundstück, welches zur Hälfte in Slowenien, zur Hälfte in Österreich lag, mit Wachtürmen und Stacheldrahtzäunen zu versehen, verschwieg ich. Auch ein berühmter Winzer hatte seine Weingärten vom Zaunzwang ausgenommen. Aber wie das mit berühmten Winzern so ist – sie müssen auf die Märkte Rücksicht nehmen, und im neuen Europa kommen die Märkte nicht ohne Grenzfesten und Selbstschußanlagen aus. Das leuchtete auch dem berühmten Weinhauer ein, er wechselte die Fronten und fiel den Standhaften in den Rücken. Er darf nun den Titel „Schandweinproduzent" führen. Möge er einen Verkaufsschlager daraus machen.

Ein Stau auf der Autobahn sei ihm zehnmal lieber als eine lebensgefährliche Berg- und Talfahrt in der Wildnis, meinte der Dozent. Schließlich seien wir ja keine Schlepper.

Ich verwahrte mich dagegen, despektierlich über alt-ehrwürdige Flußschlepper zu sprechen Der Dozent dachte keinen Moment daran, daß Polizeikontrollen für einen verdeckten Ermittler eine unkalkulierbare Bedrohung darstellen. Auch wenn man keinen Flüchtling im Handschuhfach findet; die technischen Mängel meines Wagens hätten langwierige und unerquickliche Auseinandersetzungen mit der Behörde nach sich gezogen.

„Umwege sind das Salz der Existenz. Das Leben selbst will es so", beendete ich die Debatte. Vorsichtig rumpelten wir den Weinberg hinunter ins Slowenische. Es gab noch einen weiteren Grund für meine Routenwahl. Der Weg über Kärnten schien mir zu riskant. Aus gewöhnlich gut informierten Quellen wußte ich, daß das Haider-Lager dabei war, sich neu zu formieren. Da mußte ich nicht dabei sein, aus diesem Kelch hatte ich vor Jahren schon getrunken.

Nach einiger Zeit erkundigte der Dozent sich nach der von mir gebrauchten Wendung.

„‚Das Leben selbst … Wer zu spät kommt, den bestraft das Leben'. Diese Phrase stammt doch aus der Zeit Michail Gorbatschows?"

Der sei nur der Vollender, besser gesagt, der Vollstrecker gewesen, sagte ich, als wir an der reißenden, hochwasserführenden Drau entlangfuhren. Die Wendung sei wesentlich älter. Man finde sie schon in den sechziger und siebziger Jahren in Reden kommunistischer Politiker und Gesellschaftswissenschaftler. „Die Phrase ersetzte eine ältere, inflationär gebrauchte. Durch Jahrzehnte fingen alle Reden und Zeitschriftenartikel mit den Worten: ‚Wie schon der Generalsekretär unserer ruhmreichen Partei, Josef Wissarionowitsch Stalin, in seiner Abhandlung über – nun konnte man einsetzen: Baumwollplantagen, die bourgeoise Genetik von Getreidesorten, Wohnungsbau, Atomwaffen – meinte und so fort. Jeder Text begann mit einer Ergebenheitsgeste an das Genie des Vorsitzenden. Auch hervorragende Arbeiten auf dem Gebiet der Medizin, der Binnenschiffahrt- und Gewässerkunde, der Fonds-Ökonomie oder des Frauenstudiums in zentralasiatischen Sowjetrepubliken begannen und endeten mit dieser Phrase. In den sechziger Jahren wurde die Phrase seltener verwendet, sie bezog sich auf den neuen Generalsekretär Breschnjew, der wurde zwar vom Genie zur Onkelfigur herabgestuft, aber sie blieb Bestandteil der meisten Abhandlungen. Erst in den achtziger Jahren wurde sie im großen Ordner der Geschichte abgeheftet. Die für unsere Ohren seltsam anmutende Wendung ‚das Leben selbst‘ ist also ein Beleg für die Überwindung des Personenkults. Da man schlecht zu den Göttern zurückkehren konnte, nahm man eine Anleihe bei den Gnostikern und praktizierte eine Vergöttlichung der Welt, wenn Sie so wollen, einen pantheistischen Atheismus, eine ideologische Krücke. ‚Das Leben selbst‘, was für ein Unsinn! Als hätte es als

Gesellschaftsziel nicht gereicht, die Katastrophen des menschlichen Jammertals wenn schon nicht auszuschalten, so doch zumindest zu lindern."

Der Dozent würdigte mich keiner Antwort, der östliche Sozialismus war im Theresianum offensichtlich nicht auf dem Lehrplan gestanden. Er breitete die Manöverkarte aus und befragte seine Computerflunder.

In Ravnje seien einst die besten Messer Europas geschmiedet worden, bemerkte er nach einer Weile. Und in Slovenj Gradec sei der Liederpapst Hugo Wolf aufgewachsen. Zuerst Musikkritiker in einer Zeitung für den Adel, dann Komponist, habe er zeitlebens in großer Armut gelebt und sei von Freundeshilfe abhängig gewesen. „Seit den frühen Mannesjahren an Syphilis leidend und mit knapp vierzig Jahren daran zugrunde gegangen. Musikalisch ein Wagnerianer und Feind von Brahms. Ich kenne einige seiner Lieder. Spätromantisch, sehr späte Romantik, um das beste zu sagen."

„Ich habe nie von diesem Mann gehört. Es muß sich um einen minder bedeutenden Künstler handeln."

„Banause", sagte der Dozent.

„Theresianist", sagte ich.

Wolf habe Stücke aus Goethes „Westöstlichem Diwan" vertont, fuhr der Dozent fort. Unter anderem die Gedichte „Ob der Koran von Ewigkeit sei?" und „Als ich auf dem Euphrat schiffte".

„Ein großartiger Künstler!" warf ich ein. „Ein Mann mit Weitblick und einem schiffenden Gemüt. Männer dieses Formats sind heute selten."

„Wieso schauen Sie mich an?" sagte der Dozent. „Achten Sie lieber auf die Kurven."

Nach einer Weile passierten wir eine Industriestadt namens Velenje, im Ortszentrum befand sich eine schlanke Sprungschanze. „Das Elend des jugoslawischen Selbstverwaltungssozialismus", sagte der Dozent. „Sie wollten hoch hinaus und fielen fürchterlich auf die Schnauze. Schauen Sie nur, Wohnruinen aus den siebziger Jahren, Gewerbebrachen, aber restaurierte Kirchen. Das bleibt von der Großmannssucht. Ein schäbiger und frömmelnder Nationalismus."

„Sie haben eben kein Gespür für den sozialistischen Traum", erwiderte ich. „Sie kennen das Leben mit der Großindustrie nur aus soziologischen Büchern. Kein Wunder, Fabriken waren ja in Ihrem Heimatbezirk Hietzing durch Jahrhunderte verboten. Im Weichbild von Schönbrunn wurden nur Manufakturen im Dienste des Herrscherhauses geduldet, man fertigte Bettwärmer, Fransen, Kordeln, Gimpen, Posamente in allen Varianten. Das größte Industrieprodukt waren handgeschmiedete Spargelschäler für die kaiserliche Küche."

Mein Begleiter würdigte mich keiner Antwort. Meine Freude war groß, als ich ihn wenig später auf eine kilometerlange Industrielandschaft verweisen konnte. Einige Altbauten und viele silberfarbene, großartige Hallen. Überfüllte Parkplätze, acht Werkseinfahrten, reger LKW-Verkehr. Gorenje.

Wenig später machten wir in einem Dorf vor einer Gostilnica Rast, auch das Dorf trug den Namen Gorenje.

„Das Dorf wurde nach dem Werk benannt. Die Industrie ebnet das Land ein", nörgelte der Dozent.

„Verehrter Freund, es ist umgekehrt. Das unscheinbare Dörfchen gab dem Konzern den Namen. Gorenje ist einer der größten Weißwarenhersteller Europas, bekannt für langlebige Geräte mit innovativem Design. Seit Jahren pflegt Gorenje eine enge Kooperation mit dem legendären Designerbüro Pininfarina aus Turin. Kühlschränke und Küchengeräte, gezeichnet von Ferrari-Designern. Wo finden Sie Ähnliches?"

Der Dozent trug die Niederlage mit Fassung. Zur Strafe müsse er einen Cviček trinken, beschied ich. Er betrachtete den hellroten Wein mit Skepsis, nahm einen großen Schluck und schüttelte sich wie ein nasser Hund. Einsetzender Regen ließ uns auf die Straße zurückkehren. Der Dozent vertiefte sich in schriftliche Unterlagen. Ich verspürte eine feuchte Müdigkeit, wollte aber bis zum Abend am Unterlauf des Isonzo in einem kleinen Weiler namens Versa sein, wo ich ein ebenerdiges Quartier in einer Osteria wußte.

"Was studieren Sie da? Eine wissenschaftliche Abhandlung? Einen Debattenbeitrag?" fragte ich nach einer Weile.

„Nichts von alldem. Ich habe vor einiger Zeit ein Schreiben samt Anlagen erhalten, nicht per E-mail, sondern ganz nach alter Façon, per Briefpost", erwiderte der Dozent. „Ich lese den Text immer wieder. Ein seltsames Schreiben, ein seltsames Anliegen, verfasst in antiquiertem Deutsch. Von einer Polin. Mittlerweile hat sich zwischen uns eine rege Korrespondenz entwickelt. Sie benützt keinen Computer, sie ist Mediävistin."

„Ich dachte, diese Krankheit sei längst ausgerottet."

„Mediävistik heißt Mittelalterkunde…" Er reichte mir eine Fotografie. Sie zeigte eine zierliche Frau mit hohen Backenknochen, langen blonden Haaren und blitzenden Augen.

„So viel Geschmack hätte ich Ihnen nur in Ausnahmefällen zugetraut."

„Kryszu *ist* ein Ausnahmefall!" versicherte der Dozent. „Kryszu ist die Koseform von Krystyna, die sich mit zwei Ypsilon schreibt und ausgesprochen wird wie ein hartes I. Die Betonung liegt auf der zweiten Silbe: ‚Kristinna'."

„Sie sind ja schon recht intim, die Frau mittleren Alters und Sie, wenn Sie schon per Kosenamen verkehren."

„Aus Ihnen spricht der Neid, der pure Neid. Er macht Sie häßlicher, als Sie sind", erwiderte der Dozent. „Den Kosenamen habe ich im Sprachlexikon nachgeschlagen. Ich wollte die Kollegin nicht mit dem doch etwas umständlichen Namen Krystyna Wisława Agnieszka Hrystofiak ansprechen."

„Geben Sie zu, Sie haben sich in die Frau verknallt."

Mein Begleiter schwieg.

Wir machten guten Progreß auf kleinen Landstraßen. Manche Orte passierten wir zweimal, die Wegweiser im Hinterland sind nicht immer schlüssig. Der Dozent wäre gern auf der Autobahn vorangekommen. Allerdings meide ich Autobahnen grundsätzlich, das gilt auch für die slowenischen. Der rege Verkehr auf den engen Straßen und die umständliche Orientierung ermüdeten mich zusehends. Wir hatten aber noch eine schöne Strecke bis Gorizia und Versa vor uns. Also bat ich den Dozenten um Ablenkung, es würde schon helfen, könnte er aus den Unterlagen seiner polnischen Kollegin vorlesen. Mein Begleiter ließ sich nicht lange bitten. Junge Liebe neigt zur Geschwätzigkeit.

„,Sehr geehrter Herr Kollege!'" las er vor „,Was ich zu berichten habe, kann ich nicht dem digitalen Unrat anvertrauen, ich wende mich daher brieflich an Sie. Bald werden Sie verstehen, warum meine Wahl auf Sie fiel. Sicher haben Sie schon vom *darknet* gehört, dem Internet jenseits von Suchmaschinen. Dort verkehren Menschen, die etwas zu verbergen haben – technikkundige Verbrecher aus allen möglichen Branchen, Vermögens- und Steuerspezialisten, sexuelle Obskuranten, Dunkelmänner aller Art. Und dann gibt es da noch Wissenschaftler, die den konträren Weg zu jenem gehen, den Wissenschaftler sonst nehmen, sie suchen die Öffentlichkeit nicht, sie meiden sie. Wenn sie sich austauschen müssen, dann nur über Kanäle, die vor Spionage sicher sind. Einer dieser Kanäle ist das *darknet*. Auch ich beschritt diesen Weg. Bis ich einsehen mußte, daß auch das dunkle Netz nicht sicher ist. Geheimdienste durchforsten auch verborgene Welten. Ich sah mich gezwungen, auf eine uralte Technik zurückzugreifen, den Brief. Er bietet die größtmögliche Sicherheit, niemand geht heutzutage davon aus, daß Information außerhalb der digitalen Welt existiert. So schwimme ich wie ein Fisch im Meer der Konspiration. Unter keinen Umständen dürfen meine Forschungen öffentlich werden. Wenn sie Unbefugten in die Hände fallen, besteht die Gefahr, daß innerhalb weniger Stunden der Dritte Weltkrieg ausbricht.'"

„Was für ein verstrudeltes Geraune", sagte ich. „Sind Sie sicher, daß die Kollegin psychisch bei guter Gesundheit ist?" Der Dozent lächelte schmal und schwieg. Bald sollte ich verstehen, daß die Polin mit keinem Wort übertrieb.

Mittlerweile regnete es stark. Wie weit es noch bis Görz sei, wollte der Dozent wissen. Er sei hungrig, außerdem mache ihm der bockige Beifahrersitz zu schaffen.

Wir passierten ein trostloses Dorf. An einer zweibögigen römischen Straßenbrücke, die über einen angeschwollenen Bach führte, hielt ich kurz an, öffnete das Fenster und entzifferte auf einer Tafel folgenden Text: „Elfkommadreifünf österreichische Postmeilen von Görz."

„Schließen sie um Himmels willen das Fenster, ich will hier nicht ersaufen, fahren Sie zu, bevor die Schlammbrühe uns mit sich reißt", rief der Dozent.

In Gorizia wurden wir von einem Umleitungsschild abgelenkt, die Hauptstraße nach Udine sei gesperrt. Der Isonzo, sonst klar und grün wie ein Gebirgssee, führte Hochwasser, eine braune Flut wälzte sich von den Dolomiten in die Ebene.

Wir kurvten über Hügel und Kuppen und fanden uns flußabwärts in einem Städtchen namens Gradisca an einer Brücke über den Isonzo wieder. Dem tobenden Fluß fehlten nur ein paar Handbreit und er würde die Brücke überspülen und wegreißen. Zivilschützer waren dabei, Fahrverbotsschilder aufzustellen. Ich aber preschte auf die Brücke und gab Vollgas – was sich bei meinem Wagen schlimmer anhört, als es tatsächlich ist. Unter uns tobte der Isonzo, er gurgelte und dröhnte und schleppte einen Schwall eisiger Gebirgsluft mit sich. Der Dozent barg sein Gesicht in den Händen. Am anderen Ufer hatte sich noch niemand die Mühe gemacht, ein Verbotsschild aufzustellen. Nur einige Männer in Gummimänteln gestikulierten wild, als wir in einem kühnen Drift auf die Uferbegleitstraße ein-schwenkten.

„Sie bringen uns um!" schrie der Dozent.

„Ruhe", herrschte ich ihn an. „Sie täten besser daran, meine Fahrkünste zu loben. Eben habe ich uns einen Umweg von siebzig Kilometern erspart. Oder wollen Sie über Grado fahren?"

Zehn Minuten später, wir näherten uns einer Ortschaft namens Romans, setzte der Dozent seine Erzählung fort: „Die Polin hat meine Arbeit über die kriminalisti-schen Dimensionen von apokryphen und gnostischen Schriften gelesen. Einer meiner besten Aufsätze, er ist mehrfach übersetzt und in wissenschaftlichen Zeit-schriften nachgedruckt worden. Sicher haben Sie von den Schriftrollen von Qumran und den Papyri von Nag

Hammadi gehört. Das läßt niemanden kalt, schon gar nicht in der historischen Kriminalsoziologie."

Das sei nur zu verständlich, antwortete ich und hatte keine Ahnung, wovon mein Assistent sprach.

„Die Schriftrollen haben das Bild von der Bibel, wie wir es kennen, über den Haufen geworfen. In der Folge gelang es dem Vatikan aber, mit Drohungen, Versprechungen und Intrigen die Bedeutung der Funde herunterzuspielen. So mancher Wissenschaftler wurde bestochen und erfreute sich zeitlebens eines gut dotierten Lehrstuhls an einer renommierten katholischen Universität. Die Orden leisteten dabei wertvolle Dienste, es ist ja eine ihrer vornehmsten Aufgaben, die Herrschaft des Vatikans gegen Kritiker und Zweifler abzusichern, sie sind sowohl Schutzschirm als auch mobile Eingreiftruppe. Das Feuer der Wahrheit aber brennt auf kleiner Flamme weiter." Seine Kollegin, Angehörige des katholischsten Volks dieser Erde, sei nun bei ihren Forschungen auf etwas gestoßen, dessen Folgen nicht nur die Welt der Christenheit ins Wanken, sondern, schlimmer noch, die Welt des Islam zum Einsturz bringen würde. Das Christentum habe mittlerweile ja einige Erfahrung im Abwehren und Aussitzen von unerwünschten Strömungen, beim jüngeren Islam aber sei dies anders, wie man in den letzten zehn Jahren ja schmerzlich habe feststellen müssen. Mehr könne sie im Brief nicht sagen, das wahre Ausmaß der Bedrohung könne sie nur mündlich offenbaren.

„Und warum hat sie gerade Sie für diese Sache ausgesucht? Nicht daß ich Ihre Arbeit nicht schätze, aber als religiösen Eiferer kenne ich Sie nicht. Im Gegenteil, manchmal vermeine ich bei Ihnen Züge einer weltgewandten, auf der Höhe der Zeit agierenden Person zu erkennen."

„Danke für das Kompliment." Mein Begleiter war geschmeichelt.

„Wie gesagt, manchmal! Um nicht zu sagen: selten." Der Dozent schnitt eine Grimasse und fuhr fort.

„Ich fasse zusammen: Die Wahl fiel eingedenk meiner wissenschaftlichen Reputation und meiner finanziellen Unabhängigkeit auf mich. Mit einem Wort: Sie baut auf meine Unbestechlichkeit und braucht meine Expertise." Mein Begleiter machte eine kleine Pause, bevor er hinzufügte: „Ich weiß nicht, was Sie in Rom vorhaben, aber was ich vorhabe, liegt auf der Hand. Ich treffe meine Kollegin Kryszu aus Polen."

In den Wissenschaften vom Menschen wirke sich der Austausch von Körpersäften belebend auf den Fortgang der Untersuchungen aus, ermunterte ich ihn. Es gehe um einen wissenschaftlichen Austausch, nicht mehr, aber auch nicht weniger, sagte der Dozent scharf.

„Aber wahrscheinlich ist das für einen Parvenü aus bildungsfernen Schichten schwer zu verstehen."

Einer Reaktion von mir zuvorkommend, las der Dozent aus dem Brief der Polin weiter: „Mit großem Interesse habe ich Ihre Arbeiten zur Justizgeschichte der Etrusker gelesen. Wie Sie in Ihrem Beitrag zum Jahrbuch der

Internationalen Kriminalsoziologischen Vereinigung schreiben, seien Sie durch die Funde von Höhlenforschern darauf gestoßen, daß in der östlichen Steiermark schon vor zehntausend Jahren Menschen siedelten, die Höhlen vorantrieben und ausgedehnte Gangsysteme schufen. Man vermutet Nekropolen, Totenstädte, in den Zentren jener besonders tiefliegenden Höhlen, die noch nicht untersucht werden konnten. Rätsel gab den Wissenschaftlern die Ausführung der Gänge auf. Es müssen Maschinen am Werk gewesen sein, behaupten die Forscher, mehr noch: nicht einmal mit Maschinen der Jetztzeit lassen sich Gänge vorantreiben, die bei fünfzig Metern Länge nur wenige Millimeter Abweichung aufweisen."

„Erstaunlich", sagte ich. „Und Sie haben tatsächlich das Rätsel um die Höhlen gelöst?"

„Ich darf mich rühmen, als erster Mensch nachgewiesen zu haben, daß die Etrusker im Joglland zwischen Pöllau und Weiz einen Stadtstaat betrieben, der nicht auf der Oberfläche, sondern unter ihr florierte, in bis zu siebzig Metern Tiefe. Nekropolen für Lebende, anders gesagt: Wallfahrtsorte und Jahrmärkte für Tiefstapler. Die Eingänge in die Nekropolen sind heute gut getarnt, Sie kennen doch die unscheinbaren übers ganze Land verteilten Trafohäuschen!"

„Wer kennt sie nicht, diese Sommersprossen einer Industrielandschaft?" gab ich zurück.

„Sie stammen von der Firma ELIN aus Weiz", sagte der Dozent, wobei er jedes Wort betonte. „Die Zentrale

des einst verstaatlichten Generatoren- und Weißwaren-
herstellers ELIN, dessen Name für Elektroindustrie
steht."

„Und der an Siemens und Andritz verscherbelt wurde."
Der Dozent lächelte wissend. Jetzt erst begriff ich, was
er gesagt hatte.

„Sie meinen tatsächlich, die Trafos seien Eingänge in
die Nekropolenstädte der Etrusker?"

„In aller Bescheidenheit: So ist es. Das Rätsel um die
Herkunft der Etrusker ist gelöst. Sie kommen nicht aus
den Dunkeln der Geschichte, nicht aus dem Baskenland
oder Kleinasien, nicht aus der Bretagne und nicht
aus Siebenbürgen, die Etrusker sind die Urväter der
Steirer."

Mein Dozent – was für ein großartiger Wissenschaftler.
Ich sandte ihm einen bewundernden Blick und fragte,
warum die Urväter der Steirer das Land verlassen
hätten, es gebe doch alle Zutaten für ein gutes Leben:
wildreiche Wälder, sauren, aber bekömmlichen Wein,
Kürbisplantagen, so weit das Auge reicht, und einen
reißenden Fluß, der die Hauptstadt teilt.

„Deshalb haben die Etrusker sich auch in Rom nieder-
gelassen", erwiderte der Dozent, der sich mehr und
mehr von seiner eigenen Erzählung mitreißen ließ.
„Der wilde Tiber erinnerte sie an die heimatliche Mur.
Ohne die Pioniertaten der steirischen Etrusker gäbe es
heute an der Stelle der ewigen Stadt ein verschlafenes
Nest, das von saurem Wein lebt – der Frascati ist ja
nichts anderes als ein römischer Schilcher. Er war ja

auch der Hauptgrund der Auswanderung, die Steirusker, wie ich die Ursteirer nenne, wollten endlich ordentliche Weine trinken. Als sie dann aber feststellen mußten, daß ihnen auch am Tiber nur saure Kreszenzen gelangen, unterwarfen sie Dutzende Völker und errichteten ein Weltreich, in dem endlich trinkbare Weine gekeltert wurden. Ohne die Steirusker kein Kolosseum, keine Villa Borghese, kein Michelangelo, kein Bernini, kein Fellini, keine Cinecittà. Im übrigen war es eine Kärntnerin, die den Ursprüngen der Römer auf der Spur war, sie wohnte in der Nähe der Spanischen Treppe in der Via due Leoni gleich neben der Malteserzentrale und dem von ihnen betriebenen Spital."

„Sie meinen Ingeborg Bachmann?"

„Ihrer Forschungen wegen ist sie auch gestorben. Gestorben worden. Der Brand in ihrer Wohnung sollte den Mord vertuschen. Was auch gelungen ist."

„Das ist nicht wahr", rief ich.

In einem selbstherrlichen Gestus entgegnete der Dozent: „Sie stand in ihren Recherchen kurz vor dem Durchbruch. Im übrigen wurden ihre Tagebücher, in denen sie ausführlich von den etruskischen Quellen und einem darauf fußenden großen Romanprojekt berichtet, um eben diese Passagen gesäubert."

„Von wem?"

„Von denselben Leuten, die nicht wollen, daß Roms Verbindung zur Steiermark ans Tageslicht kommt. Es sind dieselben Kreise, die in den letzten Jahrzehnten eine weitverzweigte Hauptstadtfiliale einer süditalienischen Geheimgesellschaft aufbauten und jetzt in einem erbitterten Dauerkonflikt mit dem argentinischen Papst liegen. So mancher Kenner des Vatikans sieht es ja als ein Wunder an, daß der gute Mann noch lebt. Der Argentinier wird schon wissen, wieso er nicht in den vatikanischen Gemächern wohnt, sondern eine bescheidene Wohngemeinschaft mit engsten Vertrauten vorzieht."

Ich schwieg. Daß die Mafia auch in Rom operierte, hatte für mich soviel Neuigkeitswert wie die Tatsache, daß es in Polen mehr Jungpriester als Rekruten gibt. Außerdem würde ich übermorgen in einem Kiosk an der Tiberbrücke, die zum Kassationsgerichtshof führt, einen Boten Mister Giordanos treffen, der mich mit nützlichen Adressen für meine Recherchen in der Ewigen Stadt versorgen sollte.

3. Kapitel

Der Dozent wird fahnenflüchtig. Fra' Hubert von Mailberg
und die önologischen Bedürfnisse des Malteserordens.
Ein Leprafriedhof, ein rücksichtsloser Mann im Maserati und
ein schwerer Schock in der Ordensburg Rocca Bernarda

Der Regen verwandelte knietiefe Kanäle in brüllende Sturzbäche, immer wieder waren auch die Straßen überflutet. Zweimal mußten wir noch Brücken über gurgelnde Wasser überqueren, dann waren wir endlich im Hof der Locanda Versa 1834 angelangt. Das vorkragende Dach schützte uns beim Aussteigen. Meine Hoffnung erfüllte sich, das Apartment mit der berollbaren Dusche war frei. Abends aßen wir in einem uralten holzgetäfelten Gastraum, an dessen Wänden Stiche aus der Monarchie hingen, welche Triest und Wien zeigten. Auch die Konterfeis des Kaisers, seiner Erzherzöge und führender Militärs fehlten nicht. Der Dozent zeigte sich verwundert. Die Ortschaften in der Umgebung seien das Zentrum einer naiven k. u. k.-Nostalgie, die bei manchen um eine Los-von-Italien-Attitüde erweitert werde, erläuterte ich. „Giuseppe Ungaretti, ein Lyriker von Rang, der unter anderem von Ingeborg Bachmann und Paul Celan ins Deutsche übersetzt wurde, hat hier geschrieben. Er brachte es vom Anarchisten über einen katholischen Funktionär bis zum Pressesprecher des faschistischen Außenministers

Graf Ciano in den dreißiger Jahren. Nach dem Krieg schuf er als angesehener Dichter sein Alterswerk."

Er wundere sich nicht, daß ich ihn an einen geschichtsträchtigen Platz führe, meinte der Dozent. Das sei in Italien nicht anders möglich, gab ich zurück.

„Sehr seltsam, sehr seltsam." Der Dozent nahm den letzten Bissen seiner Kürbis-Ravioli. „Dann erweisen wohl die ewiggleichen Straßennamen in den Ortschaften monarchistischen Kämpfern ihre Reverenz … ich habe die Namen notiert." Er holte sein Notizbuch hervor und las: „Guglielmo Oberdan, Scipio Slataper, Biagio Marin."

Ich nahm noch einen Schluck vom roten Hauswein und sagte: „Sie liegen falsch, werter Freund. Der erste hieß eigentlich Wilhelm Oberdank, unternahm 1882 ein Attentat auf Kaiser Franz Joseph und wurde hingerichtet, gerade vierundzwanzig Jahre alt. Der zweite, Slataper, war ein schwärmerischer Schriftsteller und Bewohner des Karsts, dessen Hauptwerk folglich ‚Mein Karst' hieß. Er nahm als Freiwilliger im italienischen Heer an der Vierten Isonzoschlacht teil und fiel einem Schrapnell zum Opfer. Er wurde keine siebenundzwanzig Jahre alt. Und Biagio Marin war ein Bibliothekar und Schriftsteller, der die Habsburger ebenfalls haßte, später mit den deutschen Faschisten liebäugelte und 1945 überrascht war, daß es in Triest ein KZ gegeben hatte und Unzählige den Todesschwadronen der SS zum Opfer gefallen waren, die jeden Schulbuben für einen slowenischen Partisanen hielten und erschossen. Nach dem Krieg erklärte Marin sich zum

Demokraten und war bald ein geschätzter Intellektueller, den Claudio Magris als Freund und Vater verehrte. Peter Handke zitierte Marins Gedichte in seinen Werken. Die beiden Himmelsstürmer starben jung, der biegsame Marin aber wurde vierundneunzig Jahre alt."

„Was wollen Sie damit andeuten?"

„Nichts."

„Ich kenne Sie. Sie verbinden mit dieser Jahreshuberei eine bestimmte Botschaft und Sie werden nicht überrascht sein, wenn ich Ihnen sage, daß mir diese Botschaft ganz und gar mißfällt."

Ich schwieg und dachte, daß man im „Ständigen Ausschuß zur Klärung sämtlicher Welträtsel" das Verhalten der drei keiner näheren Prüfung unterziehen würde. Wenn schon ein Attentat, dann soll es erfolgreich sein, würde der Vorsitzende, Wenzel Schebesta, sagen. Freiwillig in einen imperialistischen Krieg zu ziehen ist keine intellektuelle Glanzleistung, würden andere assistieren. Und daß der Weg vom Nazi zum Demokraten ein schmaler Grat ist, auf diese Erkenntnis schissen in Floridsdorf die Spatzen schon seit Jahrzehnten. Von Welträtsel daher kein Spur.

„Die Truppe um Odilo Globocnik, Friedrich Rainer und ihre Kärntner Mordgesellen hinterließ im Karst eine Blutspur, und das in jeder Stadt und jedem Dorf", half ich dem Dozenten auf die Sprünge.

Der Dozent runzelte die Stirn. „Ich dachte, Globocnik habe sein Unwesen in Polen getrieben?" Die Chefin des Hauses servierte zwei Grappa zum Abschluß.

„Hat er auch. Doch mußte er seinen Wirkungskreis infolge des Vorrückens der Roten Armee im Osten ins Triestiner Hinterland verlegen. Die Blutsauferei blieb dieselbe."

Woher ich das alles wisse, fragte der Dozent.

„Die Floridsdorfer Volkshochschule steht einer Privatschule um nichts nach", gab ich zurück. Tatsächlich hatte ich einmal ein Liebeswochenende in der Locanda verbracht, und nachdem die Geliebte schon am ersten Abend vor meinen sexuellen Neigungen geflüchtet war, konnte ich mich der Bibliothek im Gastraum widmen, da waren genug Bücher in deutscher Sprache dabei.

Der Dozent rührte nachdenklich in seinem Sorbetto.

„Ich verstehe nicht, warum die Leute hier die Habsburger in Gemälden und Umzügen ehren und die Straßen doch nach erbitterten Feinden der Monarchie benannt werden."

„Darüber, verehrter Freund, können wir uns später unterhalten, jetzt bitte ich Sie, mich zu entschuldigen", beschied ich und suchte die barrierefreie Toilette auf. Auch hier, in diesem alten Gemäuer, hatte sich Platz für diese gebaute Freundlichkeit gefunden. Dem Beispiel anderer italienischer Gastronomen in uralten Mauern folgend, hatte man aus zwei Toiletten eine einzige gemacht, mit ausreichend Manövrierraum, einem an die Wand geklappten Wickeltisch und einem Spiegel, den man mittels Schnur in der Achse verstellen konnte, so daß man auch als Rollstuhlfahrer die Gesichtsfalten zählen konnte. Das wäre auch die Antwort auf die

Frage des Dozenten gewesen: die Friulaner schwanken zwar unsicher durch die Geschichte, von den bärtigen Langobarden bis zu den Offizieren der Monarchie, die 1916 den Abgeordneten Cesare Battisti ermordeten, über Gabriele D'Annunzios Operettenkrieg gegen Rijeka bis zum Freistaat Triest unter amerikanisch-britischer Besatzung mit dem Sitz im Castello Duino und wüsten Banketten im ehemaligen Schloß des Kaiserbruders Maximilian in Miramare, aber immer verstanden es die Friulaner, bei allen Abweichungen ins Irrationale und Barbarische den Anschluß an die Zivilisation nicht aufzugeben, wie man an den erfolgreichen Schiffswerften, am guten Kaffee und an der vorbildlichen Förderung behinderter Menschen ersehen kann.

Als ich wieder zurückkam, fand ich einen verstörten Dozenten vor. Ob ihm der Grappa so sehr zugesetzt habe? Der Grund sei eine SMS-Nachricht von seiner Polin, ein der Not geschuldeter Bruch ihrer Konspirationsregel. „Sie kommt morgen um fünfzehn Uhr am Bahnhof Termini in Rom an. Und Sie fragt, ob ich sie abholen kann, es sei wichtig. Nun bin ich in einem Zwiespalt: Einerseits bin ich mitgefahren, um Ihnen zur Hand zu gehen, andererseits scheint die Kollegin meiner Hilfe dringender zu bedürfen. Was soll ich tun?"

„Ich bin schon volljährig", sagte ich. „Ich werde es bis Rom schaffen, keine Angst. Wir treffen uns spätestens übermorgen, in Ihrem römischen Lieblingshotel beim

Hauptbahnhof." Das Hotel verfüge im neunten Stock über einen großen Pool und eine Bar, hatte der Dozent erzählt. Halb Rom liege einem zu Füßen und man könne vierundfünfzig Gleise des Stazione Termini überblicken. Besonders die dunkelroten Schnellzüge seien eine Augenweide. „Sie finden mich am späten Morgen und am späten Abend dort oben."

„Ewig schade, daß Sie die neuen Kommunikationsmittel boykottieren", meinte der Dozent. Ein Hinterwäldler sei gegen mich noch ein Vertreter der Avantgarde.

„Glauben Sie mir, bester Freund: Es ist billiger, und elektronische Spuren hinterlasse ich auf diese Weise auch nicht. Vom gelähmten Ermittler Groll soll keiner ein Bewegungsprofil erstellen können."

So habe er die Sache noch nicht gesehen, murmelte der Dozent und leerte sein Glas.

„Ich werde Sie morgen früh nach Ronchi bringen, das ist keine zwanzig Kilometer entfernt. Der kleine, aber moderne Flughafen von Triest befindet sich allerdings am anderen Ufer des Flusses. Wir müssen dieselbe Route nehmen, die wir heute gefahren sind. Der Isonzo wartet."

„Auch das noch!" Der Dozent seufzte tief, war aber sichtlich froh, daß ich ihm keine Vorwürfe machte. Auch ich war erleichtert, bei meinen morgigen Nachforschungen in einem Weingut der Malteser wollte ich lieber allein sein. Auf diese Weise konnte ich meinen Rollstuhlbonus besser ausspielen. Und es gibt, New York ausgenommen, kein Land der Welt, in dem der

Bonus größer ist. Die Italiener sind bis weit über die Grenze zur Selbstgefährdung hilfsbereit. Meinen Joseph, einen *sedia a rotelle*, schleppen sie ohne Aufhebens auch auf den Ätna.

Als wir uns um Mitternacht die paar Meter in unser Apartment trollten, war es kalt, sternenklar und trocken. Der Dozent schmökerte noch ein wenig in einem Taschenbuch mit Texten der kaiserlich-königlichen Kriegstreiberin Alice Schalek. Sein theresianisches Italienisch reiche dafür aus, behauptete er.

Am nächsten Morgen schien die Sonne. Der Wasserspiegel des Isonzo war um gute drei Meter gefallen, die Fahrt zum Flughafen verlief ohne Verzögerungen. Die Schalek habe ihn zwei Stunden Schlaf gekostet, sagte der Dozent. Was diese Frau hundert Jahre vor den sozialen Medien in den Wiener Blättern veröffentlichte, sei unerträglich. Jetzt erst verstehe er den Aufschrei von Karl Kraus gegen diese Form der Blut- und Bodenreportage.

Die Alitalia führt von Ronchi nahezu jede Stunde einen Flug nach Rom, in einer Stunde ist die Hauptstadt erreicht. Der Dozent mußte nur mit einem Taxi von Fiumicino zum römischen Hauptbahnhof fahren, das würde zwar ebenso lange dauern wie der Flug, dennoch sollte er pünktlich auf dem Bahnsteig sein, wo seine Krystyna, wohl inmitten polnischer Nonnen und Pilger, aussteigen würde.

Ich nahm nur zwei Espressi zu mir. Von den Wirtsleuten ließ ich mir ein Schinkensandwich, eine Gurke und

Salz einpacken. Der Dozent konnte ja im Flugzeug einen Keks zu sich nehmen. Nachdem ich ihn in Ronchi abgesetzt hatte – der Dozent litt unter einem schlechten Gewissen und war andererseits voller Vorfreude auf seine Polin –, konzentrierte ich mich während des Rückwegs auf meine Aufgabe.

Hubert aus Mailberg kannte ich schon viele Jahre, er hatte den Malteser Weinbau in Mailberg dank seiner önologischen Expertise in die Höhe gebracht. Jedesmal wenn er auf dem Weg zur Malteserkirche in der Kärntner Straße bei mir am Marchfeldkanal durchkam, legte er einen Zwischenstop ein, und wir verkosteten den neuen Wein und sprachen über die Donau. Sein Vater war Schiffskapitän bei der DDSG gewesen, ein Nazi, wie so viele DDSG-Kapitäne in den dreißiger Jahren, aber immerhin hatte er seinem Sohn Hubert die Liebe zur Donau mitgegeben. Manchmal sprachen wir auch über die Rolle des Adels in den nördlichen Landstrichen Ostösterreichs. Dort sei die Monarchie noch aufrecht, Fürsten und Grafen stünden in der Herrschaftspyramide an der Spitze, der liebe Gott folge erst weit abgeschlagen, erzählte mein Freund und ließ sein unwiderstehliches glucksendes Lachen hören.

Beim Cimitero di Leproso vor Premariacco machte ich halt. Ich pries den Zufall, der den Dozenten nach Rom gerufen hatte. Ich wollte nicht wissen, wie er auf den Namen des Friedhofes reagiert hätte. Während ich mein Frühstück im Schatten zweier Zypressen verzehrte, legte ich mir einen Plan zurecht. Mein Malteser-Freund Hubert kannte Gott und die Welt. Nach einem Streit mit der neuen Geschäftsführung des Weinbaubetriebs in Mailberg war er in die friulanischen Colli gegangen und hatte sein Wissen den Fratres der Burg Rocca Bernarda zur Verfügung gestellt. Der Rückzug klappte aber nur bedingt, denn die führenden Brüder bestanden darauf, ihn regelmäßig in der Zentrale in Rom zu sehen und sich mit ihm über Details der Vinifizierung und die Weinbestückung von Staatsbanketten auszutauschen. Der souveräne Malteserorden unterhält diplomatische Beziehungen zu mehr als hundert Staaten, da fallen in Rom viele offizielle Feiern an. Die hohen Herren waren Feinspitze, und das in jeder Lebenslage.

Unsere Freundschaft hatte unter Huberts Flucht gelitten, er kam nicht mehr nach Österreich. Zweimal hatten wir uns danach in der Villa Manin bei einem seiner italienischen Freunde getroffen. Huberts Freund Paolo arbeitete im Management der Kunstausstellungen und Konzerte, die in und vor der Villa Manin veranstaltet wurden. Er schmiß den Laden, obwohl man ihn lausig bezahlte.

Mein Hubert oder Fra' Umberto, wie er hier genannt wurde, würde wohl wissen, wie es Priesterzöglingen und Studenten des Theologischen Seminars der Malteser auf dem Aventin zu Rom erging; junge Männer aus dem Weinviertel waren an diesem Ort eine Seltenheit. Wenn jemand wußte, wo Markus steckte, dann Umberto. Und wenn ich jemandem in dieser Sache trauen konnte, dann meinem Weinviertler Önologen vom „Souveränen Ritter- und Hospitalorden vom heiligen Johannes von Jerusalem, von Rhodos und von Malta."

Ich breitete die Manöverkarte aus und vergewisserte mich der genauen Lage des Weinguts. Es sei für Rollstuhlfahrer nicht zugänglich, hatte Hubert gemeint, deshalb trafen wir uns ja in der siebzig Kilometer entfernten Villa Manin. Der seltsam großartige Bau für den letzten Dogen Venedigs war von geradezu beispielhafter Barrierefreiheit – und das vom Kutschenmuseum über die atemberaubende Zeugkammer mit ihren Stechwerkzeugen und großkalibrigen Arkebusen bis zur Galerie.

Ich nahm die Via dei Longobardi zwischen Cormons und Cividale und bog nach dem Dörfchen Ipplis scharf links ab. Es gab keinen Wegweiser. Die schmale und an den Rändern einbrechende Asphaltstraße schlängelte sich durch einen Föhrenwald einen Hügel hinauf. Auf der Kuppe eröffnete sich ein Ausblick von den schneeverzierten Julischen Alpen bis zur Lagune von Grado. Die Burg Rocca Bernarda saß auf einem Felsvorsprung hoch über den Weingärten. Frisierte Steilhänge und Rebstöcke im Gleichschritt auch hier. Die Lese mußte eine große Plackerei sein. Ich passierte vorsichtig ein baufälliges Wirtschaftsgebäude mit einem von der Sonne gebleichten erdroten Anstrich – und wurde um ein Haar von einem vorbeibrausenden Maserati neuerer Bauart von der Straße gedrängt. Am Steuer konnte ich einen Mann mit dunklem Kurzhaar und einer Sonnenbrille wahrnehmen. Jetzt beschleunigte auch ich, zum einen, weil ich der Staubwolke entkommen wollte, zum anderen, weil ich ein geöffnetes schmiedeeisernes Tor sah. Ich hatte Angst, es würde sich im nächsten Moment schließen, schaffte es durchzuschlüpfen und konnte die Auffahrt zur Burg nehmen. Drei enge Kehren, und ich war an der Rückseite der Burg, die ebenso abweisend war wie der Filialbetrieb in Mailberg. Der Parkplatz lag vor einem kiesbestreuten Innenhof. Ich zog Joseph aus dem Wagen und steckte die Räder an. Um zur Vinothek zu gelangen, mußte man einen Steinbrunnen umfahren, was mit dem Rollstuhl auf dem lockeren Kies nicht leicht war. Immer wieder mußte ich Joseph kippen. Wie ein betrunkener Hase hoppelte ich über den Platz. Der Verkaufsraum der Enoteca war über eine niedrige Stufe erreichbar, man konnte sich mit den Händen am rissigen Mauerwerk hochziehen. Joseph und ich plumpsten in den Raum, weiße Kieselsteinchen kollerten über den braunen Marmorboden.

Der Verkaufsraum war leer. Ich fuhr ein Stück vor, blieb aber gleich wieder stehen, denn Josephs Reifen quietschten jämmerlich laut. Unbemerkt kam ich hier nicht weiter. Eine unüberschaubare Menge edler Kreszenzen in den Regalen und an den Wänden rauchgeschwärzte Stiche. Sie zeigten stolze Ritter in ihren

Rüstungen. Eine längliche Kammer ging vom Verkaufsraum ab, die schwere Holztür stand offen. Ich rollte näher und stieß die Tür sachte mit Josephs Fußstützen auf. Sie knarrte nicht.

Hubert lag bäuchlings auf einem grauen Betonboden, sein Gesicht war zur Wand gedreht. Eine Weinflasche war zu Boden gefallen. Was auf den ersten Blick wie eine Blutlache aussah, hatte also einen harmlosen Grund. Er ist nur bewußtlos, dachte ich und rollte näher. Als ich ihn umdrehen wollte, sah ich, daß er sich mit einer Hand fest an ein Tischbein klammerte. Ich fuhr noch näher, Josephs Seitenholm stach in Huberts Oberschenkel. Da roch ich das Malheur, ein scharfer Gestank von Urin und Kot. Hubert war kein Kostverächter, einem Kellermeister steht das zu. Er hat seine dienstlichen Obliegenheiten übertrieben und ist im Dienstrausch gestürzt, das wird wieder, durchzuckte es mich. Ich holte meinen zypriotischen Spiegelkamm aus dem Rollstuhlnetz, klappte den kleinen Spiegel auf und hielt ihn mit einem Fingerbreit Abstand vor Huberts Lippen.

Da vernahm ich im Verkaufsraum Schritte, gefolgt von Stimmen. Zwei Männer unterhielten sich in gehetzten Worten. Waren sie auf der Suche nach Hubert oder suchten sie den Besitzer des Renault 5? Ich verharrte regungslos. Wäre ich zur Seite gefahren, hätten Josephs Reifen uns verraten. Die beiden Männer unterhielten sich auf Englisch, mehrmals hörte ich Huberts Namen, in englischer Sprache. Das waren keine Touristen, ich hatte kein Motorgeräusch gehört. Dann fiel mir ein, daß seit Jahren ein Engländer Großmeister der Malteser war, Matthew Festing. Es konnte sich um englischsprachige Fratres handeln. Jetzt drang das blubbernde und grollende Geräusch eines Sportwagenmotors in die Enoteca. Ich nutzte den Lärm, um mich hinter der Tür zu verstecken. War der Maserati zurück?

Ein Mann machte zwei Schritt in die Kammer, sah den auf dem Boden liegenden Hubert und stürzte, seinen Kollegen mit sich ziehend, davon. Das Zuschlagen von Autotüren, gefolgt vom Aufheulen eines Zwölfzylinders. Schließlich durchdrehende Räder und gegen das Mauerwerk prasselnder Kies. Danach Stille.

Ich wandte mich Hubert zu. Der Gestank war eines Gottesmanns nicht würdig. Ich versuchte, ihn zur Seite zu ziehen, vielleicht konnte ich seine Atemwege von Erbrochenem befreien. Aber Hubert war schwer und lag so, daß ich ihn nicht ordentlich zu fassen bekam, ohne das Gleichgewicht zu verlieren. Also nestelte ich aus dem Netz dünne Gummihandschuhe hervor; ich führe sie immer mit mir, um auch an dreckigen Orten kathetern zu können. Dann zog ich den Tisch zu mir, stützte mich mit einer Hand ab und zog den massigen Leib zur Seite. Es bedurfte mehrerer Versuche, bis ich Hubert auf den Rücken drehen konnte. Sofort war klar, daß ich mit meinem Freund nie wieder einen Jungwein verkosten würde. Huberts Gesicht war zu einer Fratze verzerrt, die Augen waren blutunterlaufen und aus einem Mundwinkel tropfte Blut. Für eine

Sekunde irrlichterte eine niederträchtige Erkenntnis durch mein Hirn: Gut, daß ich hier keine Mund-zu-Mund-Beatmung durchführen muß! Als ich Huberts Hemd öffnete, sah ich, daß er stranguliert worden war. Hubert trug immer einen massiven Rosenkranz um den Hals, das Geschenk eines Freundes, geistlicher Kellermeister auch er, aber bei den Benediktinern im ungarischen Pannonhalma. An Stelle des Rosenkranzes war da aber nur ein blutverschmierter Hals. Ich wollte Huberts hervorquellende Augen schließen, aber es gelang nicht. Würde Hubert erwarten, daß ich ihm die letzte Ölung spendete? Ich, ein Ungläubiger? Die Notölung können auch Laien spenden, hatte ein Kollege vom Binder-Heurigen erklärt. Es ist wie mit der Ehe, auf einem sinkenden Schiff darf der Kapitän eine Nottrauung vornehmen. Und einem Sterbenden darf jeder ein Gebet mit auf den Weg geben. Aber kannte ich ein passendes Gebet? Also presste ich das einzige Gebet, das mir einfiel, hervor: „Prost, Hubert!" Dann durchsuchte ich seinen Arbeitsmantel nach einem Notizbuch, fand aber nur einen Zettel in einer kleinen Innentasche des Hemds. Ich nahm ihn an mich, ohne einen Blick darauf zu werfen. Ich prägte mir das Bild des toten Freundes noch einmal gut ein und verließ die Enoteca, so schnell ich konnte.

Mein Wagen stand unversehrt. Als ich Josephs Reifen aus der Steckachse zog, rutschte mein Brillenetui aus dem Netz und fiel zu Boden. Es kam halb unter der Bodenplatte zu liegen, ich fing an, nach dem Etui zu fischen. Endlich stießen meine Finger auf Widerstand. Ich zog den Gegenstand an mich und als ich die Faust öffnete, hielt ich nicht das Etui, sondern Huberts Rosenkranz in der Hand. Er wies blutige Hautfetzen auf, einige Steine fehlten.

4. Kapitel

*Aus den Aufzeichnungen des Dozenten. Ankunft in Rom und
Erwachen heiterer Gefühle vor der Stazione Roma Termini.
Speedway in Leszno. Mani von Ktesiphon.
Albert Camus in Annaba und Augustinus über alles*

Der alte Airbus der Alitalia dreht eine Runde über der
Lagune von Grado, dann schieben sich graue Wolken
vor das Land. Die Toskana werde ich heute nicht sehen.
In der Abflughalle gab ein südafrikanischer Jugendchor
eine Probe seines Könnens. Die Herzlichkeit und
Lebensfreude dieser Leute ist beeindruckend, aber
auch ein wenig beängstigend, zumindest für einen
Wiener. Was geschieht mit der Ausgelassenheit, wenn
sie auf Widerstand stößt? Kippen die fröhlichen Sänger
dann in wilde Aggression? Ist man schon ein Rassist,
wenn man solches denkt? Da muß ich doch die von mir
ungeliebten Wienerlieder loben. Sie sind nicht fröhlich
und nicht heiter, alles ist auf Moll gestimmt, Kopf-
hängerei und Mieselsucht dominieren. Aber man
braucht keine Angst zu haben, daß etwas kippt. Freund
Groll würde sagen, in Wien ist das schon vor Urzeiten
geschehen, als das Wiener Meer sich vom europäischen
Hauptmeer trennte. Der erste Schritt eines unheilvollen
Alleingangs. Im Abtrennen und Abgrenzen liege Wiens
wahre Größe. Die lichten Phasen einer weltoffenen
Stadt unter Joseph I., Prinz Eugen und Joseph II. seien

folgenlos geblieben. In unseren Breiten herrsche die dunkle Seite der Macht.

Ich nehme mir das Manuskript der Polin vor und lese mit wachsender Neugier. Das Dossier besteht aus drei Teilen.

Hochgeschätzter Kollege!

In der Folge erlaube ich mir, Ihnen einen kleinen Abriß über meine Person und meine Forschungen zu geben. Sie sollen wissen, mit wem sie es zu tun haben. Dazu muß ich in den ersten beiden Abschnitten ein wenig ausholen, sonst bleibt mein eigentliches Anliegen, das im dritten Abschnitt enthüllt wird, unverständlich. Sollten Sie bis dahin durchhalten, was ich sehr hoffe, werden Sie allerdings mit einem Fund konfrontiert, der geeignet ist, die Historie aus den Angeln zu heben. Ich bitte Sie daher um Aufmerksamkeit und ein wenig Geduld. Sie werden es nicht bereuen.

Mit wissenschaftlichen Hauptgrüßen!

Ihre polnische Kollegin Krystyna Hrystofiak

I.

Ich schreibe diese Zeilen in einem Speedwaystadion, genauer gesagt: in der Kantine. Der Ort heißt Leszno und befindet sich an der Staatsstraße von Wrocław/Breslau nach Gdansk/Danzig, die Deutschen nannten den Ort Lissa, zur Zeit des Krieges war hier noch kein Speedwaystadion. Die Profimannschaft von Leszno fährt in der ersten polnischen Liga, gemeinsam mit skandinavischen, russischen und englischen Mannschaften. In den siebziger Jahren sind auch zwei Österreicher hier angetreten, Heinrich Schatzer und Tony Pilotto. Zu den Meetings kommen zwanzigtausend Zuseher. Unser Stadion ist eines der wenigen, die ausschließlich dem Speedwaysport gewidmet sind.

Hier fühle ich mich sicher.

Der Zeugwart des Stadions, ein ehemaliger Crack, dessen Karriere durch einen Unfall in Leningrad Ende der siebziger Jahre jäh beendet wurde, ist mein bester Freund. Jacek ist der Sohn der polnischen Speedwaylegende Alfred Smoczyk (nach der das Stadion auch benannt ist). Er ist absolut vertrauenswürdig. Wäre ich nicht durch Umstände, von denen Sie noch erfahren werden, daran gehindert, ich würde mit ihm das Leben teilen. Seine Liebe zu mir ist groß und wahrhaftig, sie erträgt sogar die größte Demütigung, die einer Liebe zugefügt werden kann, die Existenz als Freundschaft.

Geschätzter Kollege!

Es wird Zeit, daß ich mich vorstelle. Ich stamme aus Warschau und bin am rechten Weichselufer im Stadtteil Praga in einem Plattenbau aufgewachsen. Mein Vater ist früh verstorben, er arbeitete – wie meine Mutter – im großen staatlichen Autowerk FSO, in dem Fiats in Lizenz hergestellt wurden. Nach dem Tod des Vaters übersiedelten meine Mutter, mein Bruder und ich nach Westpolen, wo meine Mutter über entfernte Verwandte eine Stelle als Köchin in einer Kaserne fand. Mein Bruder Arthur ist

Berufssoldat und befindet sich seit drei Jahren im Rahmen eines UNO-Einsatzes in Afghanistan. Seine Aufgabe ist es, desertierte afghanische Soldaten aufzuspüren. Da hat er viel zu tun, denn die afghanischen Soldaten suchen bei erstbester Gelegenheit das Weite und leben dann illegal in den Staaten. Aus diesem Grunde wurden die Schulungen afghanischer Offiziere in den USA auch eingestellt. Auch Arthur wurde in den USA zum Headhunter ausgebildet. Mit seinem großzügigen Gehalt erwarb er eine Villa in Torún und eine Ehefrau aus Kłodzko, letztere schenkte ihm zwei Söhnchen, Marek und Vacek. Ich für meinen Teil mag Kinder nicht, sie lärmen und haben keinen Sinn für die Spätantike.

Nach dem Gymnasium besuchte ich die Technische Hochschule in Warschau, danach studierte ich in Moskau und Damaskus Orientalistik und Arabistik. Meine Doktorarbeit verteidigte ich im Jahr 1997 in Damaskus. Der Titel der Arbeit lautete „Die Papyri von Nag Hammadi – Schriften zur Templergnosis". Die Arbeit wurde mit einem „Ausgezeichnet" angenommen und erschien in einem wissenschaftlichen Verlag in Kanada. Wir halten bei der dritten Auflage. Danach arbeitete ich mit Stipendien der UNESCO und der Friedrich-Ebert-Stiftung in Buchara, Usbekistan, sowie in der somalischen Hafenstadt Berbera. Ein Jahr verbrachte ich bei Ausgrabungen auf der Insel Sokotra im Golf von Aden. Dortselbst hatte ich Zugang zu spätantiken, alten arabischen und frühislamischen Schriften, die unter anderem von der deutschen Arabistin Annemarie Schimmel katalogisiert wurden, jener Annemarie Schimmel, die in Berlin während des Krieges promovierte und dann in Ribbentrops Außenministerium als Übersetzerin arbeitete, sich als „unpolitisch" ausgab, aber Verständnis für die Fatwa und das Todesurteil gegen Salman

Rushdie wegen dessen Buches „Satanische Verse" äußerte.
Ähnlich verhält es sich mit der aus Leszno stammenden Ilse
Schwidetzky. 1935 war sie Assistentin von Egon von Eickstedt,
dem führenden Rassenanthropologen des Dritten Reichs. Es wird
Sie nicht überraschen, daß sie auch zum Ehrenmitglied der
Anthropologischen Gesellschaft in Wien berufen wurde.
Ich mußte an diesem Punkt etwas verweilen, weil ich belegen will,
daß ich in der Wissenschaft ein weites Herz habe. Was aber den
Nazismus (auch in den Wissenschaften) anlangt, gilt für mich
zero tolerance. Wenn man als Jüdin in Polen aufwächst, geht das
nicht anders.
Nach meinen arabischen Wanderjahren habe ich mich auf die
Erforschung der arabisch-islamischen Gnosis spezialisiert, vor
allem auf die Schriften des Mani, des Gründers des Manichäismus,
und deren Rezeption im frühen Islam.

Die Kollegin hat in ihrem wissenschaftlichen Leben
Dinge gesehen und Reisen unternommen, von denen
ich nur träumen kann. Jemand, der eine derart be-
eindruckende Vita vorweist, muß über exzellente
Verbindungen in der Fachwelt verfügen! Wieso wendet
sie sich da an mich, einen Kriminalsoziologen mit
oberflächlichen Kenntnissen der forensischen Anthro-
pologie?
Rom Fiumicino sei in fünfzehn Minuten erreicht, teilt
der Pilot mit, er beginne jetzt mit dem Sinkflug.

Verehrter Kollege!

Wie Sie wissen, wurde der Manichäismus, der zu den großen Weltreligionen zählt und dessen Einfluß sich von Spanien, dem Rheinland und den übrigen Besitzungen Ostroms in Oberitalien (Torcello, Venedig) über den fruchtbaren Halbmond bis Indien und China erstreckte, im dritten Jahrhundert nach dem Beginn unserer Zeitrechnung von dem Perser Mani gegründet. Es handelt sich um eine Offenbarungsreligion der Spätantike, sie ist friedlich und verlangt von den Anhängern Askese und ein ständiges Bemühen um physische und spirituelle Reinheit. Mani wurde im Jahr 216 in Seleukia-Ktesiphon, einer antiken Doppelstadt am Tigris im heutigen Irak geboren. Bagdad ist eine halbe Autostunde entfernt. Die Doppelstädte waren damals Zentren der Parther und Sassaniden, Mani wuchs aber in einer judenchristlichen Sekte auf. Frühe Reisen führten ihn entlang der Seidenstraße über das heutige Turkmenistan bis nach China, wo er die Lehre Buddhas kennen- lernte. Nach einem Erweckungserlebnis formte Mani eine mono- theistische Religion, die christlich-jüdische sowie spätantike, zoroastrische und buddhistische Einflüsse verband. Von einem Sassanidenherrscher eingekerkert, starb Mani im Jahr 276 in Gefangenschaft. Schon früh war er darauf bedacht, seine Ideen und Offenbarungen in schriftliche Form zu bringen. Er wollte damit Auslegungsstreitigkeiten und Spaltungen vorbeugen.

Flughäfen am Meer wohnt etwas Tröstliches inne. Die südafrikanische Reisegruppe ist schon wieder fröhlich. Ihr Gesang wird von einer Gruppe kroatischer Nonnen erwidert. Sie kontern mit kirchenslawischen Gesängen.

Die Uniformen der Alitalia-Leute würden einem Gardeoffizier unter Maria Theresia zur Ehre gereichen. Meine Laune hebt sich nach dem ersten Espresso, und nach einem Glas Soave im Bistro spüre ich Wellen von Vorfreude gegen meine gepanzerte Hietzinger Seele branden.

Hochgeschätzter Kollege!

Der Manichäismus ist eine gnostische Heilslehre, in der die Autorität des Glaubens abgelehnt wird, das Heil kommt allein aus dem Wissen und der Erkenntnis. Aus dem Zoroatrismus übernahm Mani einen radikalen Dualismus: Das göttliche Lichtreich und das Reich der Finsternis stehen einander unversöhnlich gegenüber. Die in der Finsternis gefangenen Lichtelemente dürfen keinesfalls verletzt werden, da dies ihre Befreiung behindert. Daher ist es untersagt, Lebewesen zu töten. Bei der Befreiung der Lichtelemente spielen die „Auserwählten", die mönchisch lebenden „Electi", eine Schlüsselrolle. Sie vermeiden jegliche Verletzung des eingeschlossenen Lichtes und alles, was dessen Gefangenschaft verlängern kann, indem sie sich des Geschlechtsverkehrs enthalten und weder Menschen noch Tiere oder Pflanzen verletzen. Die Nahrung wird von den „Hörern", den „Auditores", besorgt. In der Verdauung der Auserwählten wird das Licht von der Finsternis geschieden, und durch Gesang und Gebet kann es zum Licht zurückkehren. Wenn die Lichtbefreiung fast vollendet und die materielle Welt zu einem Klumpen zusammengeschmolzen ist, tritt die Endzeit der manichäischen Heilsgeschichte ein. Sie endet mit der vollständigen und endgültigen Trennung von Licht und Finsternis. Eine Auferstehung findet nicht statt.

Unter Kaiser Diokletian, der sich als Gardeoffizier im Jahr 284 an die Macht putschte, konkurrierten die manichäische Religion und das Christentum, das unter Diokletians Nachfolger Konstantin römische Staatsreligion werden sollte, um die Vorherrschaft. Schon Diokletian verfolgte die Anhänger Manis, unter Konstantin steigerten sich die Pogrome zu Massenmorden. Trotz massiver Verfolgungen hielt sich die Lehre Manis aber noch bis ins fünfte Jahrhundert. In China lebte die Religion weiter und verschwand erst tausend Jahre später. Manche Wissenschaftler behaupten, daß sich auch in den Lehren der Katharer, Albigenser und Hussiten Elemente von Manis Religion wiederfinden.

Manis Schriften wurden die längste Zeit ausschließlich über seine Gegner in Christen- und Judentum bekannt, denn alle Originalschriften Manis und ihre Kopien wurden verbrannt. Die Quellen stammen also von Feinden des Manichäismus, sie begründen die christliche antimanichäische Literatur. Mittlerweile verfügen wir aber über einige Fragmente von Originalschriften. Sie stammen aus dem Osten Turkistans und wurden vor dem Ersten Weltkrieg von Forschern des Berliner Völkerkundemuseums entdeckt. Die Texte sind teils in iranischen Sprachen, teils in Uigurisch verfaßt. Es gibt auch manichäische Texte in chinesischer Sprache, die zu Beginn des zwanzigsten Jahrhunderts in einer Oase an der Seidenstraße im Westen Chinas gefunden wurden, sowie Texte aus manichäischen Handschriften in koptischer Sprache. Sie kamen in den dreißiger Jahren bei einer Grabung in der Nähe von Kairo zum Vorschein. Die Kodizes stammen aus dem dritten Jahrhundert und sind als manichäische Bibliothek von Medinet Madi bekannt.

Ich sitze in einer schwarzen Mercedes-Limousine und strebe auf der Autostrada Rom zu. Der Fahrer, ein junger, uniformierter Mann mit guten Manieren, arbeitet für eine luxuriöse Hotelkette, deren römisches Haupthaus auf dem Esquilin-Hügel neben dem Bahnhof Termini liegt. Ich pflege bei Reisen Häuser dieser Kette zu frequentieren, die Abläufe gleichen sich weltweit, sogar die Badezimmerarmaturen sind gleich. Diese Standardisierung beklage ich nicht als Verarmung, sondern preise sie als Fortschritt. Vielfältig bin ich selbst. In diesem Punkt hat Freund Groll, der bauliche Standardisierungen als Erleichterungen erlebt, recht. (Ich darf nicht vergessen, ihm mitzuteilen, daß die römischen Taxis einen hohen Anteil von Limousinen aufweisen, keine höhergestellten Vehikel, die einem Rollstuhlfahrer Sprünge und Verrenkungen abverlangen.)

Der Chauffeur glaubt nicht an Jesus, Mani oder Buddha, sein Gott heißt Francesco Totti. Der spielt seit dem Ende des Weströmischen Reichs beim AS Roma und ist auch noch nach seiner Pensionierung immer für Tore gut.

Auf einer Geländestufe oberhalb des Tiber erhebt sich ein strahlend weißer quaderförmiger Baukörper. Neunreihige Rundbögen in fünf Stockwerken. Quersumme vierzehn. Der Palazzo della Civiltá Italiana des Foro Mussolini aus dem Jahr 1943 ist eine herrische Geste.

Verehrter Kollege!

In Nordafrika, im heutigen Algerien, war der spätere Kirchenvater Augustinus (von Hippo Regius) zehn Jahre Anhänger der Manichäer, er war ein „Auditor", ein „Hörer". Hippo Regius war um die Zeitenwende die zweitgrößte Stadt des Römischen Reiches, eine Ansammlung von Prachtbauten und Reichtum, die Stadt versorgte das römische Kernland mit Getreide und Waren aus Afrika. Heute liegt die Küstenstadt in Algerien und nennt sich Annaba. Albert Camus wurde dort in einem Weingut geboren, wo sein Vater als Fuhrwerker schuftete. Nach dem Tod des Vaters im Ersten Weltkrieg zog die Mutter mit dem einjährigen Albert und dessen behindertem Bruder in ein Armeleuteviertel von Algier.

Hundert Jahre nach dem Tod Manis im Jahr 276 vollzog Augustinus mit seiner Hinwendung zum Christentum einen Bruch mit dem Manichäismus. Obwohl er den Manichäismus in seinen Schriften leidenschaftlich bekämpfte, übernahm er für das Christentum in seinem Hauptwerk „De civitate Dei" fünf manichäische Hauptprinzipien: einen scharfen Dualismus (die Staaten des Guten und Bösen), die Fegefeuer-, die Höllen- und die Erbsündenlehre und die Lehre der Prädestination, der Vorherbestimmung. Dieser Punkt wurde vor allem vom Islam geschätzt. Bei Augustinus besonders wirksam wurde ein weiterer Fixpunkt der Lehre Manis, eine fanatische Askese, die sich in extremer Körper- und Sexualfeindlichkeit ausdrückt und weite Teile des Christentums in unterschiedlicher Ausformung bis heute prägt. Zusätzlich propagierte Augustinus einen religiösen Antijudaismus, der sich bei Mani nicht findet. Auch dieses Erbe überschattet die Christenheit bis heute.

Bemerken möchte ich noch, daß Albert Camus seine Abschlußarbeit an der Universität zu Algier über den Neuplatoniker Plotin – und eben Augustinus – verfaßte.

Nach dem Dargelegten wird es Sie, geschätzter Kollege, nicht wundern, wenn ich meine Zugehörigkeit zur friedlichen, weltoffenen manichäischen Religion bekenne. Ich tue dies als Atheistin. Bei den spätantiken gnostischen Religionen ist das kein Widerspruch.

Das Taxi passiert die Caracalla-Thermen. Ich versuche mir darüber klarzuwerden, ob ich es mit einer religiösen Spinnerin zu tun habe oder mit einer ernstzunehmenden Wissenschaftlerin, die sich hinter allerlei Schmonzetten versteckt, mir aber eine wichtige Botschaft zukommen lassen will. Um was damit anzufangen? Ein Gefäß, in dem größere Zusammenhänge ausgebrütet werden – so habe ich mich noch nie gesehen. Andererseits: Auch gänzliche Fremdbestimmung hat ihren Reiz. Eine Ausgeliefertheit, die mir, dem rundum abgesicherten Beobachter einer zerfallenden Gesellschaft, gut tut. Fahren Sie fort, teure Freundin, ich folge Ihnen.

5. Kapitel

Kutschen, Kolonnaden und Arkebusen in der Villa Manin.
Mafiosi, Bibliothekare und Eiskletterer.
Mein Freund Paolo

Von Palmanova kommend, nahm ich die schnurgerade
Landstraße nach Codroipo am Tagliamento. Da mein
Wagen nicht zu den Supersportlern zählt, die von null
auf hundert nur wenige Sekunden benötigen, wird bei
meinem R 5 Automatic das Erreichen der Hunderter-
Grenze gefeiert – ob das eine halbe Minute oder einen
halben Tag dauert, ist nicht von Belang. Ich blieb in
einigem Abstand hinter den blitzenden Trucks, ließ die
Nachdrängenden überholen und zockelte gen Süden.
In der Mittagshitze langten wir vor der Villa Manin an.
Den Besucherparkplatz ignorierend, rollten wir auf
den Vorplatz des pompösen Herrschaftssitzes. Um ein
Haar kollidierten wir mit einer Postkutsche aus dem
Wilden Westen. Pferde wieherten und scheuten, Fäuste
wurden geschüttelt, Pfiffe ertönten, Uniformierte liefen
auf meinen Wagen zu. Wenigstens wußten jetzt alle,
daß ich da war. So hoffentlich auch mein Freund Paolo.
Nach erregtem Gezeter und vielen Entschuldigungen
meinerseits ließ man uns gnädigerweise in der Nähe
des Kommandostands vor den Kolonnaden parken
und aussteigen. Jetzt erst nahm ich die riesigen Dimensionen der Anlage wahr. Die ausgedehnte Piazza und

die Kolonnaden seien dem Petersplatz und den Kolonnaden Berninis nachempfunden, klärte mich ein livrierter Diener auf, der mir ein Glas Champagner reichte. Die Villa sei im Eigentum des letzten Dogen von Venedig gestanden, 1797 sei hier der Friede von Campoformio zwischen Österreich und Frankreich unterzeichnet worden, der Österreich in Holland und Oberitalien Gebietsverluste eintrug, aber mit Venedig und dessen Besitzungen bis zur Etsch und Dalmatien entschädigt wurde. Auch die große venezianische Kriegsflotte wurde Österreich zugeschlagen, so entstand der Kern der k. u. k. Kriegsmarine.

Ich zeigte mich beeindruckt und wurde mit einem weiteren Glas Champagner belohnt.

Der Kutschenwettbewerb war international besetzt, sogar aus den USA, Hongkong und Südafrika waren Teilnehmer mit den unterschiedlichsten Kutschen aus diversen Epochen angereist, samt mehreren Dutzend Pferden – ein verschwenderisch teures Unterfangen. Es gab vornehme Landaulets, elegante Coupés, schnelle Kaleschen, noble Phaetons, leichtfüßige Voiturettes, schnelle Gigs polnischer Landärzte, behäbige Postkutschen und zierliche Wagonettes aus den Appalachen und andere mehr. Vor mir entfaltete sich ein ganzer Kosmos von Fuhrwerken; Einspänner, Mehrspänner, offene und geschlossene Kutschen. Daß die teilnehmenden Herrschaften und die Kutschenbesatzungen in Originalkleidung, vom höfischen Adel bis zum englischen Lord, deutschen Kurfürsten, toskanischen

Cavalieres und römischen Commendatores antraten, verstand sich von selbst. Bevor die Kutschen ihre Fahrt auf dem Schloßrasen absolvierten, wurde der Parcours von den einzelnen Teams abgeschritten. Während sie in vornehmer Haltung der Sonne und dem Staub trotzten, welcher von den Gespannen vor den Stallungen aufgewirbelt wurde und sich wie Pappelblüten über das Gelände und die Menschen legte, stellte der Sprecher, untermalt von höfischer Musik aus turmhohen Lautsprechern, die Teilnehmer vor. Die Kleider der Kutschenfahrer und die Equipagen wurden in schmetterndem Italienisch und brüchigem Englisch beschrieben. Stolz trugen herrliche Rösser ihr blumengeschmücktes Geschirr. Warum nicht mehr Zuseher das Schauspiel verfolgten, wollte ich von dem livrierten Mundschenk wissen und erfreute mich an einem weiteren Glas Champagner. Weil es sich nur um das Training, das Qualifying sozusagen, handle. Der Concours d'Elégance finde erst morgen statt.

Ich machte mich auf die Suche nach Paolo. Mein erster Weg führte mich über eine ungewöhnlich lange stählerne Rampe ins Entrée der marmornen Villa, die in unseren Breiten als Schloß vermarktet würde. Nicht nur für behinderte Besucher war hier vorgesorgt, auch der leitende Mitarbeiter des Kassen- und Informationsbereichs, mein Freund Paolo, befuhr die nützliche Rampe, die vor den Augen des österreichischen Denkmalamts nie Gnade gefunden hätte, mehrmals am Tag.

Ich rollte zur Kassa und wurde von einer aristokratisch streng blickenden Dame empfangen. Paolo sei vor einer halben Stunde gegangen, sagte sie außergewöhnlich freundlich, sie wisse nicht, ob und wann er zurückkomme, Paolo habe heute nämlich seinen freien Tag und sei nur auf einen Kaffee an seine Arbeitsstätte gekommen. Ich dankte ihr mit meinem schönsten Kratzfuß, den ich mit der rechten Hand ausführe, und das mit unvergleichlicher Grandezza.

Vom Eingang genoß ich den Blick auf die Kolonnaden und den nach Süden offenen Hof. Kutschen, Pferde, Barockmusik. Menschen in historischen Kleidern. Als würde ein Mantel- und Degenfilm gedreht. Am Fuß der Rampe drehte ich scharf links zum Zeughaus und zum Waffenmuseum. Paolo zog sich gern hierher zurück, wenn ihm der Lärm der Welt zuviel wurde. Joseph und ich suchten ihn zwischen Hellebarden und Arkebusen, diesen langen, kanonenähnlichen Gewehren, für deren Bedienung drei Mann erforderlich waren und die Paolo so sehr liebte. Im Nahkampf sind handliche Waffen nützlich, Arkebusen mit drei Mann Besatzung aber erfüllen den Tatbestand einer paradoxen Intervention und sind daher besonders wirkungsvoll. So mein Freund.

Paolo war ein typischer Fall der Ausbeutung von behinderten Menschen, die sich für ihre Arbeit aufreiben. Ein Schicksal, das mir erspart bleiben wird. Als Kind erkrankte er an Knochenkrebs, seine Überlebenschancen waren gering. Aber nach der Amputation des rechten

Ober- und des linken Unterschenkels war er wieder ins Leben abgebogen. Links trug er manchmal eine Prothese, rechts nie. Der Stumpf machte immer wieder Probleme und Paolo hatte es satt, sich davon das Leben vermiesen zu lassen.

Joseph und ich suchten Paolo noch im Kutschenmuseum. Die Ställe ersparten wir uns. Für Paolo waren Pferde Überbleibsel der Dinosaurier. Zu groß, zu dumm und in keiner Weise barrierefrei.

Wir waren grade dabei, uns für die Abfahrt zu richten, als ein Traktor meinen Wagen in eine Staubwolke hüllte. Inmitten von allerlei Parcoursgerümpel saß Paolo, der Reifen eines Rollstuhls schaute aus den Dreieckszäunen und Signallatten hervor. Im selben Moment sah ich einen dunkelblauen Maserati das Gelände verlassen, dieses Mal konnte ich die Anfangsbuchstaben der Nummerntafel lesen: Roma. War es derselbe, der in Rocca San Bernarda aufgetaucht war? Wurde ich verfolgt? Oder ging es um Paolo? Andererseits: Maseratis mit römischem Kennzeichen sind keine Rarität. Seit es der Konzernmutter Fiat gefallen hat, Maserati gegen Porsche in Stellung zu bringen, werden über zehntausend Sportwagen im Jahr verkauft, da können ruhig ein paar Dutzend mit römischen Nummern dabei sein. Dennoch war ich alarmiert.

Kurz darauf saßen wir im Schatten eines Wirtschaftsgebäudes. Ich erzählte Paolo vom Maserati und den Mafiosi, und ich erzählte von Umbertos Tod.

Paolo war entsetzt. „Als wir heute früh telefonierten, war Umberto verzagt, kleinlaut, mutlos… ich kannte ihn so nicht. Der Mann, der sonst immer einen Scherz auf den Lippen hatte, wirkte gehetzt. Und in seiner Stimme war Angst." Ärgerlich wischte er sich mit der Hand eine Träne ab, die über seine Wange lief.

„Was hat er gesagt?"

„Er warnte mich vor Männern, die sich nach mir erkundigen würden."

Vielleicht waren die beiden im Maserati gar keine Mafiosi? Die Spezialisten von der Finanzpolizei traten schon längst nicht mehr in Sack und Asche auf.

„Wie haben die beiden ausgesehen?"

„Wie man sich typische Mafiosi vorstellt, mit Sonnenbrille und teurem Anzug. Sie spiegelten sich in der Tür zum Druckerraum. Sie haben nach mir gefragt, aber Francesca war geistesgegenwärtig und hat mich verleugnet."

„Du weißt nicht, was die zwei von dir wollten?"

Paolo zuckte die Achseln. „Ich hörte sie über ein Buch reden. Aber die zwei schauten nicht aus wie Bibliothekare."

„Wie schaut denn ein Bibliothekar aus?"

Paolo dachte nicht lange nach. „Seriös. Billiges Rasierwasser, Lesebrille. Freundlich, aber mit angestaubtem Weltbild."

„Ich kenne einen Bibliothekar in der Wiener Arbeiterkammer", sagte ich. „Der ist Eiskletterer."

„Was ist das?"

„Er klettert gefrorene Wasserfälle hoch."

„Madonna! Wozu? Eis ist zum Essen da."

„Warum spielst du Streckenposten in Misano Adriatico?"

„Das ist etwas anderes", winkte mein Freund ab. „Du weißt, ich liebe meine MV Agusta Brutale 800. Paolo Rossis zweiter Mechaniker ist von hier. Er hat mich in Misano eingeschleust."

„Einen Streckenposten im Rollstuhl gibt es kein zweites Mal."

„Irrtum. Ich kenne allein vier in Italien. Wieso soll jemand nur wegen eines dummen Unfalls oder einer bornierten Krankheit seine *passione* verraten?"

Wir rollten langsam auf Paolos Haus zu.

„Ist deine Frau da?"

„Nein, sie ist bei einem Seminar in Triest. Sie läßt sich zur *barista* umschulen. Vom Weinjournalismus will sie nichts mehr wissen, korrupte Machos können ihr gestohlen bleiben."

„Und bei den Kaffeeleuten ist das anders?"

„Die Manieren sind besser und die Bestechungssummen höher."

Beatrice war eine Schönheit aus der italienischen Volksgruppe eines Dorfes bei Motovun in Istrien. Als Mitarbeiterin einer Regionalzeitung war sie an der Aufdeckung des Trüffelskandals Ende der neunziger Jahre beteiligt: Ausbeutung der Arbeiter, Trüffelfälschungen, Bestechungen. Schließlich floh sie vor der Trüffelmafia nach Italien, wo sie einige Jahre als Hilfskrankenschwester im Ospedale di Udine arbeitete. Dort lernte sie Paolo kennen, an dessen Stümpfen die Mediziner fortwährend herumschnippelten. Schließlich flüchteten die beiden gemeinsam nach Codroipo.

„Und die Kinder?"

„Sind bei meiner Mutter in Lastra a Signa." Angesichts meiner ratlosen Miene fügte er hinzu. „Bei Florenz, am Arno." Er schaute mich nachdenklich an.

„Und du? Was treibt dich zu uns? Willst du dem Papst gratulieren, daß er schon drei Jahre überlebt hat? Oder willst du Castel Gandolfo für einen Wiener Strohmann kaufen?"

Ich schüttelte den Kopf und lächelte.

„Ich suche einen Priesterzögling. Er ist bei den Maltesern. In Rom."

„Hat er etwas ausgefressen?"

„Ich weiß es nicht. Er ist wie vom Erdboden verschluckt. Seine Mutter macht sich Sorgen."

„Seine Mutter? Die Malteser schauen schon auf ihre Leute."

„Siehe Umberto", sagte ich bitter.

Paolo seufzte. „Bist du für solche Eskapaden nicht schon zu alt?"

„Was heißt Eskapaden? Auch ich habe meine Passionen!"

„Ja, die kenne ich. Deine Passionen sind Schiffe, Flüsse, Schiffe, das Meer, dann Schiffe und Flüsse. Nicht zu vergessen Schiffshavarien. Wenn du in Sacile mit dem Paddelboot in einem Auffangrechen eines Wehrs feststeckst, bist du glücklich. Wenn wir dich nicht herausgezogen hätten, wärst du heute Biodünger."

Ich mag Paolo sehr. Manchmal geht mir seine Selbstgerechtigkeit aber auf die Nerven.

„Markus' Mutter bezahlt mich dafür, daß ich ihren Einzigen suche. Ich brauche das Geld."

Paolo schwieg. Dann sagte er dumpf: „Ich kann das Haus nicht mehr halten. Wenn das Museum zusperrt …"

Seine Worte gingen in ohrenbetäubendem Lärm unter. Eine Kunstflugstaffel zog über unsere Köpfe. Eine Maschine nach der anderen löste sich aus den Kondensstreifen, zog in den Himmel, vollführte mehrere Loopings und reihte sich schließlich in die Formation der übrigen Maschinen ein, die in einem weiten Bogen Richtung Adria abdrehten und zur nächsten Figur ausfächerten. Auf der Landstraße, die zur Villa führte, hatte der Verkehr angehalten. Ein kleiner Mann mit Kugelbauch war auf die Ladefläche seines Ape-Rollers geklettert, er hüpfte auf und ab und rief „Frecce Tricolori! Il Cardioice!" Eine schwarze Haarsträhne umwehte seine Halbglatze. Der Roller schwankte wie ein Schiff bei rauher See.

6. Kapitel

*Die Stazione Termini und die jüdische Diaspora.
Der Bürgerkrieg in Medina und die Vorläufer der Seidenstraße.
Die Geburt einer neuen Weltreligion aus der Kraft alter Eliten.
Mohammeds Flucht und Krystynas Ankunft*

Das oberste Stockwerk des Radisson Blu ist ein wunderlicher Ort. Ein großes Schwimmbecken, Menschen in Badekleidung, dienstbare Geister in weißen Jacketts servieren Erfrischungen an die Liegestühle. Badeurlaub in der Großstadt. Zitronensträucher, Rhododendren und Olivenbäumchen. Im Hintergrund der Quirinal mit dem Präsidentenpalast. Knirschen und Quietschen, Stahl reibt sich an Stahl. An der Nordseite tief unten die Stazione Termini mit ihrem Fächer an Gleisen. Eine Straßenbahn aus den dreißiger Jahren quietscht auf der Via Giolitti, sie fährt zur nahen Piazza Maggiore. Früher führte der Schienenstrang nach Frascati in die Berge. Im Krieg befand sich dort das Hauptquartier Feldmarschall Kesselrings, aber ich bezweifle, daß der Kommandant von Rom je mit der Bahn fuhr. Er war mit gepanzerten Fahrzeugen unterwegs, denn ganz konnten die Nazis die Stadt nie unter ihre Kontrolle bringen, es gab Entführungen von Wehrmachtsoffizieren, Attentate, Befreiungen aus deutschen Gefängnissen – ausgeführt von Partisanen. Im Anblick einer großartigen Stadt fallen mir Ereignisse aus dem Zweiten Krieg ein. Das ist Grolls schädlicher Einfluß. Er verknüpft alles und jedes mit dem Zweiten Weltkrieg. Würde er auf die Eidechse an der Wand hinter der Bar aufmerksam, er hätte im selben Moment eine Assoziation mit Konspiration, Widerstandskämpfern und österreichischen Massenmördern. Aber im Falle von Rom wäre seine Obsession nicht falsch, Kesselring hatte Blut an den Händen, aber so verrückt, die Ewige Stadt dem Erdboden gleichzumachen, wie Hitler ihm befahl, war er dann doch nicht. Die Römer verdanken das Überleben ihrer Stadt einem Kriegsverbrecher in Wehrmachtsuniform.

Ferrarirote Hochgeschwindigkeitszüge kriechen wie giftige Würmer aus der Bahnhofsvorhalle oder fahren in sie ein. Im Westen ein Dritte-Welt-Viertel mit einer Chinatown und unzähligen indischen, pakistanischen, arabischen und afrikanischen Läden, die rund um die Uhr geöffnet haben und in denen man vom Einzelkondom bis zum Original-Samuraischwert alles für den Haushalt bekommt. Eine Straße weiter warten italienische Restaurants, deren Tische die halbe Straße okkupieren, auf Gäste. Hunderte Dreisternehotels und billige Pensionen nehmen die vom Bahnhof in die Stadt strömenden Pilger und Touristen auf. Vor dem Hotel der Nuovo Mercato, kein nobler Ort, sondern ein lärmender, schriller, der das Viertel versorgt. Wenig Polizei auf den Straßen, dafür ein ohrenbetäubendes Rattern und Pfeifen in der Luft. Ein Militärhubschrauber, groß wie ein Sattelschlepper, dreht seine Runden, ein uniformierter Mann hängt, durch einen Gurt gesichert, aus einer Luke, er filmt Straßen und Plätze zwischen Termini, den diokletianischen Thermen und der Piazza della Repubblica. Sie sichern das Gelände für die Ankunft meiner Kryszu in einer Stunde. Ich bin aufgeregt wie ein Schuljunge beim ersten Ladendiebstahl.

Lieber, geschätzter Kollege!

Kommen wir zu Teil zwei des Berichts. Er handelt von der jüdischen Volksgruppe in Palästina. Nach der Zerstörung der Stadt Jerusalem und des Tempels fliehen die Juden in alle Himmelsrichtungen. Viele siedeln sich in Kleinasien und Persien an. Ein anderer Teil geht, der Donau und der Westbalkanroute folgend, nach Europa, wieder andere wagen die Schiffsreise nach Spanien, Nordfrankreich und England. Im Jahr 321 entsteht in Köln eine jüdische Gemeinde. Mit der Übernahme des Christentums als Staatsreligion unter Kaiser Konstantin geraten die Juden aber erneut unter Druck. Der Emigrantenstrom wird in den Osten umgelenkt, in die Oasenstädte der Arabischen Halbinsel. Im Jemen gab es noch Reste eines jüdischen Königreichs. Sie kennen ja die sagenhafte Erzählung von König Salomo und der Königin von Saba.
In den ersten Jahrhunderten der neuen Zeitrechnung waren die Oasenstädte Vorläufer der Seidenstraße, frühe Knotenpunkte des Welthandels. Jahrhunderte bevor Venedig eine dominierende Stellung im Handel mit dem Fernen Osten erlangte, waren es

Siedlungen wie Torcello, Malamocco und Heracliana mit mehreren Tausend Einwohnern, die mit den auf den Werften am nahen Sile-Fluß gebauten Schiffen eine Hochseeflotte betrieben, welche Kontore in Westeuropa, Nordafrika, Kleinasien, dem Schwarzen und dem Asowschen Meer und allen wichtigen nahöstlichen Hafenstädten unterhielt. Im Museum des Weilers Lio Piccolo in der Lagune von Venedig sind Keramikspuren und Waffenreste der Handelsfahrer ausgestellt. Sie können dort studieren, wie ausgeprägt der Welthandel um das Jahr 400 bereits war.

In all den Jahren leben Juden und Christen überwiegend friedlich zusammen, wenn auch in den historischen Quellen Zwangstaufen erwähnt werden. Eine Radikalisierung der Politik gegenüber den Juden findet erst ab dem Millennium statt. Die Kirche hatte den Weltuntergang für das Jahr 1000 vorhergesagt, selbiger blieb aus, ein radikaler Verlust der kirchlichen Autorität war die Folge. Dazu kam, daß die Juden für den Verlust des Heiligen Landes an die Araber verantwortlich gemacht wurden. Kein Wunder, daß es in der Zeit der Kreuzzüge zu ersten Pogromen kommt. 1144 werden die Juden aus England, 1394 aus Frankreich vertrieben. Im Jahr zuvor fallen in Sevilla viele Juden einem Gemetzel zum Opfer. Auch im deutschsprachigen Raum kommt es zu Pogromen.

Lieber Kollege, gehen wir einen Schritt weiter.

Der wohlhabende Karawanenkaufmann Mohammed – ein ehemaliges Waisenkind aus dem führenden Stamm der Chureish in Mekka, war mindestens zweimal mit einer Karawane in Syrien. Er bezieht von dort seine Kenntnisse über das Judentum und das

nestorianische Christentum. Um das Jahr 610 ereilt den Groß-
spediteur – die Karawanen umfaßten Tausende Kamele, Reiter
und Waren aus aller Welt – ein Erweckungserlebnis: Erzengel
Gabriel übergibt ihm die Worte Allahs. Ich sage bewußt „ereilt",
denn mit Offenbarungserlebnissen beginnen die meisten gewalt-
tätigen Religionen. Wer von einem sagenhaften Geist oder Engel
heimgesucht wird, und diesem Wahn keinen Widerstand leistet,
sondern, im Gegenteil, daraus die Kraft und die Anmaßung
schöpft, den Menschen ein Himmelreich vorzugaukeln und für
den Einzug in jenes Reich Gottes eine horrende Miete, nämlich
Unterwerfung, Fanatismus und Auslöschung des Verstandes
fordert, dem ist alles zuzutrauen.

Noch eine halbe Stunde bis zur Ankunft des Zuges aus
Wien. Von Minute zu Minute werde ich unruhiger.
Aber das zweite Kapitel von Kryszus Brief will ich
noch fertiglesen.

Mohammed predigt soziale Gerechtigkeit und beschimpft die alten
mekkanischen Götter. Nicht nur seine Anhängerschaft, auch seine
Feindesschar wächst. Anfangs sind seine Auftritte nicht viel mehr
als Aufforderungen, bestimmte Verhaltensregeln einzuhalten und
zum alten Glauben Abrahams zurückzukehren. Vieles, was den
späteren Islam rigide erscheinen lässt, war damals noch nicht
festgelegt – wie die Anzahl der Gebete und die Dauer des Fastens.
Was die reichen Bürger Mekkas am meisten stört, ist Mohammeds
Forderung nach der Almosengabe. Der mekkanische Kaufmanns-
adel hält nichts vom Teilen. Mohammed solle sich als Gesandter
Gottes durch Zeichen und Wunder ausweisen, auch wollen sie den

genauen Termin des großen Gerichts wissen. Über den Gedanken der Totenauferstehung macht man sich lustig. Mohammed versucht dem Widerstand zu begegnen, indem er postuliert, daß Allah Glauben und Unglauben vorherbestimmt habe. Bald festigt sich der Gedanke, daß der Mensch Gott völlig ergeben sein müsse (Muslim – der Gottergebene) und seinen Verstand und seine Vernunft dem durch Mohammed verkündeten Willen zu unterwerfen habe (Islam). Anfangs predigt er noch im Hof seines Hauses, als die Schar seiner Anhänger wächst, lässt er eine Kanzel bauen. So entsteht die Urform einer Moschee. Den führenden mekkanischen Geschlechtern wird der Prediger mehr und mehr suspekt, sie zwingen die Anhänger des Propheten, sich von ihm zu trennen. Die Gemeinde trifft sich nur mehr heimlich. Mohammed ist durch seine aristokratische Sippe geschützt, seinen Anhängern empfiehlt er, nach Äthiopien zu flüchten und dort bessere Zeiten abzuwarten. Tatsächlich wandern viele seiner Anhänger im Jahr 615, keine fünf Jahre nach Mohammeds Offenbarungserlebnis, aus.

Im Jahr 619 stirbt Mohammeds Frau Chadidscha im Alter von fünfundsechzig Jahren. Im selben Jahr stirbt auch Abu Talib, ein Karawanenhändler und Onkel Mohammeds, der den Knaben bei sich aufgenommen hatte. Die beiden hatten Mohammed vor den Häschern der führenden Stämme beschützt, nun wird die Lage des Predigers in Mekka unhaltbar.

Geehrter Kollege!

Die größten Verwicklungen der Weltgeschichte beruhen auf Verquickungen getrennter Ursachen. So auch bei unserem religiösen

Fanatiker, der von vielen Mitbürgern als Spinner angesehen wurde. Mohammed erhielt unerwartete Hilfe von außen. Sie kommt aus einer fünfhundert Kilometer entfernten Stadt, Yathrib.

In dieser reichen Oasen- und Handelsstadt toben seit Generationen Fehden zwischen jüdischen und arabischen Stammesgruppen, wobei nicht etwa die Juden gegen die Araber und umgekehrt kämpften, nein, die Fronten sind durchmischt. So ist der Stamm der arabischen Chazradsch mit zwei jüdischen Stämmen verbündet, ein anderer arabischer Stamm, Banu Aus, ist mit dem dritten jüdischen Stamm, den Kainuqa, im Bunde.

Der jahrzehntelange Bürgerkrieg hatte um 620 zu einer allgemeinen Erschöpfung der Streitparteien geführt. Sie können das mit dem Bürgerkrieg der Jahre 1975 bis 1990 im Libanon vergleichen. In dieser Situation kommen die Stammesführer Yathribs auf die Idee, die „guten Dienste" eines Dritten anzufordern. Ja, die UNO und das Völkerrecht haben uralte Vorläufer. Der Ruf des seltsamen Predigers in Mekka war bis in die reiche Oasen- und Handelsstadt gedrungen. Sechs Stammesführer ritten nach Mekka und baten Mohammed um Vermittlung. Damit sicherten sie sein Überleben. Er erklärt sich bereit zu vermitteln, stellt aber zur Bedingung, daß die Stämme seinen Glauben annehmen. Die Stammesführer sind pragmatische Leute, ihnen ist jeder Ausweg recht, das Blutvergießen zu beenden, und sei es die Annahme einer neuen Sektenreligion, deren es in der damaligen Zeit viele gab. Also emigriert Mohammed mit dem engsten Kern seiner Anhänger, dem Groll der mekkanischen Handelsaristokraten zuvorkommend, im Jahr 622 nach Yathrib,

dem späteren Medina (was soviel wie „Stadt des Propheten"
heißt). Er ist zu diesem Zeitpunkt fünfzig Jahre alt.

Dort gelingt es ihm, einen Vertrag auszuhandeln, der die kriegerischen Auseinandersetzungen beendet und einen Stadtstaat als
Föderation autonomer Stämme mit einer gemeinsamen Außen-
und Verteidigungspolitik errichtet. Die arabischen Stämme nehmen
den Islam mehr oder weniger aufrichtig an und genießen für einige
Zeit die Früchte des Friedens. Das Verhältnis zu den Juden ist
gut; der Vertrag von Medina bezeichnet sie als gleichberechtigt.
Mohammed ist dennoch unter Druck. Zwar erweist die Streit-
schlichtung sich als erfolgreich; seine materielle Lage aber ist
prekär. Er und seine kleine Anhängerschar sind auf Zuwendungen
der Stämme angewiesen. Keine gute Konstellation für einen
Politiker mit einer Mission. Wie kam man in der damaligen Zeit
rasch zu Vermögen? Richtig, durch Raub. Der Prophet und
Friedensstifter organisiert Überfälle auf Karawanen, die mit
Mekka Handel treiben. Er wird zu einem Strauchdieb – in der
Wüste gibt es keine Bäume – mit einer religiösen Agenda. Nach
einer Phase von kleinen Niederlagen und noch kleineren Erfolgen
zwingen seine Gotteskrieger und er das Kriegsglück schließlich auf
ihre Seite. Die Überfälle auf die Karawanen verschaffen ihm
Beute und regen Zulauf. Dazu muß man sagen, daß der
Fernhandel damals bereits hoch entwickelt war, in riesigen
Karawanen wurden Gewürze, Seide, Gold, Waffen und Papier
aus dem Fernen Osten nach Europa gebracht, von dort wiederum
gingen Eisen, Rohstoffe, Leder, Holz und Waffen in den
fruchtbaren Halbmond, so nennt man den Bogen des Winter-
regengebiets vom persischen Golf im Süden des Irak, über Syrien,

88

den Libanon, Palästina bis zum Norden Ägyptens. Der Islam, anfangs von den Kämpfern mehr als Beifang mitgenommen, erweist sich als taugliche Religion für das mohammedanische Geschäftsmodell. Geschickt organisiert der Prophet seine Gemeinde, die umma. Für uns interessant ist, daß sich in dieser Phase sein Verhältnis zu den Juden, die in Medina und Umgebung zahlreiche wohlhabende Gemeinden haben, verändert. Anfangs hofft Mohammed, in ihnen Verbündete zu finden, da sie an Gott und das Jüngste Gericht glaubten. Er erkennt sie auch als auserwähltes Volk an und übernimmt eine Reihe religiöser Praktiken, so das jährliche Fasten, die drei Gebetszeiten am Tage und die Gebetsrichtung nach Jerusalem. Die Juden aber sehen, daß viele von Mohammeds Offenbarungen auf mißverstandenen oder verdrehten alttestamentarischen Sprüchen beruhen. Sie bedenken den ungebildeten und der Schrift nicht mächtigen Mohammed mit Spott und verhöhnen ihn wegen seines großmäuligen Auftretens. Daraufhin wendet Mohammed sich verbittert sowohl von Juden als auch von den Christen, den „Besserwissern mit Alphabet", ab und proklamiert seine Lehre als die einzig richtige. Im Jahr 624 widerruft er alle Zugeständnisse, die er den Juden gemacht hat und weist sie aus der Stadt. Ein jüdischer Stamm wird von ihm und seinen Anhängern physisch vernichtet, die erbeuteten jüdischen Palmenhaine stärken seine ökonomische Basis. Parallel dazu wechselt er die Gebetsrichtung von Jerusalem auf den uralten Sehnsuchtsort früharabischer Stämme, den schwarzen Stein Mekkas, die Kaaba.

Im Gegensatz zum oströmischen und zum persischen Sassanidenreich, die beide streng hierarchisierte Gesellschafts- und Religionsmodelle darstellen, offeriert der Islam anfangs eine egalitäre

Herrschaftsform, bald nimmt aber auch er elitäre Züge an und die führenden Familien Mekkas reproduzieren ihre Herrschaft in der neuen Religion. Jene Stämme, die anfänglich zu den erbittertsten Feinden der neuen Religion zählten, werden angesichts der militärischen Erfolge zu glühenden Anhängern. Das siegreiche Schwert geht der siegreichen Religion voran.

Historiker betonen, daß Mohammed mit seiner neuen theokratischen Herrschaft die Verknüpfung von Religions- und Stammesherrschaft auflöst. Aus dem religiösen Schwärmer wird ein fähiger Feldherr und Organisator. Dabei äußert er keine neuen Gedanken und begnügt sich mit der Wiederholung dessen, was er früher predigte. Für Mohammeds Anhänger ist einzig der Glaube an Gott maßgeblich, Blutsbande zählen nicht. Mohammed verlangt von ihnen, daß sie ihre Verwandten, sofern die noch dem alten Glauben anhängen, mit dem Schwert bekämpfen. Ursprünglich nur als Mobilisierung aller Kräfte gegen Mekka gedacht, entwickelt sich diese Aufforderung zum Kampf bald zur Idee des Heiligen Krieges, welche Pflicht aller Muslime wird, um dem Islam auf der ganzen Welt zum Sieg zu verhelfen.

In jahrelangen Gefechten mit Mekka gelingt es Mohammed, sich um das Jahr 630 endgültig durchzusetzen. Noch im Jahr 624 besaßen seine kampfbereiten Muslime, dreihundert an der Zahl, ganze zwei Pferde. 626 zählte man bei tausendfünfhundert Mann zehn. Nach erfolgreichen Überfällen auf entfernte jüdische Oasen vermag er um 630 schon tausend Reiter aufzubieten. Mohammed erweist sich als weitblickender Sieger. Er schont das Leben der Unterworfenen und beläßt sie auf ihren Ländereien, das allerdings gegen die Verpflichtung, jährlich die Hälfte der Einnahmen an seine Muslime zu entrichten. Die Einkünfte verteilt Mohammed an seine Krieger, wobei ein Reiter das Dreifache eines Fußsoldaten erhält. Die Art der Tributverteilung erhöht die Zahl der Kämpfer sprunghaft.

Mohammed gelingt eine doppelte Transformation. An die Stelle der Bluts- und Stammesbande tritt die Herrschaft des Propheten. Die Muslime sind Brüder, gleich aus welchen Sippen und Geschlechtern sie stammen. Und die Herrschaft des Glaubens wiederum wird von der bedingungslosen Unterwerfung unter den Willen des Propheten abgelöst.

Dies ist das Geheimnis von Mohammeds Erfolgslauf. Die Kriegs-beute finanziert das Gemeinwesen, denn im Gegensatz zu den besiegten Völkern hatten Muslime keine Abgaben zu leisten. Auf diese Weise finanzieren die Besiegten den entstehenden frühfeudalen und theokratischen Staat. In dieser Struktur ist aber nicht nur der Erfolg, sondern auch der Zwang zu ständig neuen Eroberungen angelegt. Ohne diese keine Bezahlung der internen Kosten – die natürlich mit der Ausdehnung des Reiches immer größer werden. Folglich müssen auch die Eroberungen und Tributzahlungen Schritt halten. Dieser innere ökonomische Zwang zum Krieg erklärt zum großen Teil die Geschwindigkeit der Ausbreitung des Islam in Zentralasien, Persien, Syrien, Ägypten und ganz Nordafrika bis Spanien innerhalb weniger Generationen.

Der Zug rollt pünktlich im Bahnhof ein. Kein Hoch-geschwindigkeitszug, aber immerhin ein langer Zug mit einer vorgespannter roten Taurus-Lokomotive, dem Stolz der österreichischen Bundesbahnen. Die Türen öffnen sich, Reisende heven Koffer auf den Perron, aus dem Lautsprecher tön eine Durchsage. Eine Gruppe von Nonnen sammelt sich zum Abmarsch. Die Wangen sind gerötet, die Augen strahlen. Kryszu steht hinter der Gruppe, ich sehe sie erst, als die Nonnen sich in Bewegung setzen. Sie ist ein wenig größer, als ich gedacht habe, sehr schlank und zart, das dunkelblonde Haar trägt sie halblang. Sie lächelt nicht, als ich ihr die Hand reiche. Aber als wir dem Ausgang zustreben, ich mit ihrem kleinen Koffer in der rechten Hand, bleibt sie kurz stehen. Sie zieht mich an sich und gibt mir einen Kuß auf die Wange. „Eine polnische Begrüßung", sagt sie. Ich verneige mich sie nimmt es lächelnd hin. Es ist gut, wenn Menschen, die einiges voneinander wissen, sich beim ersten Treffen kurz berühren. Die Hochspannung wird abgeleitet, man ist wieder geerdet. Vor dem Bahnhof versammeln sich die polnischen Nonnen vor einer übermannsgroßen, häßlichen Statue des verstorbenen polnischen Papstes. Auch sie singen und auch ihr Gesang ist schön. Ich fühle mich fremd und ausgestoßen, das ist eben das Schicksal der Ungläubigen, sage ich mir. Immerhin, wenn ich auch alleine bin, ich habe zumindest ein Schicksal, das kann mir keiner nehmen. Es gibt doch keine Schicksalsdiebe? Muß mit Groll darüber sprechen. Der ist mechanischer Materialist und steht diesbezüglich über den Dingen. Dem Schicksal hat er schon vor langer Zeit einen Fußtritt verpasst.

Wenig später hat meine Kollegin ihr Zimmer im Hotel Coral bezogen, es liegt neben dem Nuovo Mercato, das Zimmer kostet fünfunddreißig Euro. Ich warte vor dem Hotel auf sie und überlege, ob ich ihr später wohl mein Hotelzimmer zeigen soll, das sechsmal soviel kostet.

7. Kapitel

Zwei Flüsse aus dem Paläozoikum, eine Diskothek aus den siebziger Jahren und eine Dose Panettone aus der Gegenwart. Der Vatikan im Finanzchaos und ein Schatz der anderen Art in Sacile an der Livenza

Paolo setzte seine Erzählung fort:

„Ich beschloß, Huberts Büchlein in der Villa aufzubewahren, dann erschien mir der Ort als zu unsicher – wo viele Menschen unterwegs sind, muß man mit allem rechnen. Ein Kind kann sich verlaufen, ein Feuer ausbrechen, dringende Reparaturen notwendig werden. Ich überlegte hin und her, und es brauchte eine durchwachte Nacht, bis ich etwas Passendes gefunden hatte."

„Du wirst es mir nicht sagen."

Paolo lachte. „So ist es."

Ich muß wohl verärgert dreingeschaut haben, denn Paolo fügte rasch hinzu: „Wenn du willst, bringe ich dich hin, es ist nicht weit. Es wär' mir recht, wenn Du das Versteck siehst, mir ist die Sache nicht geheuer. In einer halben Stunde sind wir da."

Wir nahmen meinen Wagen, Paolos Rollstuhl im Kofferraum, mein zerlegter Joseph auf der Rücksitzbank. Das Aussteigen würde eine Tortur werden.

Die Strada Statale SS 13 querte den Tagliamento. Der Fluß führte mittleres Hochwasser, der Schotter an den Ufern, sonst breit wie ein Fußballfeld, war zu einem weißen Saum geschrumpft. Wir passierten Pordenone auf der Umfahrungsstraße und nahmen bald darauf die Abzweigung Richtung Dolomiten.

Plötzlich waren die Düsenjäger wieder über uns. Ich zuckte zusammen. „Nur eine Übung", beruhigte Paolo. „Am Wochenende treten die *Frecce Tricolori* bei einer Flugshow in Österreich an, die Ortschaft heißt Red Bull."

„Eine der berühmtesten Kunstflugstaffeln", gab ich zurück. Mir konnten die Lärmbestien gestohlen bleiben, aber ich wollte Paolos patriotische Seele nicht verletzen. Paolo nickte, aber nicht stolz, eher wehmütig. Leise sagte er:

„Ihr Ursprung reicht hundert Jahre zurück in die Zeit Gabriele D'Annunzios, des Fliegerhelden. Weißt du, daß er im August 1918 nach Wien flog und über der Innenstadt Flugblätter abwarf? Er ist von hier, von einem Flugfeld bei Campoformido, gestartet."

„Was stand auf den Flugblättern?"

„D'Annunzio sagte, es seien Lobgedichte auf Italien gewesen, ich sage, es waren Einladungen für eine Mailänder Modeschau. D'Annunzio darf man kein Wort glauben, er war ein fanatischer Nationalist und Förderer des Schreihalses Mussolini. Aber er war immer nach der neuesten Mode gekleidet. Ein reaktionärer Freigeist."

„Der in die Literaturgeschichte einging", warf ich ein.

„Aber nur, weil Franz Kafka in einem Artikel für eine Prager Zeitschrift von einer Flugschau in Brescia im

Jahr 1909 berichtete, die er mit den Brod-Brüdern besuchte", konterte Paolo. Die weltbesten Piloten gaben sich damals die Ehre, unter ihnen Louis Blériot und Glenn Curtiss. Kafka erwähnt in dem Artikel, daß die feine Gesellschaft verzückt gewesen sei. Und er erwähnt, daß sich unter den Zusehern auch Giacomo Puccini und eben …"

„Gabriele D'Annunzio befanden", unterbrach ich.

Paolo nickte.

Woher er das alles wisse, fragte ich ihn.

„Ich arbeite in einem Museum, und in Italien ist alles, was mit Geschwindigkeit und Maschinen zusammenhängt, hohes Kulturgut und damit museal", antwortete er. „Unser Traktor in der Villa ist ein Lamborghini – wo gibt es das schon? Ein Sportwagenhersteller baut Traktoren! Mehr noch, der Ex-Rennfahrer Ferruccio Lamborghini hat als Hersteller von Kühlschränken und Traktoren begonnen."

„Und in Slowenien werden Kühlschränke von Sportwagenherstellern entworfen."

„Gorenje, ich weiß. Wir haben nur Küchengeräte von Gorenje zu Hause."

„Aus ideologischen Gründen, ich verstehe."

„Sie sind preisgünstig und zuverlässig. Das reicht. Ich bin zwar ein versprengter Restlinker, aber ich bin kein Trottel, der aus seiner Weltanschauung eine Religion macht."

Noch bevor ich mir über den kryptischen Satz klar wurde, zog die Staffel, in zwei Flügel getrennt, an uns

96

vorbei. Jeweils eine Maschine löste sich aus den beiden Pulks und flog eine schräge Acht.

„Wir befinden uns also hier an der Wiege der italienischen Aeronautik", stellte ich fest. „Unweit von hier, in Aviano, betreibt die US Air Force einen Stützpunkt, von dort aus wurde das frühere Staatsgebiet Österreichs bombardiert. Die Befreiung von den Nazis nahm also auch hier ihren Ausgang. Auch die Bombardierung Belgrads im letzten Jugoslawienkrieg erfolgte von hier."

„Und beim Rückflug wurden die nicht abgefeuerten Raketen und Bomben in der Adria versenkt. Worauf ein Fischerboot aus Grado mit acht Männern an Bord in die Luft flog, als eine scharfe Bombe an Bord gehievt wurde", ergänzte Paolo.

„Ja, die Bomben der Amerikaner, einmal sind sie ein Segen, dann wieder ein Fluch", sagte ich.

„Es hätte noch schlimmer kommen können. Berlusconi wollte in Chioggia und in Monfalcone Atomkraftwerke errichten; eine Wahlniederlage vereitelte das Vorhaben. Kannst du dir das vorstellen?! In Sichtweite von Venedig und Triest Atomkraftwerke?"

Die *Frecce Tricolori* verschwanden Richtung Küste und ließen Kondensstreifen in den Farben Italiens zurück.

Paolo war Gemeinderat für den Partito Democratico. Sein Haus stand in der Via Antonio Gramsci, ein schmuckes Haus mit einer sehr großen Garage. Ich fragte mich, wie Paolo das finanzierte. Tochter Lucia studierte an der Sapienza in Rom die Geschichte genossenschaftlicher Wohnbauten. Sohn Paolo II. hatte einen ungewöhnlichen Karriereweg als Profifußballer eingeschlagen. Er spielte bei „Roter Stern Belgrad" und galt als bester linker Verteidiger der Liga. Leider war er nicht nur Fußballer, er liebte auch das Wetten und setzte auf Niederlagen der eigenen Mannschaft, die konnte er als Verteidiger leichter beeinflussen als Siege. Er hatte ein kleines Vermögen mit den Wetten gemacht, aber irgendwann war er aufgeflogen und saß jetzt in Belgrad in Haft. In drei Jahren sollte er die Strafe verbüßt haben, bei guter Führung bestünde sogar die Chance, daß er demnächst wieder freikäme. Allerdings sei die „gute Führung" teuer, sehr teuer, wie Paolo erklärte. Er habe deswegen auch mit dem armen Umberto gesprochen, aber der war selber in der Bredouille. Zwar wurde sein Orden von den Steuerbehörden verschont – die Malteser sind ja so etwas wie ein eigener Staat –, dennoch seien die Finanzen in einem deplorablen Zustand, er könne Paolo leider nicht helfen und müsse selber froh sein, keine Schwierigkeiten zu bekommen.

„Offenbar hat er die doch gehabt", sagte ich. „Erwürgen kommt einem Konkurs gleich."

„Was für eine geschmackvolle Bemerkung", sagte Paolo. Plötzlich tauchten die *Frecce* wieder über der Straße auf. In geringer Höhe zogen sie über die Autokolonne.

„Ein Wunder, daß da nie etwas passiert."

„Leider gibt es keine Wunder, und in den achtziger Jahren ist sehr wohl etwas passiert", sagte Paolo, der den Weg zu seiner Garage eingeschlagen hatte.

98

„Bei einer Figur, genannt ‚Durchstoßenes Herz‘, kollidierten zuerst zwei, dann noch eine weitere Maschine. Die erste stürzte in eine Zuschauertribüne und explodierte. Es gab siebzig Tote, Schwerstverletzte und Verstümmelte. Die Amis, auf deren zentraler Air Base, Ramstein, die Luftshow stattfand, ließen keine zusätzlichen Rettungskräfte aufs Flugfeld – es war ein unbeschreibliches Chaos. Infolge der Blockade der Hilfskräfte verbrannten Dutzende Menschen ohne Versorgung auf der Tribüne.“

Sacile liegt am Fuß der Berge, die Altstadt mit dem Dom und dem Palazzo Ragazzoni wird von einem anmutigen Fluß, der Livenza, durchzogen. Der Fluß teilt die Innenstadt in Inselquartiere; das Etikett „Klein-Venedig“, in Europa hundertfach in Gebrauch, paßt für Sacile gut.
Nachdem wir unsere Rollstühle aus dem Wagen gehievt und zusammengebaut hatten, querten wir den Hauptplatz mit dem Rathaus und den Bars unter der Arkaden. Paolo lotste uns in einen Durchgang, der an die Livenza führte. Ein Café am Flußufer, auf mehreren Ebenen filigrane Stühle und Tische, eine einzige Sitzecke ohne Stufen. Eine Kellnerin mit rotem Kurzhaar umarmte Paolo, auch für mich gab es eine herzliche Begrüßung. Unweit des Cafés querte eine Fußgängerbrücke den Fluß. Die mittelalterlichen Häuser waren mit Holzstegen versehen, Ruder- und Paddelboote schaukelten im Wind. Entenpaare verbringen hier ihre Flitterwochen.

Vor Jahren hatte ich mit einem Paddelboot eine falsche Abzweigung der Liverza genommen und war in einem Rechen eines Wehrs steckengeblieben. Zwei Kirchgängerinnen wurden auf mich aufmerksam, ein Briefträger und Paolo waren meine Retter.

Hinter den Dächern ragt der Turm des Doms zu San Nicolò empor. Ich würde gern länger hierbleiben, das eine oder andere Glas Pinot Grigio trinken und über die Vorzüge von Stadtflüssen sinnieren.

Aber Paolo drängt zum Aufbruch. Er besorgt sich von der Kellnerin einen Schlüssel, und schon rollen wir in die Passage zurück. Dann biegt Paolo rechts ab und öffnet eine grau lackierte Stahltür. Ein Lift bringt uns drei Stockwerke tiefer in den Keller. Wir finden uns in einer Disco aus den siebziger Jahren wieder. Runde Hocker in Orange, Knallblau und Blutrot. Hinter der Bar eine geräumige Behindertentoilette. Paolo läßt die Tür offen und beginnt, hinter einem hochgeklappten Wickeltisch zu hantieren. Ich bücke mich und sehe in der Wand ein ausgefranstes Loch. Daneben liegt Kot. „Marderscheiße", sagt Paolo und steckt eine Hand in das Loch. Er verrenkt sich und stöhnt. Das Kratzen von Blech auf Mauerwerk. Paolo zieht die Hand zurück, eine Pannetone-Dose aus Feinblech kommt zum Vorschein. Mein Freund nimmt den Deckel ab, greift hinein und überreicht mir ein Büchlein.

Wenig später blättere ich darin. Es erinnert mich an das Haushaltsheft meiner Großmutter. Ich komme aus dem Staunen nicht heraus.

100

Paolo bemüht sich erst gar nicht, seine Erleichterung zu verbergen, und trinkt in kurzer Zeit zwei eisgekühlte Grappa.

Ich ackere mich durch Kontonummern, internationale Abkürzungen für Banken, ein Geflecht von Zahlen und Kürzeln. Und immer wieder die zierliche Handschrift Huberts, auch das in Kürzeln. Einmal lese ich „Uwaga Polbank!", dann „Hidden Agenda!" und ‚Verl. Zuschuß!", schließlich „A fond perdú!" und „Merde!" Hubert war polyglott.

„Er hat mir das Buch letzte Woche übergeben", sagt Paolo. „Ich solle es für ihn aufbewahren, ich dachte mir nichts dabei. Irgendein religiöses Buch, die Ordensleute haben ja alle einen kleinen Hawaii in der Ananas, Lieblingsgedichte an den Privatheiligen, spirituelle Wichsvorlagen oder ähnliches. Wie Du siehst, sechsundsechzig Seiten und kein einziges Gebet."

Die Seitenzahlen waren mit roter Tinte am rechten unteren Ende jeder Seite vermerkt. Was sich da vor mir in einem rostbraunen Ledereinband auftat, war ein eigentümliches Vademekum. Aufstellungen von Konten bei Dutzenden Banken, meist mit dem Zusatz „sfr" oder „Del." und „Nev.". Dazu ein Dollarzeichen. Ein Ausriß aus der FAZ vom 11. Mai 2016, der davon handelt, daß die USA sich zur größten Steueroase der Welt entwickelt haben. Regelungen gegen Steuerhinterziehung würden von der Regierung vehement bekämpft.

Huberts Besuche in Wien galten also nicht nur seinen Malteserbrüdern, er hielt sich auch über den Finanz-

markt auf dem Laufenden. Ein paar Mal las ich „Dp 6"
oder „Dp 26". Ich übersetzte es mit „Depot". Oder war
„Deputat" gemeint? Dann wieder lateinische Buch-
staben in blauer Farbe, und so weiter. Auf einigen
Seiten wimmelte es von chemischen Zeichen – Au, Ag,
Pl. Dazu Gewichtsangaben oder Feinheitsgrade. Die
Namen Rhodium, Iridium, Osmium und Ruthenium.
Das Wort „Seltene Erden", gefolgt von mehreren
Ausrufezeichen. Mit Bleistift die Namen Glencore, Rio
Tinto, De Beers. Und die Namen einiger Handy-
produzenten, davon zwei aus China. Vor mir lag ein
komprimierter finanzpolitischer Pitaval, die Kriminal-
geschichte eines riesigen Vermögens. Entweder von
einem Milliardär – oder von einer Organisation.

Hubert war in seinem ersten Leben Chef der internen
Revision einer Wiener Großbank gewesen, die später
von Italienern übernommen wurde. War mein lieber
Umberto den Maltesern über die Weinerzeugung
hinaus behilflich gewesen? War das Büchlein der Beleg
für eine lukrative Nebentätigkeit meines Freundes?
Oder war es ein Versuch, bestimmte Dinge zu verbergen? Es war bekannt, daß der neue Papst versucht,
Einblick in die verschlungenen Finanzen der kirchlichen
Organisationen zu erhalten. Daß der zur Armut
verpflichtete Franziskanerorden infolge absurder
Spekulationen zur Finanzierung des Luxuslebens
führender Kleriker vor dem Konkurs stand, hatte sich
sogar bis Floridsdorf durchgesprochen. Auf den Wirt-
schaftsseiten der großen Blätter war die Rede davon,

daß sich in den kirchlichen Orden und Vorfeld-
organisationen Panik breitmachte. Dahinter sei ein
Plan erkennbar: Konzentrierte Angriffe auf klerikale
Finanzjongleure durch eine kleine, dem Papst
bedingungslos ergebene Truppe von Ermittlern und
Ermittlerinnen. Die Folge war ein Zustand, in dem
auch besonnene und abgebrühte Menschen Fehler
begehen, welche ihnen sonst nicht unterlaufen würden.
Diese Fehler wiederum öffnen den Ermittlerinnen die
Tore für weitere Vorstöße in den geheimen „tiefen
Staat" im Vatikan. Daß sich unter der Herrschaft des
polnischen Papstes die Dinge unter der Führung des
Chefs der Vatikanbank, Erzbischof Marcinkus aus
Chicago, vollkommen verselbständigt hatten, wird, so
die führenden Zeitungen, von niemandem bestritten.
Anfangs wollte der polnische Papst noch Einsicht in die
Finanzen gewinnen, doch die Phalanx reaktionärer
Kardinäle um Marcinkus und einiger Orden drängte
den unerfahrenen Polen in die PR-Abteilung ab. Jan
Pawel mußte gute Miene zum bösen Spiel machen und
begab sich auf seine „never ending tour", keine
katholische Enklave in den entlegensten Orten der
Welt, die nicht von ihm besucht worden wäre, und das
mehrfach. Während der Papst den Markenbotschafter
gab, werkten die Kardinäle hinter den vatikanischen
Mauern und den ihnen zuarbeitenden Orden und
Bankenkonsortien. Unter dem deutschen Papst liefen
die Geschäfte ungestört weiter. Man genoß die
Segnungen der römischen Spitzengastronomie und

Nobelschneider und schmiedete Allianzen mit rechts-radikalen Logen und mafiösen Kreisen. Daß der Argentinier sich anschickte, Licht ins Dunkel der Vatikanfinanzen zu bringen, war kein Unfall, für die alten Herren und ihre Seilschaften war es der Supergau. Im übrigen spreche ich auch von *Ermittlerinnen*, denn die unbeugsamsten und versiertesten Finanzdetektive waren Frauen, deren Kern eine Troika von Ökonominnen und Datenforensikerinnen aus Zypern, Ungarn und Kuba bildete. Und keine der Frauen war katholisch! Die Damen waren nur dem Papst und sonst niemandem verantwortlich, und ihre Bezahlung, die den Monatslohn eines römischen Buschauffeurs nicht übertraf, erfolgte aus der Privatschatulle des Papstes, der dafür angeblich einen Privatkredit bei einer friulanischen Sparkasse aufgenommen hatte.

Die Panik in den vatikanischen Finanzkreisen führte dazu, daß Dutzende Finanzgruppen und Klüngel in allen Sphären der heiligen und apostolischen Kirche samt Hunderter Ordens- und Vorfeldorganisationen hektisch damit beschäftigt waren, Gelder abzuziehen und neu zu veranlagen. Wenn die Ratten das sinkende Schiff verlassen, werden offene Rechnungen beglichen, das ist bei der Neuordnung eines komplexen Finanz- und Schatzsystems nichts Neues. Der arme Umberto mit seinem Detailwissen um die Finanzen der Malteser war in einen Strudel geraten, der ihn verschlang. Wenn es mir nur gelänge, den verschollenen Markus zu finden und ein paar Promille des Schatzes in meine Hände umzuleiten, ich hätte ausgesorgt. Wer weiß, vielleicht war ja auch Markus in die Vorgänge verstrickt? Vielleicht bewegte ich mich gar nicht auf einem Nebengleis der Geschichte, sondern auf der SS 7, der Via Appia.

Der Weg nach Rom führte mich über Padua durch die Poebene. Ich überquerte den Strom vor Ferrara und kämpfte mich auf der schnurgeraden Autobahn bis Bologna vor. Von dort ging es in die Berge, nach Florenz. Paolo war nicht in sein Haus zurückgekehrt, ich hatte ihn bei einem Freund in Prato abgesetzt. Er würde dort ein paar Tage bei einem Kumpel, ebenfalls ein Streckenposten, aber auf der Rennstrecke von Mugello, bleiben und schauen, wie die Dinge sich entwickelten.

8. Kapitel

Ankunft am Esquilin. Ein geordneter Rangierbahnhof
und ein derangierter Dozent. Gebackene Zucchiniblüten,
schnelle Motorräder und eine seltene sexuelle Spezialität

Müde und zerschlagen kam ich am frühen Abend in
Rom an. Wie vereinbart, hatte der Dozent auch für
mich ein Zimmer im Hotel neben dem Bahnhof
Termini reserviert. Wer auf Spesen reist, reist angenehm. Ich übergab den Wagenschlüssel einem Park-
wächter, der fuhr meinen alten Renault in das hotel-
eigene Parkhaus, nicht ohne mir einen mitleidigen
Blick wegen des automobilen Ausnahmezustands zuge-
worfen zu haben. Von nun an würde ich mich auf
Gedeih und Verderb dem öffentlichen Verkehr in Rom
ausliefern, und ich freute mich darauf. Den kaputten
Gasring würde ich in ein paar Tagen reparieren lassen,
fürs erste hatte ich vom Fahren genug.

Nachdem ich eingecheckt hatte, zog ich mich auf das
Hoteldach zurück, wälzte mich in einen Liegestuhl,
trank zwei Glas Frascati und ließ die anstrengende
Anfahrt, die mich auf engen Straßen über schroffe
Gebirge geführt hatte, vor meinem geistigen Auge
Revue passieren. Als der Gasring Mätzchen machte,
hatte ich auf eine bewährte Fahrtechnik umgestellt. Ich
hob das rechte Bein vor das Gaspedal. Wenn ich das
Knie mit der Hand niederdrückte, gab ich Gas, wenn

ich es an der Hose zurückzog, nahm ich Gas weg. Zum Glück funktionierte der Bremshebel. Ein rasches Abgehen vom Gas war mit dieser Methode nicht möglich. Ich mußte daher vorausschauend fahren. Da ich bis Rom vorausschaute, kam es nur zu einer einzigen gefährlichen Situation bei Poggibonsi. Ein alter Mann auf einem Fahrrad bog, ohne ein Zeichen zu geben, aus einer Seitenstraße unmittelbar vor mir ein und behauptete die Straßenmitte für sich. Rechtzeitiges Bremsen war nicht mehr möglich, also hupte ich, worauf der Alte die Straße verließ, genauer gesagt, er stürzte in den Straßengraben, eine Staubwolke stieg auf. Ich hielt nicht an, schließlich war ich im Dienst. Außerdem, das wußte ich vom Binder-Heurigen, alte Männer sind zäh.

Als ich die Augen öffnete, war eine kühle Brise aufgekommen. Ein Schwimmer zog seine Kraulrunden im Bassin, mehrere Araber in weißen Burnussen saßen am Nachbartisch. Vor ihnen standen zwei Flaschen Whisky. Die Herrschaften in Weiß waren in bester Laune.
Neben mir saß der Dozent.
„Wie lange habe ich geschlafen?"
„Ich bin seit einer Viertelstunde hier."
„Buongiorno, verehrter Kollege."
„Buonasera, geschätzter Freund."
Ich richtete mich auf. Der Dozent legte seinen Notizblock zur Seite. Er war sehr aufgeregt.
„Alles in Ordnung mit Ihnen?"

Der Dozent nickte mehrmals. „Ich muß Ihnen unbedingt von meiner Polin erzählen", brach es aus ihm hervor.

„Sie fragen mich ja gar nicht, wie es mir inzwischen ergangen ist! Sie fragen nicht nach dem armen Hubert auf der Rocco San Bernarda, nach Paolo in der Villa Manin, nach meiner Anreise mit einem Gasring, der steckenblieb …"

„Das hat Zeit, werter Freund, das muß Zeit haben. Sie ahnen nicht, was ich eben erlebt habe, ich muß Ihnen … Sie ahnen nicht, woher ich komme!"

So kannte ich den Dozenten nicht. Rom schien auf ihn eine erstaunliche Wirkung auszuüben. Aber vielleicht, so dämmerte es mir, war an seinem Zustand nicht die Ewige Stadt schuld.

„Habt ihr euch wie geplant getroffen?" fragte ich.

Der Dozent nickte heftig. „Getroffen ist das richtige Wort, lieber Groll. Ich habe es wunderbar getroffen, ich schwebe auf Himmelswolken, ich könnte …"

„Ein Glas Wasser?" Ich schob dem Dozenten mein Glas Mineralwasser zu. Er trank es in einem Zug leer.

„Ich komme auf direktem Weg aus dem Bett meiner Geliebten!" rief er mit großer Geste aus. „Meiner hinreißenden kleinen Polin. Voilà!" Er zeigte mir auf seinem Handy das Bild einer nackten Frau. Sie wandte der Kamera den Rücken zu und entblößte einen knabengleichen Hintern. Ich kannte die Vorliebe des Dozenten für androgyne Frauen und mußte zugeben, daß es sich um eine rundum erfreuliche Erscheinung handelte.

108

„Ich hab' das Bild geschossen, als ich gegangen bin. Ich mußte einfach … Sie wissen ja, die Bilder vom ersten Mal sind heilig, Ich bin sicher, sie hätte nichts dagegen."

„Woher denn! Jede Frau träumt davon, beim ersten Mal fotografiert zu werden. Alle Männer der Welt sollen davon erfahren, das ist stammesgeschichtlich so festgelegt. Und dann schicken Sie in Ihrer limbischen Trunkenheit eine Massenbotschaft des zarten Hinterns um den Erdball. Worauf das Bild die Titelseite einer polnischen Illustrierten ziert. Und schon ist es um Ihre junge Liebe geschehen."

Der Dozent wollte etwas antworten, seine Lippen formten ein Wort. Aber er blieb stumm. Nach einem langen Moment der Stille sagte er kleinlaut:

„Was sollte ich Ihrer Meinung nach tun?"

„Löschen Sie das Bild, werfen Sie das Handy über den Balkon auf die Schienen und schütten Sie Mineralwasser nach, es muß kein Pellegrino sein."

Der Dozent schüttelte den Kopf. „Ich habe die Frau meines Lebens getroffen", protestierte er. „Und da soll ich sie den Lokomotiven zum Fraß vorwerfen? Sie Scheusal!"

Daß mein Freund, was den Minnedienst anlangte, eigenartige Vorstellungen pflegte, war mir bekannt. Auch daß er eine Neigung zu ausgefallenen Konstellationen hatte, war mir nicht neu. Er war also wieder einmal dabei, sich auf eine amour fou einzulassen. Auch dagegen war nichts zu sagen. Das Feuer des Verliebten stand ihm gut, es machte ihn jünger und männlicher. Ich befürchtete nur, daß die neue Liebe seine Rolle als Assistent gefährdete. Für den nächsten Tag plante ich eine Expedition ins Herz der Malteserherrschaft, auf den Aventinhügel. Die Hügel Roms sind Kirchenburgen voll Stufen und Treppen, ich war also auf Hilfe angewiesen. Ich musste bald wissen, ob ich mich auf den Dozenten verlassen konnte. Um die geeigneten Schlüsse zu ziehen, war es opportun, Näheres über seine Favoritin zu erfahren. Mit einer Handbewegung lud ich ihn ein zu erzählen.

Erleichtert berichtete er, daß „seine" Krystyna die ungewöhnlichste Frau sei, die er je kennengelernt habe. Er erzählte von ihrem Arbeitsschwerpunkt, den Manichäern, dem jungen Islam und von der Rolle jüdischer Clans bei Mohammeds Aufstieg in den Oasenstädten Arabiens. Nach der historischen Sequenz folgte die physische.

„Meine Kryszu ist ein Naturereignis", stieß er hervor. „Zierlich, doch kraftvoll, in einem Moment zärtlich wie ein Fliederbusch, im nächsten brutal wie ein Waldviertler Wirtshausraufer. Sie feuert mich an, sie beschimpft mich, sie lockt mich und sie entzieht sich, sie ist sehr, sehr nah und im nächsten Moment weit weg, mindestens in den Masuren. Meine Sinne sind verwirrt, mein Verstand ist von Hormonen überschwemmt und in meinem Schwanz pocht das Blut, er ist rot und angeschwollen und schmerzt bei jedem Schritt."

„Um Gottes willen, warum denn das?" rief ich.

110

Die Araber schauten erstaunt auf. Der Kellner servierte zwei weitere Flaschen Whisky. Die Männer der Wüste schienen in Rom auf Kur zu sein.

„Weil diese Frau nicht normal vögeln will oder kann, es ist verrückt, aber über die Maßen erotisch, was sage ich, sie ist das geilste Wesen unter der Sonne", rief der Dozent. „So empfinde ich, der ich nicht einmal mehr in der Lage bin, meine Sprache zusammenzuhalten. Ich muß meine Gedanken ordnen und mein Eiweißregime wiederherstellen …"

So hatte ich meinen Freund noch nie erlebt. Er war komplett aus der Fahrrinne, wie man unter uns Binnenschiffern sagt.

Ich richtete mich auf und zog Joseph an mich. Mit einem kühnen Satz landete ich auf ihm und warf dabei Gläser und Kaffeetasse um. Sofort eilte ein Kellner herbei und sorgte für Ordnung auf dem Tisch. Die Araber schauten interessiert, ich streckte ihnen meinen weißen Bauch entgegen, stemmte mich an den Seitenblechen in die Höhe und ordnete das Hemd.

„Kryszu behauptet von sich, eine moderne Manichäerin zu sein", fuhr der Dozent fort. „Den Geschlechtsverkehr deutet sie als das Eindringen der Dunkelheit und die Umklammerung des Lichts. Ich mußte ihr hoch und heilig versprechen, daß weder sie noch ich einen Orgasmus haben, ich solle rechtzeitig unterbrechen. Das Wort Orgasmus nimmt sie nicht in den Mund, sie bevorzugt den Ausdruck ‚Überschwemmung durch dunkle Mächte'. Wenn es gefährlich wird, umklammert sie meine Herrlichkeit mit ihren Oberschenkeln. Sie würden ihr so viel Kraft nicht zutrauen! Das Schenkelklammern macht mich fast wahnsinnig – ich könnte schreien."

Auf meinen Einwand, daß es ja auch noch andere Sexualpraktiken gebe, antwortete der Dozent: „Laut Kryszu haben die Manichäer gegen Oralverkehr nichts einzuwenden, er gilt nur als wenig zivilisiert. Der Höhepunkt muß auch dabei verhindert werden, was bekanntlich nicht einfach ist. Aber ich frage Sie: Wohin mit den aus den tiefsten Schlünden der Lust geförderten Körpersäften?"

Der Dozent wartete keine Antwort ab und fuhr fort: „Der Analverkehr gilt ihr im übrigen nicht als Geschlechtsverkehr, sondern als eine Art ungeschicktes jugendliches Petting. Kondome werden auch hier wegen Naturwidrigkeit abgelehnt. Und selbstverständlich muß auch hier die ‚Überschwemmung durch dunkle Mächte' verhindert werden. Wahrlich, Freund Groll, ich sage Ihnen: Was für eine Freude für die Welt, daß das Christentum und nicht die Manichäer sich in der Geschichte durchgesetzt haben."

„Das sagen Sie, als leidenschaftlicher Agnostiker?"

Der Dozent stampfte mit dem Fuß auf. „Ja, das sage ich, der angesichts der sexuellen Verwirrungen auf dem kürzesten Weg vom Agnostiker zum Atheisten sich befindet."

„Schön, daß der Fortschritt immer mit einem nachgestellten ‚sich' einhergeht", sagte ich. „Wenn unser verehrter Schebesta bedeutsam werden will, macht er das auch."

„Er wird wohl Adorno gelesen haben", meinte der Dozent.

„Ich halte dafür, daß der Mensch, dessen Instinkt volatil und dessen Trieb brachial sich äußert, den Mächten der Finsternis Paroli bieten, im Falle manifester Idiosynkrasien indes keineswegs sich behaupten kann", erwiderte ich.

„Bravo! Sie können's ja auch."

„Nachplappern ist nicht schwer. Es ist nur reaktionär."

„Der Inhalt?"

„Das Nachplappern."

Es war dunkel geworden, als wir vor das Hotel traten. Vor dem Nuovo Mercato standen weiße Transporter in einer Reihe; Rolläden wurden heruntergelassen und versperrt, übriggebliebene Ware in die Kastenwägen verfrachtet, es war ein Kommen und Gehen. Unter den Marktarbeitern waren Asiaten und Schwarze in der Überzahl. In einer Bar an der Ecke nahmen wir noch ein Glas Weißwein und bewunderten die Impresaria des Etablissements, sie saß auf einem erhöhten Fauteuil und schickte von dort aus ihre Anweisungen ins Volk. Eine nicht mehr junge Dame; rabenschwarzes, gewelltes Haar, keinesfalls zu wenig Schminke, barocke Formen und Grandezza. Sie dirigierte das Geschehen umsichtig und präzise wie ein Schiffsführer seinen Schüttgutfrachter durch die Schluchten des Eisernen Tors.

Wenig später saßen wir drei, der Dozent, Joseph und ich, auf der Rückseite des Marktes im kleinen Gastgarten der „Cucina Pepe" im Freien. Linkerhand erstreckte sich die Stazione Termini, sie war nur durch eine stark befahrene Straße von dem Hotel und dem Marktgelände getrennt. Der Nachbareingang des Restaurants gehörte zum Teatro Ambra Jovinelli. Die Abendkasse war geöffnet. Vor dem Eingang stand eine rote Moto Guzzi V 10.

Gegeben wurde eine Farce von Dario Fo: „Non si paga! Non si paga!" Ich hatte „Bezahlt wird nicht!" vor Jahren im Gemeindebautheater der Wiener Festwochen gesehen, in jener märchenhaften Zeit, als Festivals für die Eliten sich noch in die Vorstadt wagten. Hätten wir nicht auf die Mamsell aus Polen gewartet, ich hätte uns Karten besorgt. Ein Stück von Dario Fo in Rom zu sehen, noch dazu in diesem quirligen Viertel, das versprach großes Vergnügen. Während der Aufführung des Gemeindebautheaters im Schlinger-Hof in Wien-Floridsdorf hatte ein Bewohner aus dem dritten Stock mit einem Kleinkalibergewehr der Hauptdarstellerin in den Oberschenkel geschossen, weil der Theaterlärm ihn beim Fernsehen störte, er wollte Sepp Forchers „Klingendes Österreich" in Ruhe verfolgen. Die zu Boden Gestreckte mußte von Sanitätern versorgt werden, sie spielte die Aufführung aber in einem Einkaufswagen sitzend tapfer zu Ende, wobei sie ihre eingeschränkte Agilität durch gesteigerte Intensität wettmachte, was ihren Auftritt mit denkwürdigen expressiven Momenten versah. Zu Recht wurde sie bei der Verbeugung von den fünf Zusehern mit lang anhaltendem Applaus bedacht.

Mitten im Studium der Speisekarte wandte der Dozent den Kopf Richtung Mercato. Eine mittelgroße, schlanke Signorina näherte sich dem Lokal, sie trug ein enges schwarzes Kleid und Stöckelschuhe aus azurblauem Lackleder, was bei dem holprigen Boden nicht ungefährlich war. Ihre blonden Haare waren gefärbt. Der Dozent sprang auf, küßte ihr viel zu lange die Hand und stellte uns vor. Sie in mindestens zehn überlangen Sätzen, mich mit dürren Worten: „Ein Freund aus Wien."
In einem erstaunlich guten Deutsch, das vom polnischen Akzent veredelt wurde, gab Beatrice, die offensichtlich über ein mitteilsames Naturell verfügte, ihrer Freude Ausdruck. Ich hatte beschlossen, sie nicht mit ihrem polnischen Namen zu nennen, er kam mir nur schwer über die Lippen. Der Dozent würde das als rassistisch brandmarken und wahrscheinlich war es das auch, aber seine Erzählung hatte in mir das Bild einer überirdisch schönen und begehrenswerten Signorina hervorgerufen und die heißen eben seit Dantes „Göttlicher Komödie" Beatrice. Ihre Sprache war leicht antiquiert, wie aus einem Heimatfilm der fünfziger Jahre, die Stimme indes war offen und nicht piepsend, wie es bei Frauen vom Moldau- oder Weichselstrand manchmal der Fall ist. Hin und wieder lachte sie hell

auf, es war ein verführerisches, perlendes Lachen. Kein Wunder, daß der Dozent Wirkung zeigte, er hing an ihren Lippen wie ein Novize an den Ausführungen des religiösen Meisters. Ich bemühte mich, den Tonfall eines geschäftlichen Gesprächs keine Sekunde zu verlassen. Beatrice sollte wissen, daß ich nicht so leicht zu ködern bin.

Warum sie nicht von ihrem Hotel komme, fragte der Dozent mit belegter Stimme. War er eifersüchtig? Sie warf den Kopf in den Nacken und lachte.

„Denken Sie nur, ich bin für morgen acht Uhr bei Dottore Settembrini zum caffè geladen. Er leitet das Archiv für mittelalterliche und frühantike Realienkunde und ist Spezialist für Handelsströme. Wußten Sie, daß sich auf der anderen Seite des Marktes Universitätsinstitute befinden? Kaum in Rom, treffe ich wichtige Menschen. Ich bin ein glücklicher Pilz."

Mit einer fahrigen Bewegung streifte der Dozent seine Haare glatt.

Vom gastronomischen Standpunkt aus gesehen konnte der Abend nicht besser verlaufen. Gebackene Zucchiniblüten mit Mozzarella und Sardinen, zarte calamari alla griglia, Pasta und Salat im Verein mit einem erdigen Chianti aus Carmignano öffneten Herz und Sinne für die Erzählung der Polin, die wie selbstverständlich davon auszugehen schien, daß der Dozent und ich keine Geheimnisse voreinander hatten. Was ja auch stimmte, nur war der Inhalt des bisher mit dem Dozenten Ausgetauschten sexueller und nicht wissenschaftlicher Natur.

116

„Haben Sie je von NS-Ordensburgen gehört", fragte Beatrice.

Der Dozent zog ein langes Gesicht, ich kramte in meinem Gedächtnis, konnte mich aber nur an die Existenz einer SS-Burganlage in der Nähe von Paderborn erinnern, die von Himmler erworbene und ausgebaute Wewelsburg, in der er gemeinsam mit dem SS-Stab seinen germanischen Weltmodellen nachhing und Ausrottungsphantasien pflegte.

„Es gab drei NS-Ordensburgen: eine im Allgäu, in Sonthofen, eine in der Eifel namens Vogelsang und eine in Westpolen namens Krössinsee in der Pommerschen Seenplatte", fuhr die Polin fort. „In diesen Burgen, die nach 1934 errichtet wurden und mittelalterlichen Bauten nachempfunden waren, gab es Unterkünfte für zweitausend Personen, Appellplätze und Sportstätten zur Körpertüchtigung …"

„Körperertüchtigung", verbesserte der Dozent.

„Dziękuję bardzo", sagte Beatrice, ohne böse zu sein.

„In diesen Anlagen sollte NS-Führungspersonal für ein deutsches Europa herangezogen werden. Ich bin neben der Burg aufgewachsen, meine Mutter war Köchin am Militärflugplatz der Russen, die das Gelände nach dem Krieg übernahmen. Jetzt untersteht alles der NATO. Vor kurzem haben Forscher eine sogenannte Zeitkapsel aus dem Fundament der Ordensburg geborgen, die Hitlers „Mein Kampf", historische Zeitungen und andere zeitgenössische Dokumente aus dem Jahr 1934 enthält. Und seltsamerweise war da noch etwas, das zehn Jahre später dazugelegt wurde, ein historisches Kuckucksei – das leider verschollen ist. Dieses Kuckuckseis wegen habe ich mit Ihnen, verehrter Kollege, Kontakt aufgenommen und deswegen bin ich jetzt hier in Rom und trinke mit Ihnen Chianti. Nastrowje!" Sie erhob das Glas.

9. Kapitel

Ein Geheimnis wird offenbart, eine Razzia durchgeführt.
Ezechiel Heavensgate kommt wie Kofi Annan aus dem
Aschanti-Hochland und ist ein Retter in der Not

Auf der anderen Seite des Platzes hatten sich ein
paar Schwarze unter dem Vordach des Marktes nieder-
gelassen, sie breiteten Kartons und Decken aus. Einer
spielte auf einer Flöte. Pepe, der Wirt, stellte den
Männern eine große Schüssel mit Spaghetti auf den
Gehsteig. Die Männer dankten und machten sich
mit ihren Gabeln, die sie aus den Hosentaschen
hervorholten, über die Pasta her. Der Flötenspieler
hörte aber nicht auf zu spielen. Plötzlich stand ein
anderer Schwarzer vor uns, er war aus dem Theater
gekommen.

„Sie heben ihm seine Ration auf. Meine Brüder legen
Wert auf Musikbegleitung. So schmeckt die Pasta noch
besser." „Heavensgate, Ezechiel", sagte er und deutete
eine Verbeugung an. „Nicht der Erzengel, sondern
der Bühnenbildner." Er deutete auf das Theater hinter
uns. Er sprach bestes britisches Englisch. Ich lud ihn
ein, sich zu uns zu setzen. Bald erfuhr ich, daß er aus
Ghana gebürtig war, aber in ganz Europa an Bühnen
gastierte. Er arbeite auch als Schauspieler, Musiker und
Produktionsleiter. Der Dozent und die Polin nahmen
kaum Notiz von ihm, sie waren in ein Gespräch vertieft,

in dem immer wieder die Worte „Kodizes" und „Originale" zu hören waren.

Ohne etwas zu sagen, brachte Pepe dem neuen Gast einen Teller mit Nudeln, einen gemischten Salat sowie eine Karaffe Rotwein. Ezechiel lächelte Pepe an. Der machte eine entschuldigende Handbewegung, als wolle er sagen, mehr geht heute leider nicht, und zog sich zurück.

Immer wieder schüttelte die Polin den Kopf und wehrte Einwände des Dozenten mit erhobenen Händen ab. Gern hätte ich das Gespräch verfolgt, die Höflichkeit aber gebot es, mich auf Ezechiel zu konzentrieren. Der packte seinerseits die Gelegenheit am Schopf und weihte mich in die Geschichte des Theaters ein, erzählte von einer ungewöhnlichen Frau namens Ala, einer ehemaligen Warschauer Krankenschwester, die seinerzeit, als Gaddafi mit Tausenden Palästinensern auch Fachpersonal aus dem ehemaligen Ostblock des Landes verwies, schließlich in Rom gelandet war und im Hospital der Malteser in der Via Condotti gearbeitet hatte, bevor sie in die Theaterleitung wechselte. Die Sache mit den exilierten Palästinensern war mir vertraut. Monatelang blieben die Leute auf dem Schiff gefangen, kein arabischer Bruderstaat, der sie aufnehmen wollte. Ich hatte damals geschäftlich in Zypern zu tun. Es war die Zeit der Auflösung der Sowjetunion mit ihren finanziellen Nachwehen. Ich sollte für einen russischen Geschäftsmann aus Wien Briefkastenfirmen in Limassol eröffnen. Vierundvierzig schaffte ich, dann wurde mein

Auftraggeber in Pörtschach am Wörthersee in einem Nobelhotel vergiftet. Ich mußte mir das Geld für den Rückflug mühsam in „Militzis Restaurant" an der Hafenpromenade im ehemaligen Türkenviertel Larnacas zusammenstottern.

Viele Wochen lag damals ein aus Libyen gekommenes mit tausendfünfhundert Menschen überfülltes uraltes Kreuzfahrtschiff im Hafen von Larnaca. Es war den Verstoßenen verboten, an Land zu gehen. Die Presse warb aber um Unterstützung und ein Ende der Blockade. Die Menschen wurden, was die Lebensmittel anlangte, vom zypriotischen Roten Kreuz versorgt; medizinische Hilfe bekamen die Gestrandeten von der Royal Navy und ihren Hubschraubern von der nahen englischen Militärbasis in Dhekelia. Immer wieder wurden kranke und geschwächte Menschen ins moderne Militärspital ausgeflogen und zurückgebracht. Sogar von zwei Geburten wurde berichtet, die Engländer schlachteten die Sache ordentlich für Eigenwerbung aus. „Aus welchen Gründen das Richtige in die Welt tritt, ist nicht so wichtig", sagte ich.

„Hauptsache, es geschieht", unterbrach Ezechiel. „Ich kenne diesen unsinnigen Satz aus einem Theaterstück Luigi Pirandellos. Selbstverständlich sind die Gründe, warum etwas Richtiges geschieht, wichtig, wie sonst sollte man denn das Richtige wiederholen?"

Während der Bühnenbildner der Pasta zusprach, hatte ich Gelegenheit, dem Vortrag der Polin zu lauschen, denn um einen solchen handelte es sich mittlerweile.

„Der Großmufti von Jerusalem und spätere Mentor Jassir Arafats, Al-Husseini, war ein Trommler der Judenvernichtung und dementsprechend häufig in Berlin. Antisemiten riechen einander über Kontinente hinweg. Als Gastgeschenk brachte er Hitler ein historisch bedeutsames Buch, einen Koran, der aus einer jüdischen Schreibstube in Medina stammte, angeblich noch zu Lebzeiten Mohammeds verfaßt. Hitler reichte das Buch, das ihn ebenso wenig interessierte wie das Schicksal der Palästinenser, an den Chef der SS, Heinrich Himmler, weiter, der ein Faible für historischen Plunder hatte. Man denke nur an die von ihm finanzierten Massenexpeditionen in den Himalaya, wo Tiroler und Kärntner Bauernbuben nach dem Ursprung der Arier im ewigen Eis graben mußten. Himmler verbrachte den Ur-Koran auf seine esoterische Wewelsburg nahe Paderborn. Sein Interesse an dem Buch war aber nicht nur esoterisch, er betrachtete den Ur-Koran als Lebensversicherung, falls das Kriegsglück sich wenden sollte.

Als Himmler von Hitler Anfang Januar 1945 zum Oberbefehlshaber der Heeresgruppe Weichsel ernannt wurde, nahm er sein Pfand in das Hauptquartier, die Ordensburg Krössinsee, mit. Im Keller eines der beiden Türme deponierte er den Koran Anfang Februar 1945, verließ die Anlage aber wegen der sich nähernden Roten Armee am 4. März. Das Buch hatte er wieder bei sich, ein Ordonnanzoffizier war eigens dafür verantwortlich. Nach dem Kriegsende wird Himmler mit seinem Stab von den Engländern in Schleswig verhaftet, der Koran befindet sich weiterhin in der Obhut der Ordonnanz. Es folgen strenge Verhöre in Lüneburg, Himmlers Verteidigungsstrategie – er will sich den Briten als Geheimnisträger andienen – scheitert auf der ganzen Linie. Als der Ordonnanz die Flucht gelingt, sieht Himmler sich seiner Lebensversicherung beraubt. Er holt eine Zyankali-Kapsel aus einer Zahnlücke, zerbeißt sie und macht sich für irdische Gerichte aus dem Staub."

Die Polin legte beide Hände auf den Tisch und lehnte sich zurück. Der Dozent umfasste ihre Handgelenke und hielt seinen Fang fest. Ezechiel Heavensgate hatte sein Mahl beendet und erkundigte sich nach dem Zweck meiner Reise. Wahrheitsgemäß sagte ich, ich sei auf der Suche nach einem verschollenen Novizen der Malteser. Warum ich den Mann suche? Vielleicht sei der mit seiner jetzigen Existenz, wo immer diese auch sei, durchaus zufrieden? Ob es sich um eine Intrige oder eine Familienangelegenheit, vielleicht einen Erbschaftsstreit, handle?

„Weder noch", sagte ich. „Eine einsame Mutter vermißt ihren Einzigen. Sie bezahlt mich dafür, daß ich herausfinde, wo er steckt."

Ezechiel nickte. „Sie brauchen einen Assistenten. Jemand, der sich in Rom auskennt, bestens orientiert ist. Und da denke ich nicht an die Sehenswürdigkeiten, an die natürlich auch, aber Rom hat mehr als Kirchen zu bieten. Sie wissen, was ich meine."

Er hat recht, mußte ich mir eingestehen. Den Dozenten werde ich in den nächsten Tagen nicht von seiner Manichäerin loseisen können, und wenn doch, so wäre es ein trübes Miteinander. Mit einem Liebeskranken läßt es sich schwer recherchieren. Der ertrinkt eher im Tiber oder fällt vom Kolosseum.

Ezechiel gefiel mir, ich mochte sein selbstbewußtes und offenes Auftreten. Gegen einen intelligenten und erfahrenen Scout war nichts einzuwenden. Allerdings gab es da noch eine Frage zu klären. Daß er ein Schurke war, daran bestand kein Zweifel, in dieser römischen Welt können nur Schurken überleben, ich weiß das, denn ich bin auch einer, obwohl ich mich gar nicht als solchen empfinde. Die Frage war, ob er mich gleich am Anfang übers Ohr hauen oder ob er Tag für Tag versuchen würde, mich auszunehmen. Ich ging von letzterem aus. Die Ausgangssituation war also berechenbar. Fehlte nur noch ein Probetag.

„Hätten Sie einen ganzen Tag Zeit? Sagen wir morgen?"

Ezechiel dachte nach. Dann nickte er.

„Werden Sie nicht im Theater gebraucht?"

„Morgen ist keine Vorstellung."

Was für ein glücklicher Zufall, dachte ich. Wie gut, daß ich nicht mißtrauisch bin.

„Wie schauen Ihre finanziellen Vorstellungen aus?"

„Für morgen verlange ich nichts", sagte Ezechiel. „Nehmen wir den Tag als Probezeit."

„Für Sie!"

124

„Für Sie!" sagte er und lachte herzlich. „Ich muß doch herausfinden, mit wem ich da unterwegs bin. Wer in Rom einen verschollenen Priester sucht, ist von der Kirchenrevision oder der Mafia. Diese Herrschaften sind Meister der Tarnung, Rollstuhl oder Ballkleid ist ihnen egal. Wenn Sie entsprechen, finden wir schon einen Weg der Entlohnung."

„Und mein Freund?" Ich schaute in Richtung des Dozenten, der an den Lippen seiner Manichäerin hing. Ezechiel beugte sich vor und sprach leise.

„Es scheint, er ist beschäftigt. Den werden wir an der langen Leine lassen, aber er muß unter Beobachtung bleiben, er wirkt ein wenig somnambul. Ich denke, ein kurzes abendliches Briefing für ihn müßte reichen."

„Einverstanden. Wo treffen wir uns?"

„Um zehn Uhr an der Straßenbar vor dem Hotel. Wir werden mit dem Bus fahren. Es ist eine ganz schöne Strecke bis zum Aventin. Vorher ergibt es keinen Sinn, da würden wir im Verkehr stecken. Für den Aventin selber brauchen wir eine Stunde, dann können Sie sich aussuchen, wohin es gehen soll. Ich würde einen Spaziergang am Lungotevere vorschlagen. Bei uns in Ghana heißt es, einer Stadt soll man sich über ihre Flüsse nähern. Wir haben viele Flüsse in Ghana. Vom Aschanti-Hochland zur Küste fließen zwanzig Flüsse, der größte ist der Volta. Und alle Städte liegen an den Flüssen, auch meine Heimatstadt Kumasi, die so groß ist wie Mailand und dreimal so schön."

Auf der gegenüberliegenden Seite des kleinen Platzes fuhren zwei Wagen der Carabinieri vor. Beamte stiegen aus und näherten sich dem Feldlager der Afrikaner. In aller Seelenruhe erhob sich ein Schwarzer und schritt mit dem Essenstopf durch die Reihe der Beamten in Pepes Küche. Die Beamten durchsuchten die Männer, das aber mit wenig Nachdruck. Zwei ließen sie überhaupt ungeschoren, auch dem Rückkehrer aus dem Lokal blieb die Perlustrierung erspart. Die Carabinieri verkehrten mit den Schwarzen auch nicht im Kommandoton, es war eher eine sachliche Unterhaltung. Man kannte sich offensichtlich. Die Afrikaner wirkten nicht verängstigt oder aggressiv, sie spielten ihren Part in diesem Schauspiel mit Würde. Bald darauf stiegen die Polizisten in ihre Streifenwagen und verschwanden.

10. Kapitel

Mit Ezechiel auf dem Aventin. Römische Lektionen,
eine Einführung. Die Wahrheit über die schlechtesten Busse
der Welt. Durchs Schlüsselloch auf das Allerheiligste.
Fast eine Spur von Markus

Am nächsten Morgen fand ich mich am vereinbarten
Treffpunkt mit Ezechiel Heavensgate in der kleinen
Bar ein. Vom Dozenten und der Polin war beim
Frühstücksbuffet im Dachgeschoß des Radisson Blu
keine Spur wahrnehmbar gewesen. Entweder widme-
ten sie sich dem Kampf gegen die Überschwemmung
durch das Böse oder sie tingelten auf der Spur obskurer
Bücher durch Rom. Auf den Geleisen der Stazione
Termini herrschte reges Treiben. Die Sonne schälte
sich durch den Dunst, in der Ferne, als dunkler Saum,
zeichnete sich die Bergkette um Frascati ab.
Ich hatte Umbertos Unterlagen tief in meinem Rollstuhlnetz vergraben. Ezechiel war nicht in der Bar. In
dem kleinen Straßengarten neben dem Mercato saßen
nur ein paar Schülerinnen und ein dunkelhäutiger
Priester in seinem schwarzen Habit. Ich überwand die
anfängliche Enttäuschung, indem ich mir sagte, daß
der mitteleuropäische Pünktlichkeitsfimmel von auto-
ritären Personen künde, und absolvierte eine anstrengende Übung in römischer Gelassenheit. Schließlich
ärgerte mich doch über meine Naivität. Mich Ezechiel

auszuliefern war ein Fehler gewesen. Nun würde ich die Recherche wohl oder übel allein durchführen müssen. Beim zweiten Espresso gelangte ich zu der Überzeugung, daß ein Vorstoß auf den Aventin zwar wichtig, aber nicht vordringlich sei. Es hätte wenig Sinn, mich mit Joseph auf steilen Straßen zu quälen, die dann womöglich noch mit Pflastersteinen gedeckt wären. Ich würde schon am ersten Tag Schiffbruch erleiden. Was nicht für Joseph und mein Kreuz, sondern auch für mein Selbstbewußtsein negative Folgen hätte. Am Beginn schwieriger Ermittlungen in einer fremden Stadt sollte man Vorstöße unternehmen, die die kommende Arbeit befeuern und nicht erschweren. Der Magistralpalast der Malteser in der Via Condotti nahe der Spanischen Treppe wäre ein geeignetes Ziel. Als ich der freundlichen Chefin nach einer halben Stunde zuwinkte und die Rechnung verlangte, erhob sich der Mann im Habit und setzte sich zu mir an den Tisch.

„Sie werden doch nicht ohne mich aufbrechen?" sagte Ezechiel. „Wir wollten doch auf den Aventin, oder habe ich mich da verhört?" Er spielte mit dem weißen Gürtel des Habits.

Das war meine erste römische Lektion. Ezechiel war die ganze Zeit drei Tische von mir entfernt gesessen, ich hatte seinen Habit deutlich gesehen. Die Dinge sind nicht so, wie sie scheinen, sagte mein Scout mit den guten Verbindungen zum Theaterfundus, ich täte gut daran, mich von Äußerlichkeiten nicht blenden zu lassen. Ich schwieg beschämt. Wir liefen ein paar

Straßenzüge zu einem großen Platz. Ezechiel hielt sich im Rhythmus gut neben mir. Er half nur bei holprigen Gehsteigabschrägungen oder beim raschen Queren der stark befahrenen Straßen.

Nach einer großen Kirche, ich las den Namen „Santa Maria Maggiore" auf einem Wegweiser, waren wir in der Via Cavour angelangt. Mein Scout bremste uns bei einer Bushaltestelle ein. „Es funktioniert", sagte er. „Wir können auf den Aventin fahren."

„Bravo", sagte ich verblüfft. Nicht nur ich hatte ihn, auch er hatte mich einer Überprüfung on the road unterzogen.

Was danach folgte, hätte ich dem Dozenten gern als Video gezeigt. Ezechiel gab dem anfahrenden Chauffeur des roten ATAC-Busses ein Zeichen mit der Hand. Der Bus kurvte in halsbrecherischem Tempo an den Randstein, die Türen sprangen auf, ein paar Fahrgäste drückten sich vor dem Rollstuhl ins Freie, dann waren auch schon Ezechiel und ein zweiter Mann da, sie kippten den Rollstuhl stark nach hinten und hoben Joseph und mich mit den Vorderrädern auf die Plattform. Die beiden schoben, während ich zwei ausgestreckte Hände ergriff, die mich in den Bus zogen. Wenige Sekunden später – zwei Frauen mit großen Einkaufstaschen, welche mit Stoffballen gefüllt waren, hatten Platz gemacht – stand ich seitlich am Fenster auf dem für Rollstühle und Kinderwägen vorgesehenen Platz. Die beiden Frauen, Inderinnen, wie ich meinte, lächelten mir zu. Auch die anderen Passagiere waren

freundlich. Niemand schaute wegen der kleinen Verzögerung ungeduldig auf die Uhr. Wie in New York,
dachte ich. Im größten Trubel bewahren die Menschen
Gelassenheit. Das ist also der ineffiziente öffentliche
Nahverkehr der Hauptstadt. Bald stellte sich heraus,
daß der Platz am Fenster gut gewählt war, denn dort
gab es auch eine Haltestange und einen seitlichen
Handlauf. Von beiden machte ich in der Folge ausgiebig
Gebrauch. Der Bus ruckte und zuckte, es knallte und
quietschte, eine Vollbremsung wurde gefolgt von einer
enormen Beschleunigung, sodaß man von vorn nach
hinten, links und rechts herumgewirbelt wurde, als
wäre man in die Fänge wildgewordener Masseure
gefallen. Nachdem ich mich auf die Rüttelei eingestellt
hatte, verlief die Fahrt problemlos. Muskelkater in
Händen und Schultern waren für mich nichts Neues.
Und an das freundliche Geschnatter und rücksichtsvolle
Zur-Seite-Treten für Ältere oder für Fahrgäste mit
Gepäck gewöhnte ich mich gern.

Wir verließen den Bus wieder ohne Rampe. In wenigen
Augenblicken waren helfende Hände zur Stelle gewesen. In der Ferne sahen wir eine Pyramide, wir aber
nahmen den Weg Richtung Tiber, liefen ein Stück die
Via Marmorata entlang und bogen dann zum Aventin
hinauf, der sich als Berg, nicht als Hügel entpuppte,
allerdings ohne Pflastersteine. Hier war Ezechiels Hilfe
unerlässlich. Wir kämpften uns zwischen noblen,
kleinen Hotels und traumhaft schönen Villen auf einer

stetig steigenden Gasse in die Höhe. Irgendwann traten die Villen zurück, kirchliche Bauten gewannen die Überhand, und am Ziel unseres Gipfelsturms, auf der Piazza di Cavaliere di Malta, erhob sich eine mehrfach gegliederte Burg aus roten Ziegeln, der Sitz des Groß-priorats und eines theologischen Seminars. Rechter Hand erstreckte sich, steil zum Tiber abfallend, ein ausgedehnter Park mit alten Eichen und Pinien. Davor lag ein eingeschoßiges Gebäude, in dem Devotionalien feilgeboten wurden. Müde und verschwitzt schauten wir uns auf dem Platz um und stießen auf das elek-tronisch gesicherte schwarze Eingangstor eines diplo-matischen Prachtbaus in ägyptischem Besitz. Der Palazzo und der kleine, gepflegte Park strahlten Ruhe und Reichtum aus, ähnlich wie die Bauten der Malteser. Der Duft von blühendem Jasmin und Föhren lag in der Luft, eine leichte Brise brachte Abkühlung und die Großstadt schien weit weg. Eine Gruppe asiatischer Touristen, die sich mit einem Bustaxi auf den Berg hatten chauffieren lassen, versammelte sich vor einem schmiedeeisernen Tor. Jeder durfte einmal im gebückten Zustand durchschauen und ein Foto schießen, dann ging es wieder weiter, nach Zagreb, Zwettl oder sonstwohin. Neugierig geworden, rollte ich näher und konnte von meiner Sitzposition aus bequem durch das Schlüsselloch schauen. Und was sah ich? Einen Swimmingpool der Ordensritter? Die Vorbereitungen für eine Opernaufführung? Eine nackte Grete? Gefehlt, ich sah den Petersdom! In der Blickachse des Schüssellochs ragte der marmorne Leuchtturm der Christenheit in den römischen Himmel.

Er möge herkommen, deutete ich Ezechiel, aber der schüttelte den Kopf und zitierte mich zu sich. Wir nahmen den ansteigenden Weg zum Eingang der Hochschule. Er wisse von diesem Blick, sagte er, ich solle mich gedulden, morgen schon könnten wir uns den Dom in all seiner Pracht von innen und außen ansehen.

„Du wirst dich glücklich schätzen, den Rummel wieder zu verlassen", schloß er.

„So schlimm?"

„Noch schlimmer."

Der Portier ließ Ezechiel anstandslos passieren, für mich aber war hier Endstation. Es gebe zu viele Stufen, sagte der Portier.

„Aber dort vorn sehe ich eine Rampe!" sagte ich und deutete auf eine elegante, in roten Sandstein gefaßte Rampe, sie schlängelte sich an die Rückseite des Palazzos.

Die führe nur zu einem Ristorante an der Via Marmorata, meinte der Portier. Auch hinter dem Palazzo gebe es viele Stufen.

Also ging Ezechiel vor, für derartige Aufgaben hatte ich ihn ja mitgenommen. Ich gab ihm noch eine Fotografie von Markus mit, er solle nach dessen Verbleib fragen.

Auf der Piazza hatte ein Eisverkäufer seinen Piaggio-Lieferwagen geparkt. Er war damit beschäftigt, das

Verkaufspult auszuklappen. Aus dem Heck des Klein-
transporters ragte eine massive Aluminiumrampe. Ob
er mit seinem Gefährt auch auf das Maltesergelände
fahre, erkundigte ich mich. Heute nicht, sagte der
schwitzende Mann. Einmal in der Woche reiche. Wie
weit man mit dem Rollstuhl komme, ließ ich nicht
locker. Bis zum Refektorium und zu den Unterrichts-
räumen, erwiderte er. Alles ohne *rampa*, nur mit seiner
bella macchina. Gegen eine kleine Spende würde er mich
jederzeit mitnehmen.

„Buonissimo, hier sind zwanzig Euro. Wenn du mich
hineinbringst, gibt's noch einmal zwanzig."

Er nahm den Schein und hielt ihn gegen die Sonne.
„Was hast du bei den Fratres verloren?" fragte er mißtrauisch.

„Meinen Bruder", sagte ich. „Ich brauche ihn. Unsere
Mutter ist gestorben."

Er bekreuzigte sich, dann streckte er die Hände gen
Himmel und stieß einen obszönen Fluch aus. Auch
seine Mutter sei gestorben, vor zwei Wochen, keine
fünfzig Jahre alt, stieß er hervor. Und er wies auf ein
Bild mit schwarzem Trauerrand, es zeigte eine lang-
haarige Schönheit in jungen Jahren mit seltsam ab-
wesendem Blick.

Wie das möglich sei, fragte ich. Ob Gott nicht aufgepaßt
habe? Ob er seine Mutter verflucht habe?

Er brach in Tränen aus. Schluchzend schob er mich
über die Rampe, den Zwanziger hatte er schluchzend
eingesteckt. Auch als er die Rampe im Wagen verstaute,

haderte er mit dem Schöpfer. Sollte ich ihm sagen, daß es keinen Gott gibt? Aber dann dachte ich, das hat Zeit, wer die Mutter verliert, kann durch einen weiteren Schicksalsschlag aus der Fahrrinne gedrängt werden. Außerdem war ich mir sicher, daß Gott gegen die Verschiebung der Aufklärung keinen Einwand haben würde. Wir fuhren los, der Motor knatterte erbärmlich. Wir nahmen den roten Sandsteinweg, nirgendwo waren Stufen zu sehen. Ein Lieferantentor öffnete sich wie von Zauberhand. Dann ging es eine kurze Strecke durch den Park zur Rückseite des Palazzo. Immer noch keine Stufen. Ich überlegte kurz, dem Portier eine Mutter-Gottes-Statuette vom Devotionalienhändler an den Kopf zu schmeißen, verwarf den Gedanken aber als zu aufwendig. Eine simple Ohrfeige würde es auch tun.

In einer halben Stunde werde er mich hier abholen, sagte der Eisverkäufer, nachdem er Joseph und mich ausgeladen hatte. Nicht nötig, sagte ich. Einzig das Tor bringe ich nicht allein auf. Stolz präsentierte er ein Funkgerät, das gebe er aber nicht aus der Hand. Ich gab ihm einen Zehner, und er versprach, das Tor offen zu lassen.

Der Weg ins Refektorium war ein Kinderspiel. Nirgendwo Stufen. Ich begegnete einigen älteren Herren, sie nickten mir aufmunternd zu. In einem Bibliothekszimmer fand ich einen kleinen Mann mit Glatze und John-Lennon-Brillen. Ich legte ihm eine Fotografie von Markus auf den Tisch. Er schreckte hoch.

134

„Wo haben Sie das her?" stammelte er.

„Wo ist er?" sagte ich. „Ist er hier im Seminar?"

Er schüttelte den Kopf. „Unser geliebter Bruder hat uns verlassen."

„Ist er tot?"

„Er ist seit einigen Wochen verschwunden, so wie ein paar andere Ordensmänner. Bei uns herrscht großes Chaos."

„Wo ist er?" fragte ich scharf und fuhr näher. Der Kleine zitterte vor Angst, im nächsten Moment würde er reden.

Plötzlich gellte Alarm durch das Gebäude. Ich hörte im Refektorium Schritte, dann sah ich Ezechiel davonstürzen, er wurde von zwei Sicherheitsbeamten verfolgt. Ich nahm denselben Weg, auf dem ich gekommen war. So schnell die Vorderräder es zuließen, fuhr ich zu Tal. Von meinem Scout war keine Spur, auch der Alarm hatte aufgehört. Als ich die letzten Meter zur Via Marmorata zurücklegte, kamen mir zwei Fahrzeuge der Carabinieri entgegen, das Blaulicht war eingeschaltet. Ach ja, daß ich es nicht vergesse: Der Portier hatte noch eine Ohrfeige gekommen, nachdem ich ihn gebeten hatte, bei Joseph nach lockeren Schrauben Ausschau zu halten. Er nahm die Strafe hin, ohne aufzubegehren. Er war auch nicht traurig, versuchte keine Entschuldigung. Tausend Jahre kriechen, dachte ich. Was für eine verkorkste Herrschaft.

Die Via Marmorata endet an einer Tiberbrücke. Quert man sie, ist man gefangen. Die Einfahrt nach Trastevere war für mich unmöglich. Zwei Straßen wurden saniert, die einzig verbleibende mit ihren Pflastersteinen war für Joseph unpassierbar. Noch dazu schossen aus allen Richtungen Autos aus Gassen und Straßen, es war ein Höllenritt, bis ich mich an die Seite zu einem Erfrischungsstand retten konnte. In der prallen Sonne saßen zwei ältere Männer, sie unterhielten sich bei Bier und Wein mit der Wirtin, einer resoluten Endfünfzigerin, deren Stimme mich an das Rasseln einer niedergehenden Ankerkette erinnerte. Aber sie versorgte mich mit Wasser und caffè und ließ mich in Ruhe. Ich nahm das Fernglas aus dem Rollstuhlnetz und studierte die Mauern und Zinnen der Malteserburg. Von dieser Seite schien der Berg schroff und unnahbar. Aus den Gräsern und Büschen stachen graue Felsen hervor.

„Eine Oase im Trubel der Großstadt", sagte eine bekannte Stimme. Ezechiel setzte sich, als wäre nichts geschehen, zu mir. Er trug eine graue Leinenhose und ein schwarzes T-Shirt.

„Was, um Himmels willen, hast du angestellt?" herrschte ich ihn an.

Er lachte und zog die Schultern hoch.

„Nichts."

Nachdem ich bezahlt hatte und wir uns über den weiteren Weg geeinigt hatten – er zeigte sich zufrieden, daß wir Trastevere mieden –, machten wir uns am Uferbegleitweg in Richtung Stadtmitte auf. Der Weg war nicht einfach, die Wurzeln der stattlichen Platanen hatten ihn zu einer Berg- und Talbahn gemacht,

Ezechiel mußte immer wieder helfen. Die Straße war für uns nicht benutzbar, zu eng, zu laut, die Autos zu schnell.

„In deiner Hose scheppert etwas", sagte ich nach der zehnten Wurzel. Ohne zu zögern zog mein Assistent eine goldene Tabatiere, einen goldenen Brieföffner und eine vergoldete Füllfeder mit Brillantenbesatz hervor. Ob er die Produkte seiner Nebentätigkeit in Josephs Netz lagern könne?

11. Kapitel

Der Krieg um die Sampietrini und die Abwesenheit
der Fortschrittskräfte. Die erste heiße Spur und
was aus ihr wurde

Trotz widriger Bodenverhältnisse machten wir auf dem Lungotevere guten Progreß. Ezechiel hatte sich meinem Rhythmus angepaßt. Bei kurzen Bergab-Passagen machte er ein paar schnellere Schritte, im umgekehrten Fall verzögerte er. In der Sprache der Binnenschiffahrt waren wir ein dynamischer Schub-verband mit Potential für lange Etappen. Zum Tiber führten steile Stufen, zwei Fischer und schmusende Jugendliche hatten es sich am Ufer bequem gemacht. Der mäandrierende Fluß erinnerte an einen renitenten Kanal, das langgestreckte Kasernengebäude auf der anderen Seite verstärkte den unwirtlichen Eindruck. Die Seine war großstädtischer, die Themse mit ihren hohen Tiden wilder, nur der Arno, das florentinische Rinnsal, wurde vom Tiber übertroffen. So ergeht es Flüssen, die verlanden. Einst war der römische Hafen wesentlich am Aufstieg der Stadt beteiligt, nun war der Binnenhafen Roms ein mickriger Umschlagplatz und Ostia, der Meerhafen, schien so weit wie Odessa von Wien. Mit der Königin der europäischen Ströme waren die Flüsse alle nicht zu vergleichen, das war auch der Grund, warum Herr Bernini seinen Brunnen auf der

138

Piazza Navona nicht mit dem Tiber bestückte, auch nicht mit dem Po, der bei Cremona und Parma seinen Reiz hat, sondern mit der Donau. Sie ist der europäische Hauptstrom, und die politischen Verhältnisse an ihren Ufern sind so desperat wie zu Zeiten der Auflösung des Weströmischen Reiches. Ganges, Nil, Rio de la Plata und Donau – so lautete die Champions League der Flüsse in Berninis siebzehntem Jahrhundert. Ezechiel lachte, als ich ihm diese Beobachtung mitteilte. Betrachte man die Dinge nicht durch die kolonialistische Brille, könne man bei Bernini keinen einzigen Strom gelten lassen, nicht einmal den Nil, sagte er. Ein Fluß habe in der Wüste nichts verloren, das sei wider die Natur. Und die Pharaonen und ihre Wasserpriester, warf ich ein, alles Stümper? Die ägyptische Hochkultur sei ein einziges Verhängnis, erwiderte Ezechiel, wer sich von Römern, Engländern und Franzosen erobern lasse, sei auf der Erde überflüssig. Der Nil sei nichts anderes als ein trauriger Wasserlauf im Sumpf der Geschichte. Kein Vergleich mit den westafrikanischen Hochkulturen. Gegen den Sambesi, den Senegal, den Kongo und den Volta kämen kein Fluß und kein Strom Berninis auf. Der Architekt müsse gewusst haben, daß er einer willkürlichen Auswahl unterlag, man könne das an den traurigen Gestalten sehen, die er den Flüssen zuordnete, allesamt kraft- und saftlose Wesen und keine Weltenlenker. „Wahrscheinlich war der große Bernini bestochen. Für Geld tun Künstler alles, das weiß ich von mir", sagte Ezechiel.

Weltweit ist bekannt, daß ich ein großes Herz für Flüsse habe. Insofern hatte ich gegen die westafrikanischen Geschwister nichts einzuwenden, im Gegenteil, eine Schiffahrt auf dem Sambesi zählt seit langem zu meinen liebsten Träumen. Daß Ezechiel aber einem verbohrten Regionalpatriotismus das Wort redete, stimmte mich erleichtert und nachdenklich zugleich. Erleichtert, weil offenbar Afrikaner genauso engstirnig sein können wie Europäer – gemeinsame Behinderungen festigen die Verwandtschaft – und nachdenklich, weil Weltläufigkeit weiterhin eine Sache von Stardirigenten, Großkriminellen und Formel-Eins-Fahrern bleiben wird.

Schon von weitem ragte ein klassizistisches Gebäude in die Uferstraße. Die römische Synagoge, sagte mein Scout, samt jüdischem Viertel. Dort möchte ich gerne hin, erwiderte ich. Vielleicht konnte man mir dort auf meiner Suche nach Markus weiterhelfen. In einem abenteuerlichen *stunt act* querten wir die Straße – Ezechiel hatte sich einfach auf die Straße gestellt und den vorbeibrausenden Verkehr mit einer herrischen Geste aufgehalten. In seinem Rücken zischte ich über die Piste. Die Sache verlief einfacher, als ich angenommen hatte. Die Römer fahren schnell, gut und aufmerksam. Ich fühlte mich in dieser Stadt, in der ich oft gezwungen war, auf die Straße auszuweichen, wo die Autos in halber Rollstuhlbreite an mir vorbeiflitzten, sicherer als in Floridsdorf. Noch etwas fiel mir als

Wohltat auf: in Rom gibt es weniger Panzerautos, auch SUV genannt, die jegliches Leben unter sich zermalmen. In Rom beherrschen flinke Kleinwagen und Kleinmotorräder die Straßen, gesteuert von modisch gekleideten Frauen und stocksteif aufrecht sitzenden Männern in Anzug und im Fahrtwind flatternder Krawatte. Selbst die Helme der Zweiradfahrer sind geschmackvoll lackiert. Wer SUVs verbannen will, der soll die Straßen Roms studieren und er wird die Lösung finden.

An der Rückseite der Synagoge sah ich ein Schild: „Archiv der jüdischen Gemeinde". Leider bildeten sieben hohe Stufen ein unüberwindliches Hindernis. Und meinen Scout wollte ich, eingedenk seines Auftritts im Malteserschloß, keinen weiteren Versuchungen aussetzen. Aus den Fenstern im Hochparterre drang Kinderlärm, er changierte von fröhlichem Lachen bis zu bedrohlichen Kampfgeräuschen, die eine Saalschlacht nahelegten. Wie bei uns zu Hause, sagte Ezechiel anerkennend.

Zwar wollte ich das Viertel näher erkunden, mit Joseph war aber in dem Gassengewirr kein Weiterkommen. Er wäre in seine Teile zerfallen und ich hätte mir ein Schädel-Hirn-Trauma eingehandelt. Ein weiterer caffè, zwei Glas Frascati, und schon waren wir wieder am Ufer des Tevere. In einer Biegung des Flusses zeichnete sich in Form einer langgestreckten Träne eine Insel mit hohen mittelalterlichen Bauten ab. Ein ehemaliges Seuchenspital, sagte mein Scout, heute ein cooles Quartier für Privilegierte. Cool im Wortsinn, denn der

Tiber, der links und rechts der Insel einige Strömung aufwies, schleppte eine kühle Luftsäule mit sich. Am meisten war ich aber von den Stromschnellen fasziniert. Über mehrere Katarakte folgte das Wasser der Schwerkraft. Damit konnten weder Wien noch Berlin, nicht einmal New York aufwarten. Ich begann, den Tiber mit anderen Augen zu sehen.

Ob ich die Insel besichtigen wolle, fragte Ezechiel besorgt. Ich schüttelte den Kopf, auch hier Pflastersteine der schlimmeren Sorte. Expeditionen der höchsten Schwierigkeitsstufe wollte ich nicht schon am ersten Tag unternehmen. Ich musste erst sehen, wie Joseph und mein Kreuz das schwierige Geläuf verkrafteten.

Um vierzehn Uhr waren wir am Ponte Umberto I., der Brücke zum Kassationsgerichtshof, angelangt – ein mächtiger, vielgliedriger Palast, Schauplatz ungezählter Niederlagen mutiger Staatsanwälte in höchstgerichtlichen Prozessen gegen die Mafia. Die in Palermo Anfang der neunziger Jahre ermordeten Staatsanwälte Paolo Borsellino und Giovanni Falcone waren hier in Dutzenden frustrierenden Fällen abgehärtet worden.

Am Kiosk neben der Brücke traf ich Mister Giordanos Boten, einen kleinen unscheinbaren Mann mit fettigen Haaren, er war Aktenträger im Gerichtshof und hatte schon auf mich gewartet. Es zählt zu den vielen Vorzügen eines Lebens im Rollstuhl, daß man keine Erkennungszeichen ausmachen muß. Auf gelbe Aktentaschen, grüne Stehküchlein oder ein aufgeklebtes Adolphe-Menjou-Bärtchen kann ich verzichten.

Nachdem ich Grüße von Mister Giordano überbracht hatte, was dem Boten sichtlich schmeichelte, holte ich ein Foto von Markus aus Josephs Netz hervor. Ob er den jungen Priester schon einmal gesehen habe, und wenn nicht, wo man am besten nach ihm suchen könne, in einer billigen Gaststätte neben einem Seminar, einem Laden für Priesterbedarf oder ähnlichem. Vielleicht gab es ja auch Staatsanwälte oder andere juristische Kader, die etwas von ihm wußten.

Ezechiel war mittlerweile von einem Vorstoß in die rechtsseitigen Gäßchen zurück. Mißtrauisch betrachtete er den Kalfaktor. Und nur widerwillig akzeptierte er meinen nächsten Auftrag, einen Weg zur Piazza Navona und zum Pantheon zu finden.

Am Nebentisch feierten drei freizügig gekleidete Damen mit billigem Sekt. Sie hatten großen Spaß und prosteten mir mehrmals zu. Als der Kalfaktor über die Brücke zurück in das Gerichtsgebäude geschlichen war, stellten sie eine Sektflöte auf meinen Tisch und schenkten sie bis zum Rand voll. „A votre santé", sagte eine Rothaarige mit überquellenden Formen. Ich nahm einen großen Schluck, beglich die Rechnung und rollte zur Ampel vor. Den drei Geburtstagskindern rief ich über die Schulter noch die Worte „Multumesc! La revedere!" zu, was sie mit einem Johlen und dem Ruf „Suge cuiva!" quittierten. Es zahlt sich aus, hin und wieder mit rumänischen Donaumatrosen zu schwatzen. Wieder befanden wir uns in einem uralten Gassengewirr. Ezechiel meinte, es gebe keinen besseren Weg zur

Piazza Navona. Ich biß die Zähne zusammen und folgte meinem Scout. Insgeheim verfluchte ich ihn. Mit einem derartig untalentierten Wegemacher hätte Livingstone den Sambesi nie entdeckt und wäre über den River Clyde bei Glasgow nicht hinausgekommen. Nach einer fürchterlichen Rüttelei waren wir endlich auf dem Platz angekommen. Wir ließen den Vierströmebrunnen links liegen und eilten über die Piazza. Wie Geschäftsleute auf dem Weg zu einem Termin. Und Geschäftsleute waren wir ja auch, nur eben keine Handwerker oder Hemdenverkäufer, sondern Vertreter eines freien Gewerbes, das, bedenkt man die Arbeitslosenzahlen, seine große Zeit noch vor sich hat. Auf dem Weg zum Pantheon begab es sich, daß Ezechiel Heavensgate und ich in Streit gerieten. Es ging dabei weder um Flüsse noch um lukrative Nebentätigkeiten, sondern um die römischen Pflastersteine aus schwarzem Basalt

„Seit dem sechzehnten Jahrhundert wurden die römischen Straßen nach dem Vorbild des Petersplatzes gepflastert, daher der Name Sampietrini“, erzählte Ezechiel, „und nun meint man, das müsse für alle Zeiten so bleiben, auch wenn die Steine in Italien kaum mehr zu bekommen sind und auf Importe aus China und Vietnam zurückgegriffen werden muß. Mittlerweile tobt ein Glaubenskrieg zwischen Traditionalisten und Modernisten. Der römische Stararchitekt Massimiliano Fuksas führt das seltsame Argument ins Treffen, daß er mit den Sampietrini sein Leben verbracht habe.“

144

„Ein dummer Beitrag von Rang", gab ich zu.

„Auch Kulturpoliker setzen sich vehement für den Erhalt der Steine ein", fuhr Ezechiel fort. „Ein Quadratmeter des kostbaren Belags kostet aber mehr als zweihundert Euro, während ein anderer Belag um ein Viertel davon herzustellen ist."

Für eine Stadt in Finanznot sei das doch ein schlagendes Argument, erwiderte ich.

„Freilich", bekräftigte Ezechiel. „Auch gibt es genug Stimmen, die darauf hinweisen, daß die Schönheit der nächtens im Regen glänzenden Steine für Vespafahrer eine heimtückische Gefahr darstellten und ältere Fußgänger dem schlüpfrigen Untergrund zum Opfer fallen. Als die Stadtgemeinde neulich ankündigte, sie werde an manchen Stellen die Sampietrini ersetzen, rief die *Republicca* den ‚Krieg der Pflastersteine' aus."

„Sehr seltsam. Es gibt keine andere Stadt auf der Welt, in der antike und moderne Bauten wie selbstverständlich nebeneinander existieren, nur beim Straßenbelag sollte das nicht möglich sein? Würde Antonio Gramsci noch leben, er sähe in dem ‚Krieg um die Sampietrini' ein Zeichen für den Niedergang des römischen Bürgertums."

„Ich gehe davon aus, daß Gramsci, der ja infolge seines verwachsenen Rückens nicht gut zu Fuß war, sich vor hundert Jahren in derselben Lage befand wie wir jetzt", fügte mein Scout hinzu. „Er säße wie wir in der Falle."

„Und ich gehe davon aus, daß er sich zu uns gesellen und eine Revolution anzetteln würde. Das Grundrecht auf barrierefreie Bodengestaltung muß unbedingt in den Forderungskatalog der Fortschrittskräfte aufgenommen werden."

„Wo siehst du in Europa Fortschrittskräfte am Werk?"

„So sprechen die Pessimisten alter Kulturvölker. Vertraue dem Engel der Geschichte, lieber Ezechiel", sagte ich ruhig. „Wenn die Zeit reif ist, werden sie da sein. Wichtig ist nur, daß sie dann einen brauchbaren Aufmarschbelag und einen radikalen Arbeitsplan vorfinden." Über meinen Geschichtsoptimismus heizte sich der Konflikt schon etwas an, er nahm weiter Fahrt auf, als ich mich weigerte, ein Taxi zu rufen, und er eskalierte, als ich mich anschickte, die Sampietrini allein unter die Räder zu nehmen. Alles könne er mitansehen, rief Ezechiel, aber renitente Blödheit ertrage er nicht. Mit diesen Worten verschwand er hinter der Biegung einer kleinen Gasse. Ich fuhr verbittert weiter. Nicht, daß ich wirklich vorgehabt hatte, die Rumpelpiste zu nehmen, aber nun, da meine Ehre herausgefordert war, ließ ich es, meinen Vorsätzen vom geruhsamen ersten Tag zum Trotz, doch auf ein existentielles Manöver ankommen.

Es muß zum Gotterbarmen ausgesehen haben, wie ich, leicht nach hinten kippend, über die Basaltsteine turnte. Tatsächlich eilten mehrfach Leute herbei, die mich schieben wollten, aber ein Blick aus meinen umwölkten Augen ließ sie zurückprallen. Sie dauerten mich, aber ich mußte mich konzentrieren, und meine Methode war die einzig mögliche, um lebend ans Ziel zu gelangen. Ein Anschieben des Rollstuhls verzehnfacht bei

Pflastersteinen die Rüttelei und degradiert den Rollstuhlpiloten zu einem Häufchen geschüttelten Elends. So aber kam ich doch vorwärts, im Schneckentempo zwar, aber ich konnte mich beim Krafteinsatz an den Treibreifen ein wenig hochstützen, was den Schmerz und den Aufprall im Tal zwischen zwei Sampietrini doch um einiges verminderte. Nach einer Viertelstunde war ich schweißüberströmt, meine Schultern schmerzten vom Hochdrücken und Joseph ächzte wie ein defekter deutscher Tiger-Panzer beim Rückzug über die Oder im Winter 1945.

Endlich sah ich ein Ristorante, ein Nepplokal. Eine slawische Schönheit der Gattung Wasserleiche versuchte mit seltsamen Verrenkungen, Gäste in die Touristenfalle zu dirigieren. Tatsächlich drückten sich die Besucher scheu an der Nymphe vorbei und trachteten danach, diesen Ort möglichst rasch zu verlassen. Als ich mich am ersten Tisch im Freien niederließ, stürzte sie auf mich zu und legte Speisekarten in Russisch, Englisch und Arabisch aus. Ich studierte sie alle, weil ich froh über die Pause war und ihr eine Freude machen wollte. Schließlich bestellte ich einen Espresso. Mit hängenden Schultern schlurfte sie ins Lokal und gab die Bestellung auf. Nach dem dritten Espresso und zwei Glas Frascati hellte ihre Miene sich auf und ihr Körper straffte sich. Auch ich gewann wieder an Zuversicht. Plötzlich knatterte ein Ape-Roller heran und hielt vor dem Lokal. Jetzt kommt ihr Lover, dachte ich, und der Kitschfilm ist fertig, aber nein, ein schwitzender, kugeliger Mann eilte mit einem Packen Fotokalender ins Restaurant. Kurze Zeit später fuhr er weiter, und der griesgrämige Wirt befestigte ein Exemplar des Priesterkalenders 2016 an der Holztür. Das Titelfoto zeigte einen unverschämt gutaussehenden jungen Mann, er schritt mit wehendem schwarzen Habit über den schneeweißen Petersplatz. Ich fuhr näher und bat die Kellnerin, sie möge mir den Kalender zur Ansicht reichen. Das Februarbild präsentierte einen ernst blickenden Jungpriester mit Dreitagesbart, der März brachte einen fußballspielenden Wuschelkopf und der April einen jungen, muskulösen Mann, der eine Straße entlangeilte und sich, als wäre er gerufen worden, umdrehte. Ich holte das Foto aus Josephs Netz hervor und hielt es gegen den Kalender. Er sah seiner Mutter nicht sehr ähnlich, dennoch war kein Zweifel möglich. Ich hatte Markus gefunden! Da suche ich ihn in halb Rom, erklimme Gebirge und dringe auf das Territorium von Ordensstaaten vor – und der Kalender mit seinem Bild hängt an jedem Kiosk, schmückt jede Osteria! Andererseits hatte sich meine Hartnäckigkeit im Beharren auf Umwegen wieder einmal bewährt. Ich bestellte noch einen Frascati und kaufte fünf Exemplare des Kalenders. Der Wirt warf mir einen Blick zu, der halb schmierig, halb mitleidig war.

„Du sammelst schöne Männer?" Ezechiel ließ sich neben mir nieder. Das war einer seiner Vorzüge. Konflikte perlten an ihm ab wie Appelle an die Menschlichkeit bei Kärntner Nazis.

148

„Das ist der Mann, den ich suche!" rief ich. Mein Scout betrachtete das Foto eingehend.

„Wer hat den Kalender gemacht?" Er suchte ein Impressum und fand es auf der dritten Umschlagseite. Atelier Carlotto. Tiberinsel.

Eine halbe Stunde später, wir hatten ein Taxi genommen, standen wir vor dem Eingang eines mehrstöckigen mittelalterlichen Hauses auf der Tiberinsel. Stufen über Stufen. Ein junger Priester rannte an uns vorbei zu einer Vespa, sprang auf und schlingerte mit aufheulendem Motor über die gepflasterte Brücke. Ich schickte Ezechiel vor. Hoffentlich gelang es ihm, Signore Carlotto in den Hof zu bitten. Es verging keine Minute, und Ezechiel sprang die Treppe herab.

„Wir müssen weg!" stieß er aufgeregt hervor. Er packte Joseph an den Griffen, ich hob die Hand zur Abwehr, da fügte er hinzu: „Er ist tot! Erstochen!"

Wir hasteten über die Brücke und verkrochen uns in einem kleinen Hotel. Der Concierge deutete nach links, dort seien die restrooms. Ezechiel zwängte sich mit Joseph und mir in eine altertümliche Rollstuhltoilette.

„Die Tür war offen", sprudelte Ezechiel hervor. „Ich also hinein. Was sehe ich? Einen zarten Mann mit langen weißen Haaren über seinem Schreibtisch. Zuerst dachte ich, daß er schläft, dann tippte ich auf einen Herzinfarkt und richtete ihn auf. Seine Kehle war durchschnitten, in seiner Brust drei tiefe Stiche. Dann hörte ich Schritte auf der Treppe und bin zu dir."

Ich war wie versteinert. Dieser Markus mußte eine bedeutende Person sein, daß in seinem Umfeld unausgesetzt Menschen ermordet werden, dachte ich. Vielleicht hatten die beiden Morde aber nichts miteinander zu tun. Oder war auch hier Umbertos Notizbuch das Ziel? Wo aber war dann die Verbindung zwischen den Aufzeichnungen und dem Fotografen?

„Da hat man endlich eine Spur, und dann ist sie tot", sagte ich.

„Ich glaube, du hast mir einiges zu erzählen", sagte Ezechiel.

12. Kapitel

Am nächsten Morgen wechselte ich, nachdem der Dozent nicht zum Frühstück auf dem Hoteldach erschienen war, in die Tagesbar bei der Markthalle. Der Augenstern meines Freundes verzehrte mit großem Appetit eine Focaccia. Dazu trank sie ein Glas Milch.

„Setzen Sie sich zu mir!" rief sie.

Ich dankte und erkundigte mich nach meinem Freund.

„Oh, ich fürchte, er ist ein wenig überfordert und braucht Ruhe. Wissen Sie, wir hatten gestern einen harten Tag."

Es war nicht schwer zu erraten, was den Dozenten so mitgenommen hatte. Ich kannte ihn als verlässlichen Partner. Daß er nicht einmal für zehn Minuten zum Frühstück auf dem Hoteldach aufgekreuzt war, ließ tief blicken.

Die schöne Polin schien meine Gedanken gelesen zu haben.

„Wir waren auf der Piazza Venezia und dem Forum Romanum. Danach im Pantheon und auf der anderen Seite des Tiber, in Trastevere, ein charmantes Viertel – schlechte Straßen, tolle Lokale, viele Kirchen – wie in Krakau. In der Basilika Santa Cecilia brachten wir längere Zeit zu. Francesco Cardinal d'Acquaviva y Aragona ist in der Krypta begraben."

151

„Interessant", sagte ich und orderte bei der Barvorsitzenden ein Tramezzino con funghi e ruccola und einen doppelten Espresso. Was machen Polen in Rom? Sie rennen in Kirchen. Das gilt also auch für Manichäerinnen.

„Sie dürfen nicht glauben, daß ich Kirchen abklappere, wie meine Landsleute es tun! Ich hatte einen Grund, gerade diese Basilika zu besuchen."

Sie nahm einen großen Schluck von der Milch und wischte sich mit dem Handrücken die Oberlippe ab, als handle es sich um Bierschaum. „Wissen Sie, wer bei Acquaviva einige Monate als Diener gearbeitet hat? Der junge Cervantes, er war einige Zeit der Leibdiener des Aristokraten. Er mochte die Arbeit nicht, obwohl er den Kleriker schätzte. Cervantes hatte keine Wahl, er mußte aus Spanien fliehen, es hieß, er habe einen Mann bei einem Duell getötet. Damals sind viele Abenteurer nach Rom gekommen, von hier aus war es leicht, in alle Windrichtungen zu fliehen. In Rom verloren sich die Spuren." Wie bei Markus, dachte ich. Bei dem verlieren sich zwar nicht die Spuren, aber wer etwas über ihn weiß, verliert sein Leben.

„Leider haben wir beim Grab Acquavivas nicht das gefunden, wonach ich suchte", fuhr die Polin fort. Auch im Pantheon wurden wir enttäuscht. Also sind wir weiter quer durch die Stadt, an Goethes Wohnhaus vorbei bis zur Piazza del Popolo. Danach zur Spanischen Treppe und über den Trevi-Brunnen zur Via Cavour. Von dort hierher, auf den Esquilin. Am

Abend aßen wir wieder bei Pepe. Nach dem dritten Glas Chianti wurde Ihr Dozent kurz ohnmächtig, für ihn war das Programm zu viel gewesen. Ich nahm ihn zu mir aufs Zimmer und flößte ihm ein Benzo, ein Beruhigungsmittel, ein. Bei uns in Polen verwenden wir das gern bei Kindern, vor Schularbeiten; verschmähte Freier geben Hochzeiterinnen vor der Nacht der Nächte Benzo in den Wodka. Der Cocktail wirkt immer, man soll die Dosis aber großzügig bemessen. Besonders gut wirkt es zur Linderung von sinnlicher Überdrehtheit. Ihr Freund wird bis in den Nachmittag hinein schlafen und bis morgen Mittag deutlich reduziert sein. Planen Sie nicht mit ihm. Treffpunkt heute Abend bei Pepe, hab ich ihm auf einem Zettel hinterlassen. Wenn er es denn schafft."

Ich rang mir ein Lächeln ab. Der arme Dozent. Nun war auch die letzte Spur von Sexualneid verflogen. Ich begann mir Sorgen um meinen sensiblen Hietzinger zu machen.

„Kommen Sie mit Ihrer Arbeit weiter?" Sie schien unter der Abwesenheit des Dozenten nicht zu leiden. Vielleicht war an der manichäischen Sexualität doch etwas dran und man brauchte einige Zeit, um die Techniken der Lustverhaltung so zu perfektionieren, daß Hormonhaushalt und Gemüt keinen Schaden nehmen.

„Ja und nein. Ich finde Spuren, aber wenn ich die Leute aufsuche, die sich am Ende der Spuren befinden, sind sie tot."

„Die Kräfte der Finsternis sind im Aufwind. Sie dürfen sich nicht beirren lassen, Sie müssen Ihrer Mission alles unterordnen, alles!" Ihre Augen waren schmal.

Schön, wenn man eine einfache Erklärung für alles hat, dachte ich.

„Ich weiß zwar nicht, *was* Sie umtreibt, aber ich spüre, daß Sie für eine Sache kämpfen, die die Welt nicht schlechter macht. Ich werde Ihnen helfen." Sie nickte, für sie war das Abkommen besiegelt. Dann wollte sie wissen, wo mein Assistent sei. Im Theater unabkömmlich, erwiderte ich und fragte mich, ob Ezechiel mir die Wahrheit gesagt hatte. Da fiel mir ein, daß ich, als ich spätabends ins Hotel zurückgekehrt war, eine Nachricht von Markus' Mutter vorgefunden hatte. Wie ich vorankäme? Ihre Ungeduld sei groß. Ob ich eine Spur aufgenommen hätte? Hatte ich, aber sollte ich ihr sagen, daß ich zwei Tote vorweisen konnte, die Markus definitiv gekannt hatten? Es würde kaum zur Beruhigung beitragen. Und von dem Buben keine Spur. Ich würde so tun, als hätte die Nachricht mich nie erreicht. Bevor ich mit brennendem Hintern und schmerzenden Oberschenkeln ins Bett gefallen war, hatte ich beschlossen, den heutigen Vormittag für den Besuch im Headquarter des Ritterordens zu nutzen. Die Malteser residieren in einem der nobelsten Quartiere Roms, jenem um die Via Condotti, sie besitzen einen kompletten Häuserblock. Der Großmeister lenkt von dort aus die weltweiten Aktivitäten des Ordens, und religiöse Belange nehmen da nur einen Bruchteil ein. Hubert hat mir manchmal von der Via Condotti und den rauschenden Empfängen von Großkanzler und Großmeister erzählt. Nur die besten Weine konnten dort bestehen. Und es gibt, wie die Ordensregel es vorschreibt, auch ein Spital.

Ob ich mit ihr das Quartiere Coppedè aufsuchen würde, fragte da Beatrice, ich würde es nicht bereuen.

Sie lächelt wie eine Sphinx, dachte ich, aber dann fiel mir ein, daß ich gar nicht wußte, wie und ob eine Sphinx lächelt. Ich war einmal für einen Tag in Port Said, Ägypten, mit einer Mini Cruise vom zypriotischen Limassol aus. Alle Passagiere fuhren mit Bussen zu den drei Stunden entfernten Pyramiden und der Sphinx. Da ich den Bus wegen der hohen Stufen nicht entern konnte, blieb ich in Port Said und trieb mich am Ufer des Suez-Kanals herum. Ob die Sphinx lächelt, weiß ich daher nicht, aber daß die Schiffe, die sich inmitten der Stadt zu Konvois für den Suez-Kanal sammeln, auch eine Weltsensation darstellen, das weiß ich seither. Ich sah mich gezwungen, Beatrices Angebot abzulehnen, abwehrend hob ich die Hände, da fügte sie hinzu: Am Nachmittag, denn vorher müsse sie noch einen Kirchenhistoriker treffen, um dreizehn Uhr sei sie bereit.

Eine halbe Stunde später war ich nach einer problemfreien Busfahrt – dieses Mal wurde sogar eine Rampe ausgefahren – und einem bequemen Marsch über asphaltierte Straßen in der Via Condotti angelangt. Das offene Haupttor erlaubte einen Blick in den Hof des Malteserpalastes. Glänzende schwarze Luxuslimousinen standen nebeneinander, bei einem Jaguar und einem Maserati Quattroporte neuester Bauart waren am Kotflügel Malteserflaggen angebracht. Hier sei kein Publikumsverkehr, beschied ein gestrenger Portier, ich möge den Hof sofort verlassen. Sein Auftreten war so herrisch, daß ich darauf verzichtete, ein Foto von Markus vorzulegen. Ich umrundete den Häuserblock und kam über die schmale Via Bocca di Leone in den Rücken des Malteserpalasts, in die Via delle Carrozze. Dort befand sich auch der Eingang eines kleinen Besucherzentrums, leider durch eine Stufe gesichert. Ohne zu murren, akzeptierte ich die Hilfe aufmerksamer Passanten, und so nutzte ich die Gelegenheit, die weltweiten humanitären Leistungen des Malteserordens zu bewundern. Von anderen Dimensionen des Ordenslebens war in der Ausstellung nicht die Rede. Das Ganze war aber nicht aufdringlich, eher bescheiden arrangiert. Fast hätte ich mich beeindrucken lassen, aber dann wurden Fotos behinderter Kinder in irgendwelchen Heimen gezeigt. Verstörte Insassen glotzten in die Kamera. Von gemeinsamer Erziehung, wie sie in Südtirol und halb Italien seit vierzig Jahren erfolgreich praktiziert und seit zehn Jahren von der einschlägigen UN-Konvention gefordert wird, schienen die Apostel einer aussondernden Pädagogik nichts zu halten. Der Hauch von menschlicher Zuwendung und Empathie war wie weggeblasen, stattdessen machte

sich der bleierne Druck von Paternalismus und Fremdbestimmung breit. In einem derartigen Gebräu gedeiht
sexueller Missbrauch an Unmündigen gut.

Ob ich die Behindertentoilette benützen könne, fragte
ich den älteren Aufseher. So etwas gebe es im Besucherzentrum nicht, meinte der Mann, es tue ihm leid. „Mir
tut es auch leid, daß der Malteserorden mit behinderten
Kindern für sich wirbt, aber in seinem Weltzentrum
weder über einen barrierefreien Zugang noch eine
zugängliche Toilette verfügt", sagte ich scharf und laut.
Der Mann wagte keine Widerrede und während er an
mir vorbeiwatschelte, sagte er mit einem flehenden
Unterton, ich solle hier warten, er werde etwas arran-
gieren. Dann schloß er eine Tür auf und verschwand
in einem langen Gang. Meine Entrüstung war schroff
ausgefallen, die fehlende Toilette bot mir aber Gelegenheit, die Routine zu stören. Und ohne Regelverstoß sah
ich keine Chance, in den Palast vorzudringen und
Bekannte von Markus ausfindig zu machen.

Der Kustos hielt Wort. Er arrangierte für mich einen
Besuch im Ordensspital, es gebe Behindertentoiletten,
ich könne allerdings nur jene im zweiten Stockwerk benutzen, er werde mich begleiten. Er sperrte die Glastür
des Besucherzentrums ab und betrat mit mir den Gang.

Das Spital erwies sich als durchaus vertrauener-
weckender Ort. Patienten, Pflegerinnen, Ärztinnen –
ich sah tatsächlich nur Ärztinnen – gingen ihrer Arbeit
nach und zollten uns keine Aufmerksamkeit. Der Be-

such von Patienten oder Angehörigen schien Routine zu sein. Es roch auch nicht streng oder süßlich wie in manchen Heimen; die Gänge und die Zimmer waren, soweit ich das sah, freundlich und etwas altmodisch. Es gab keine Leitstationen, sondern winzige Sekretariate, an denen ich wie selbstverständlich vorüberrauschte. Meinen Begleiter hatte ich rasch abgeschüttelt, ich bewegte mich durch die urologische Abteilung und fuhr mit dem Lift hoch in die Interne. Dort suchte ich tatsächlich die Behindertentoilette auf, aber nur, um ein Handtuch mit dem Malteserkreuz zu stehlen – als Arbeitsbestätigung für meine Auftraggeberin. Auf dem Gang wurde ich von einer großgewachsenen, kräftigen Frau aufgehalten. Die Urologie sei ein Stockwerk tiefer. Wieso alle Mediziner Rollstuhlfahrer immer gleich in die Pritschlerei schicken, dachte ich. Es könnte ja auch sein, daß ich einer Steißlage wegen das Spital aufsuchte und um ein Wunder bat. Ich sei aber auf der Suche nach der Endokrinologie, antwortete ich in Deutsch.

Gebe es im Haus nicht, sagte sie. Woher ich wisse, daß sie Deutsch spreche?

„Weil ich vorhin gehört habe, wie Sie in ihr Handy sprachen. In einem oberösterreichischen Dialekt."

Sie hockte sich vor mir auf die Fersen, eine Geste, die mich immer aufs neue korrumpiert. Auf Augenhöhe zu sprechen ist für unsereins eine Erhöhung.

„Man erkennt die Donauleute aus Oberösterreich daran, daß sie nicht ‚Wurstsemmerl' sagen wie in Hietzing, sondern ‚Wurstsömmi'", präzisierte ich.

„Ich hab aber eine ‚Kassömmi' verputzt", sagte sie und schaute mich forschend an. „Kann ich Ihnen helfen?"

Ich holte den Kalender aus dem Rollstuhlnetz. „Haben Sie diesen Mann schon einmal gesehen?"

Sie betrachtete das aufgeschlagene April-Foto.

„Das ist Markus!" sagte sie erschrocken und ihr Pferdeschwanz hüpfte. „Sie reichte mir den Kalender zurück und schüttelte ärgerlich den Kopf. „Das fällt unter die ärztliche Schweigepflicht. Sie haben den Namen nicht gehört."

„Ich will ihm nichts Böses", sagte ich. „Ich will nur, daß er Kontakt mit seiner Mutter aufnimmt."

„Seiner Mutter?" Drei tiefe Falten zogen sich über ihre Stirn.

„Ja, seiner Mutter. Sie lebt allein in einem gottverlassenen Landstrich unweit von Wien."

Sie erhob sich. „Hören Sie! Auch wenn es unter die ärztliche Schweigepflicht fällt: Markus' Mutter ist tot. Sie ist am achten August gestorben. Ich weiß das genau, weil am achten August hab' ich Geburtstag. Markus hat geweint wie ein Kind … aber das …"

„Fällt unter die ärztliche Schweigepflicht, ich weiß."

Wenn das stimmte, was die Ärztin erzählte, und ich sah keinen Grund, warum sie die Unwahrheit sprechen sollte, dann stand ich vor einem Problem.

„Da muß eine Verwechslung vorliegen", sagte ich. „Ich habe noch vor ein paar Tagen mit Markus' Mutter gesprochen, und da wirkte sie gar nicht tot."

Die Ärztin schüttelte den Kopf. Markus' Mutter sei mehrmals in Rom gewesen, sie habe in einem Gästehaus des Ordens drüben beim Vatikan gewohnt. „Ich habe sie behandelt. Markus hat sie hierher gebracht und war rührend um sie bemüht.“

„Weswegen wurde sie denn …“

„Sie hatte Probleme…“ Sie zog die Stirn kraus und verstummte.

„Die Schweigepflicht?“

Sie nickte.

„Aber da sie ja, wie Sie sagen, tot ist …“

„Die ärztliche Schweigepflicht gilt über den Tod hinaus“, gab sie zurück.

„Hören Sie, ich will nicht Unrechtes …“

„Das sagen alle …“ Sie schaute auf die Uhr, dann sagte sie rasch:

„Ihre Lunge war angegriffen.“

„Ich verstehe.“

„Sie verstehen gar nichts. Daran ist sie schließlich auch gestorben.“

Ich spürte plötzlich eine Hand auf meiner Schulter. Mein Freund vom Besucherzentrum sagte aufatmend: „Da sind Sie ja! Ich habe Sie schon überall gesucht.“

„Ich habe mich verirrt“, sagte ich und tat erleichtert.

„Das passiert immer wieder. Aber dafür gibt es ja … Ah, der neue Priesterkalender!“

Ich hielt ihm die April-Seite vor die Augen.

„Markus!“ rief er. „Er hat mich vertreten. Meine Frau ist schwer krank, da muß ich manchmal weg. Ein wunderbarer Junge. Hilfsbereit, bescheiden, ein Geschenk Gottes. Ich habe ihn schon längere Zeit nicht gesehen, er kam oft mit seiner armen Mutter. Geht es ihm gut?"

Die Ärztin eilte schon den Gang entlang, sie winkte, ohne sich umzudrehen.

13. Kapitel

Ein Gelenkbus als modernes Weltwunder. Das Quartiere Coppedè oder Grüße aus dem Schattenreich. Hotel und Palazzo Grazioli. Ein vifer Concierge und ein viriler Silvio Berlusconi

Pünktlich um dreizehn Uhr traf ich in unserer Straßenbar ein. Beatrice rührte gedankenverloren in ihrem caffè. „Ich habe einen Fehler gemacht", sagte sie zur Begrüßung.

„Ich auch", erwiderte ich. Und nach einer Pause: „Wollen Sie darüber reden?"

Sie schaute mich verloren an, dann gab sie sich einen Ruck. „Ich habe Francesco Cardinal d'Acquaviva d'Aragona mit seinem Bruder Giuglio verwechselt. Der eine ruht in der Kirche in Trastevere und hat nichts mit Cervantes zu tun. Der Leichnam des anderen befindet sich in der Erzbasilika San Giovanni in Laterano. Letzterer war Cervantes' Graf, für den jugendlichen Kardinaldiakon machte er den Leibdiener. Giulio verstarb jung, mit achtundzwanzig, da hatte Cervantes sich längst via Neapel der christlichen Armada von zweihundertfünfzig Schiffen am Vorabend der Seeschlacht von Lepanto angeschlossen. Sie wissen ja, im Kampf wurde seine linke Hand verstümmelt."

„Selbstverständlich", sagte ich. Was war die verstümmelte Hand eines christlichen Kämpfers gegen mein verstümmeltes Selbstbewußtsein. Dieser spanische Haut-

162

abschürfler, wie wir Rollstuhlfahrer weniger stark behinderte Menschen unter uns nennen, bekäme bei uns nicht einmal Pflegegeld der Stufe Eins. Es könnte durchaus sein, daß er wegen ungerechtfertigter Inanspruchnahme einer Behörde für Jahre ins Gefängnis geworfen würde. Ein derartiger Paragraph existiert nach wie vor in der österreichischen Rechtsordnung, ebenso einer, der das mutwillige Stehenbleiben auf Trottoirs untersagt, was Rollstuhlfahrer zu Bewegung anhält. Man hatte zur Zeit der Einführung dieses wunderlichen Paragraphen Angst vor Zusammenrottungen der Arbeiterschaft. Selbige finden heute aber nur mehr in Fitneßstudios oder bei Heurigen statt.

Ich wunderte mich nicht über meine Mieselsucht. Daß ich in meiner Person Zusammenrottungen von zum Himmel schreienden Fehlern, verbohrtesten Annahmen und somnambulen Schlußfolgerungen vereine, war nicht zu leugnen. Es würde einige Zeit brauchen, bis ich meine Niederlage, die mir schwerwiegender erschien als jene der polnischen Forscherin, verkraftet haben würde. Im Bus hatte ich darüber nachgegrübelt, wer denn da an die Stelle von Markus' Mutter getreten war, und vor allem weshalb. War Markus in kriminelle Vorgänge verwickelt? Was bezweckte die Dame in Olivgrün? Ging es überhaupt um Markus? Oder war er nur der Schlüssel zu anderen, größeren Zusammenhängen, die mit der putschartigen Abberufung der Malteser-Ordensspitze durch den Papst und der damit verbundenen Panik der Finanzverantwortlichen zusammenhingen? Ich fand keine Erklärung. Ich wußte nur, daß ich einen Anfängerfehler begangen hatte. Sich als freischaffender Ermittler nicht eingehend mit seinen Klienten zu befassen, war unverzeihlich. Wenn Schebesta davon Kenntnis erhielte, würde er ungläubig den Kopf schütteln. Mister Giordano würde mich als Weingartenhelfer an die Finger Lakes in Upstate New York versetzen, wo Weine gefechst werden, deren Bestimmung nicht der Gaumen des Konsumenten, sondern die Säurestabilisierung in der Batterieproduktion für Automobile ist. Am schlimmsten würde der Dozent reagieren, er würde mich bedauern, so süffisant und hämisch, wie es nur Wiener Intellektuelle vermögen. Es half nichts. Diese Schmach mußte ich mit mir allein ausmachen.

„Dem Dozenten, Ihrem Freund, dürfen Sie nicht von meiner Verwechslung erzählen. Versprechen Sie mir das?" bat die Polin.

Selbstverständlich sagte ich zu. Ob wenigstens ich erfolgreich gewesen sei, fragte sie weiter.

Ich schüttelte den Kopf. Eine Antwort konnte ich mir sparen, denn der Dozent schlurfte näher. Er zwang sich zu einem Lächeln. „Ich verstehe nicht, was mit mir los ist!" sagte er. „Ich bin müde wie noch nie in meinem Leben. Außerdem habe ich einen seltsam penetranten Geschmack im Mund. Muß wohl die römische Kost sein." Er ließ sich auf einen Stuhl fallen.

Ich senkte den Blick. Beatrice schaute auf die Uhr.

„Geschätzter Groll, wir müssen dann aufbrechen. Sie können sich auf mich verlassen. Und Sie, verehrte

164

Kollegin…" Der Kopf des Dozenten sank auf die Brust. Die Polin blinzelte mir zu, das war das Zeichen zum Aufbruch. Den Dozenten ließen wir ruhig schlafen. In der Bar deponierte ich die Bitte, man möge ein Auge auf meinen Freund haben, der zu viel Chianti konsumiert habe. Die Impresaria nickte gnädig. Wir würden ihn am Abend treffen, beruhigte ich mich selbst. Vielleicht wäre er dann wieder ansprechbar.

Wenig später warteten Beatrice und ich im Autobusbahnhof vor der Stazione Termini auf einen Bus zur Piazza Buenos Aires. Es kam ein klappriges Gefährt ohne Rampe. Ich verzichtete darauf, mich in die Rostlaube wuchten zu lassen. Ich gestehe, aus Scham. Die schöne Polin sollte nicht sehen, daß man mich behandelt wie ein Paket. Leider wies auch der nächste Bus, der zehn Minuten später in die Haltebucht einbog und punktgenau vor dem Einstieg hielt, keine Rampe auf. Wir würden wohl ein Taxi nehmen müssen. Da sprach mich ein freundlicher wohlbeleibter Herr an, er steckte in einem abgetragenen grauen Anzug und führte eine speckige Aktentasche mit sich. Er sah dem inhaftierten Chef der ägyptischen Muslimbrüder, Mursi, zum Verwechseln ähnlich. Er sprach italienisch mit einem arabischen oder ägyptischen Akzent. Er werde sich erkundigen, ob demnächst ein Bus mit einer Rampe zu erwarten sei, wir sollten einstweilen hier warten. Fünf Minuten später war er zurück, leider, die Fahrzeuge der Linie 92 seien noch nicht umgerüstet, sagte er. Aber noch während er sein Bedauern ausdrückte, erschien ein uniformierter Mitarbeiter der römischen Verkehrsbetriebe mit einem großen Funkgerät. In zwei Minuten werde ein passender Bus eintreffen. Ich dachte an einen kleinen Spezialbus, mit dem behinderte Menschen wie Tanzbären durch die Städte geschaukelt werden. Und tatsächlich bog wenige Sekunden später ein Bus in unsere Haltebucht ein, aber kein Sonderfahrzeug, sondern ein stattlicher Gelenkbus! Schon war der Chauffeur ausgestiegen, klappte eine Rampe aus und verfolgte meinen Vorstoß, ohne überflüssige Hilfe zu leisten. Beatrice nahm Platz, entwertete zwei Tickets und los ging die halbstündige Fahrt zur Piazza Buenos Aires. Der Bus hielt an keiner Haltestelle, er fuhr als Privattaxi zum Kommunaltarif durch.

„Unglaublich", sagte die Polin. „Sie müssen eine stadtbekannte Autorität sein." – „Der übliche Service für behinderte Menschen", erwiderte ich bescheiden. Der Chauffeur lachte und betätigte den Lautsprecherknopf. „Vivaldi", sagte ich nach wenigen Sekunden. „Achtunddreißigstes Fagottkonzert." Beatrice schenkte mir einen bewundernden Blick.

Das also ist die verlotterte und skandalgebeutelte römische Verkehrsgesellschaft ATAC, dachte ich. Weil sie sich dafür geniert, daß einige Busse ihren Dienst ohne Rampen verrichten, schickt die Zentrale einen leeren Wagen, der uns ans Ziel bringt.

Mit tief empfundenem Dank, den besten Wünschen für die Kollegenschaft, die engere und weitere Familie sowie die Großzügigen unter den Vorfahren verabschiedeten wir uns von dem wackeren Mann. Nicht ohne ihm zu versichern, daß ich ihn nach meiner Rückkehr in Wien für den „Maria Theresia-Orden", die höchste Tapferkeitsauszeichnung des Habsburgerreiches, eingeben würde.

Fünf Minuten später standen wir auf der Piazza Mincio und staunten über den Eingang in das aus verwunschenen Palazzi und Villen bestehende Coppedè-Viertel. Fünfstöckige Türme, die aussahen wie oberägyptische Tempel, wechselten mit Bauten ab, die wirkten, als hätte Gabriele d'Annunzio eine Villa von Andrea Palladio unter Mitwirkung der Marx Brothers bis zur Unkenntlichkeit verunstaltet. Ein Palazzo nahm das sagenhafte Schloß Xanadu aus Orson Welles' Film „Citizen Kane" vorweg, kein Gebäude glich dem anderen, jede Villa ein Solitär. Löwenköpfe, Medusen und Widder traten gegen Putten, Feen und Engel an. Die Dosis Kokain, die in diesem Viertel erforderlich ist, um die Sinne zu vernebeln, kann nicht groß sein, dachte ich. Beatrice verschwand in einem der Häuser, angeblich um eine Altertumsforscherin zu treffen. Ich trieb mich einstweilen auf der Straße herum und betrachtete die gebauten Fieberträume aus den frühen zwanziger Jahren. Während Mussolinis Schwarzhemden reihenweise liberale Bourgeois, Gewerkschafter und linke Politiker auf der Straße erschlugen, hatten sich reiche Bürger hier ihren Rückzugsort, ihre heile Welt errichten lassen. Auch der Schöpfer des Viertels, der Architekt Coppedè, hatte in einer von ihm erbauten Villa Logis genommen, wie auf einer Schautafel zu lesen stand.

Meine Assistentin war bald zurück. Ihre traurige Miene machte eine Nachfrage überflüssig. Auf dem Weg zur Villa Medici, unserem nächsten Ziel, kamen wir an der kanadischen Botschaft vorbei, die über eine parkähnliche Liegenschaft mit mehreren Villen verfügte. In einer befand sich das Hotel Grazioli. Der „falsche" Graf Acquaviva habe hier gewohnt, sagte Beatrice, sie würde gern Nachschau halten. Wir täuschten Interesse an einem rollstuhlgerechten Quartier vor; worauf uns der Concierge ein großes Zimmer mit schwülstiger Möblierung im Parterre zeigte und ich die Toilette benutzen durfte. So stellte ich mir die Räume in den Palazzi und Villen des Quartiere Coppedè vor, und tatsächlich beeilte sich der Concierge, uns auf die Verwandtschaft der beiden aufmerksam zu machen. Aber Graf Acquaviva? Keinesfalls, sagte der Mann, das Haus sei erst hundertfünfzig Jahre alt, das gehe sich mit keinem der berühmten Kleriker aus, er wisse das genau, weil er jahrelang als Fremdenführer gearbeitet habe. Allerdings gebe es in der Nähe der Spanischen Treppe ein Stadtpalais desselben Namens, das von Silvio Berlusconi bewohnt wurde. Der Ministerpräsident habe sich dort mit seinen Geschäftsfreunden in ungezwungener Atmosphäre politischen Erörterungen hingegeben, die von sinnlichen Einlagen minderjähriger Haremsdamen aus Nordafrika begleitet ge-

168

wesen seien. Die Einladungen des Cavaliere seien sehr begehrt gewesen.

„Zwanzig Kilometer südwestlich von hier, neben der Mündung des Tiber ins Meer, gibt es eine Schloßanlage mit Park, die gern mit den Graziolo-Bauten verwechselt wird, das Castel Porziano, es dient als Sommerquartier der italienischen Präsidenten. Der ehemalige österreichische Präsident Fischer und dessen Gattin wurden dort von seinem italienischen Kollegen Mattarella empfangen."

Wie hatte der Mann mein Herkunftsland erraten? Mit Beatrice hatte ich englisch gesprochen.

„Die Serviceplakette Ihres Rollstuhls hat eine Wiener Adresse", sagte der Mann, der meinen Gedanken erraten hatte.

„Ein wandelndes Lexikon", meinte Beatrice, als wir die Via Salaria forcierten.

„Fünfundzwanzig Jahrhunderte Zivilisation, da kommt einiges zusammen", erwiderte ich über die Schulter, denn ich mußte einem älteren Herrn in grauem Anzug und mit Panama-Hut ausweichen, der seinen Flugkoffer nicht rechtzeitig zur Seite brachte.

„Wie dumm von mir, daß ich ihn nicht zu meinem Arbeitsgebiet befragt habe", sagte die Polin. „Vielleicht hätte er auch da Auskünfte erteilt."

Der ältere Herr in Anzug und Hut war uns nachgelaufen. Ich hielt an, er zog den Hut und entschuldigte sich für seine Ungeschicklichkeit. Ich dankte ihm für so viel Rücksichtnahme. Fünf Zentimeter größer rollte ich weiter. Was der Mann wohl beruflich machte? Ein Schriftsteller auf der Rückkehr von einer Lesereise in Japan? Ein Erbe einer Industriellenfamilie? Ein emeritierter Universitätsprofessor der nahen Sapienza-Universität, der sich auf Antonio Labriola, den italienischen Friedrich Engels, spezialisiert hat? Immerhin befand sich das Istituto Gramsci in der Nähe. In Rom trifft man Menschen, deren Berufe und Berufungen man gern rät, dachte ich, das unterscheidet die Stadt von den donaueuropäischen Hauptstädten. In Wien, Bratislava, Budapest und Belgrad möchte man lieber nicht wissen, womit die Herrschaften, die sich im Halteverbot aus schwarzen Panzerfahrzeugen schälen, Luxus und Reputation finanzieren.

Wir betraten den riesigen Park der Villa Borghese neben einem kleinen Tiergarten. Wieder verabschiedete sich meine Begleiterin, sie liebe Tiere, sagte sie, ich solle einstweilen langsam zur Villa voranrollen. Ich freute mich über die Gelegenheit, mir die Sache mit der falschen Mutter in Ruhe durch den Kopf gehen zu lassen, und fuhr besonders langsam. Ich kam aber auf keinen grünen Zweig, in mir keimte der Verdacht, daß ich den Grund für die Camouflage erst verstehen würde, wenn ich Markus gefunden hatte. Schließlich langte ich vor der Villa Borghese an und drehte auf dem Vorplatz des Museums eine Runde nach der anderen. Neben dem Stand eines Eisverkäufers ging ein Fahrradverleiher seinem Business nach. Kichernde und gurrende japanische Mädchen plagten sich mit

Doppelsitzfahrrädern. Die Auffahrt zur Villa war nicht eben steil, einige Paare scheiterten dennoch an der Aufgabe. Unfähig, das Rad zu stoppen, rollten sie den Abhang zurück und krachten in nachkommende Gefährte. Einige Räder kippten um und begruben die Mädchen unter sich, was das Gelächter und die Freude der Bikerinnen aber nur vervielfachte. Mitten in dem Chaos stand der händeringende Fahrradverleiher und rief die Götter an.

Bald war die schöne Polin zurück. Ihre Laune hatte sich ins Fröhliche gedreht. Sie schlug vor, daß wir unter einer der einladenden Schirmplatanen Rast hielten. Ich ließ mich aus dem Rollstuhl gleiten und verwendete Josephs Kissen als Unterlage. Die zierliche Frau im blau geblümten Sommerkleid bettete ihren Kopf auf meine Beine. Sie duftete nach Bison und Wildpferd und schien mit sich zufrieden. Kein Wunder, dachte ich, der wahre Stolz der patriotischen Polen ist ja nicht die Werften- oder Kohleindustrie, das sind viel mehr Aktivitäten im Grünland wie die Zucht von Urpferden und Bisons sowie das Ausgraben und Umbetten der Leichen abgestürzter Politiker. Daß im Żubrówka-Wodka ein Halm Bisongras mitgeliefert wird, ist kein Zufall. Beatrice schien über die polnische Tangente nicht unglücklich. Ob sie mich in ihre Mission einweihen dürfe, fragte sie, es sei eine ungewöhnliche, eine verrückte, eine gefährliche Mission, aber sie sei so notwendig wie der Regen, der diesem Park seit Wochen fehle.

Es war unter einer Schirmplatane unweit der Villa Borghese, da die polnische Manichäerin Krystyna Agniezska Hrystofiak mir ihr Herz öffnete.

14. Kapitel

Eine Offenbarung vor der Villa Borghese oder
Die Rache der Schriftkundigen

„Ich forsche seit Jahren über die Spätantike sowie die
Entstehung und Verbreitung des Islam und habe ausgedehnte Forschungsreisen in arabische Länder hinter
mir. Vor einiger Zeit stieß ich durch Zufall auf ein
spätantikes Buch. Ersparen Sie mir die näheren Umstände." Sie zog die Beine an und umfing sie mit ihren
Händen.

„Sie wissen vielleicht, daß Mohammed seine Flucht
nach Medina unter anderem jüdischen Stämmen ver-
dankt, die in jenen Tagen miteinander und mit
arabischen Stämmen in langwierige kriegerische Auseinandersetzungen verstrickt waren. Mohammed sollte
die Streitparteien befrieden, diese würden dafür seine
Lehre annehmen, so die Araber, oder für ihn arbeiten,
so die jüdischen Stämme. Als Schriftkundige waren die
Juden mit den Karawanen wohlhabend geworden. Sie
führten die Bestandslisten und etablierten die Grundlagen einer Buchhaltung. Es gelang Mohammed, die
Streitparteien zu befrieden. In der Folge stieg er in das
Raubgeschäft ein. Mit einer Hundertschaft Getreuer
überfiel er Karawanen, die nach Mekka unterwegs
waren oder von dort kamen. Die Aussicht auf Beute
verschaffte ihm bei den arabischen Stämmen mehr

Zulauf als seine Predigten. Sein Aufstieg verlief schwindelerregend rasch. Innerhalb eines Jahrzehnts war er von einem belächelten Sprücheklopfer zu einem erfolgreichen Feldherrn aufgestiegen. Ein früher Beppe Grillo, wenn Sie so wollen. Sein plötzliches Ableben im Jahre 632 war für seine Anhänger ein Schock. Dennoch wurde die Expansion der kriegerischen Religion fortgesetzt. Der dritte Kalif, Osman – seine Truppen unterwarfen Persien, Libyen und Armenien –, war ein kluger Mann. Er sah, daß die kriegerische Seite für die Ausbreitung des Islam zu wenig war. Er machte sich daran, die militärische Expansion ideologisch zu untermauern, und nichts eignete sich dazu besser als eine Zusammenfassung von Mohammeds Predigten und Ratschlägen in einem angeblich von Gott gesandten Buch. Osman ließ sechs Exemplare des aus verschiedenen Religionen und Traditionen eilig zusammengestoppelten Textes in die damaligen Zentren des Islam bringen. Die Koran-Kopien sollten die Lehre vereinheitlichen, den Zusammenhalt der Muslime stärken und den kriegerischen Fanatismus befeuern. Ein ungeschlachtes würfelartiges, achtzig Kilo schweres Exemplar wird heute noch in Kairo aufbewahrt."

Die Polin achtete auf die Wirkung ihrer Worte. Sie mußte diese Erklärung vielfach geprobt haben. Ich brauchte mich aber gar nicht zu verstellen, die Erzählung hatte mich längst in ihren Bann geschlagen.

„Ich kann nun nachweisen, daß die sechs Exemplare des Koran von jüdischen Schreibern verfaßt wurden",

174

fuhr sie, jedes Wort betonend, fort. „Sie waren die einzigen, die in kurzer Zeit eine derartige Leistung vollbringen konnten, und so sind diese Konvolute keine bibliophilen Stücke eines in der Wüste schaffenden Eremiten, sie sind das Produkt städtischer Schreibmanufakturen, die man sich um einiges größer vorstellen muß als die Schreibstuben in den frühen christlichen Klöstern. Die jüdischen Schreiber arbeiteten unter Zwang und unter hohem Zeitdruck; daher die schlechte Qualität des Konvoluts. Unzählige Wiederholungen, Ungereimtheiten, eine Vielfalt von einander widersprechenden Aussagen, ein Gebräu aus Alltagsanweisungen, Binsenwahrheiten und dumpfem Geraune, das selbst Koranexperten ratlos zurückläßt. Fast scheint es, als hätten die Schreiber das Projekt sabotiert. Das Buch des Propheten ist eine editorische Ausschußware. Kein Vergleich mit den wunderbaren Schriften des Mani."

Sie versicherte sich durch einen forschenden Blick meiner Aufmerksamkeit und setzte fort.

„Die jüdischen Schreiber fühlten sich in ihrer Intelligenz und Handwerkskunst verhöhnt und mißbraucht. Worin bestand nun ihre Rache? Womit rächen sich Schriftkundige? Mit einer Streitschrift, einem Buch, Sie sagen es."

Ich hatte keinen Laut von mir gegeben.

„Ich, Krystyna Agniezska Hrystofiak, eröffne Ihnen nun ein Weltgeheimnis." Sie nahm die Schultern zurück und sagte, mich mit den Augen fixierend: „Die jüdischen Schreiber rächten sich auf zweifache Weise. Zum einen, indem sie die Worte des Propheten wie beschrieben in einem wirren Konvolut verarbeiteten. Das ist der Koran, wie wir ihn heute kennen. Indes wollten die Schriftkundigen sich mit dem unter Druck und Drohungen erzwungenen Buch nicht blamieren, sie verteidigten ihren glänzenden Ruf und ihre stolze Handwerkskunst, indem sie einen zweiten Koran verfaßten und diesen über die Handelskanäle in den Zentren der damaligen Welt verbreiten wollten."

„Und irgendwie sind Sie in den Besitz eines derartigen Exemplars gekommen."

„Es klingt unglaublich, aber es ist so." Mit einer anrührenden Geste strich sie eine Haarsträhne aus dem Gesicht und sagte: „Dieses Werk ist tatsächlich das vollständige Gegenteil dessen, was wir unter dem Koran verstehen. Mit einem Wort, es handelt sich um nichts weniger als einen Gegenkoran."

„Sie werden mir sicherlich darlegen, worin die Unterschiede zum offiziellen Buch des Propheten bestehen." Wenn ich von einem Weltgeheimnis höre, schrumpft meine Neugier auf ein Liliputmaß. Beim Binder-Heurigen in Floridsdorf stehen Schriftkundige im Ansehen weit unter Busfahrern, Müllauflegern und Briefträgern, ihr berufliches Ansehen entspricht dem von Verkäufern in Romanschwemmen, Reifenhändlern und Wohnbaustadträten.

Die Polin schlug die Füße unter. Sie war jetzt über mir, denn ich hatte mich rücklings auf das Rollstuhlkissen sinken lassen. Sie sprach: „Das Buch beginnt damit, daß der Glaube an einen Gott als unwissenschaftlich und unnötig verworfen wird. Mit dem Teufel verhält es sich ebenso. Wo Gott nicht gebraucht wird, ist der Teufel erst recht entbehrlich. Weiter: Das göttliche Prinzip könne in verschiedenen Personen und Erscheinungen zutage treten und ein Prinzip sei so gut wie jedes andere, weil es ja letztlich die Menschen sind, die den himmlischen Spuk erfunden haben. Sie wären schlecht beraten, würden sie sich einer Schimäre unterwerfen. Noch dazu der eigenen! Kommen wir zum nächsten Punkt, er folgert aus dem ersten: Es gibt keinen Vorrang vor anderen Göttern. Aus Gründen der historischen Gewöhnung kann es aber vorkommen, daß die fremden Götter sich eine Weile hinter den eigenen anstellen müssen. Weiter: Es gibt kein Bilderverbot, im Gegenteil. Bilder von Göttern sind wie alle Götzen gut für die psychische Gesundheit – man kann sie anbeten, beschimpfen und maßregeln, wenn sie nicht spuren. Schließlich sind sie gut für den Tourismus und damit fürs Geschäft. Der nächste Punkt ist von entscheidender Bedeutung: Mann und Frau sind in ihren Rechten gleichgestellt. Wenn es doch zu einem Streit kommt, hat die Frau recht, und das ausnahmslos. Punkt fünf: Dem Herrscher ist nur zu folgen, wenn er weise und gerecht regiert, andernfalls muß er gestürzt werden. Das ist eine Pflicht! Im übrigen gilt das auch für Herrscherinnen. Sechstens: Das Eigentum ist frei. Allerdings unterliegt es einer strengen und umfassenden

Gemeinwohlpflicht. Gewinne sind erlaubt, sofern sie nachweislich zur Verbesserung des sozialen Lebens verwendet werden. Auch Schatzbildung und Spekulationen aller Art sind gestattet, solange die Beträge das Einkommen einer Krankenschwester nicht überschreiten. Erfolgreiche Unternehmer bekommen einen Lohn in der Höhe eines Notarztes. Den dürfen sie, nach Genehmigung durch die Behörde, Profit nennen. Wachsen Wirtschaftseinheiten zu rasch oder werden sie dominant, werden sie in eine Vielzahl voneinander unabhängiger Werkstätten aufgeteilt. Siebenter Punkt: Bildung, Medizin und Kunst sind fern von religiösen Erwägungen zu betreiben. Wie überhaupt die Einmischung von Religionen in staatliche Belange und gesellschaftliche Zusammenhänge verboten ist und bei Zuwiderhandeln die Verbannung in die Wüste nach sich zieht. Achtens: Kriege sind nicht heilig, aber manchmal notwendig. Neuntens: Wer Kriege verhindert, darf als Heiliger verehrt werden. Zehntens: Öffentliche religiöse Kundgebungen sind unstatthaft. Kirchenbauten dürfen nicht in Gemeinschaft mit Spitälern betrieben werden, denn das begünstigt Heuchelei und Erpressung. Elftens: Das Geschlechtsleben ist frei. Alle Spielarten der körperlichen Liebe sind erlaubt, sofern sie niemandem Schaden zufügen und jederzeit von anderen nachvollzogen werden können. Verhütung ist erwünscht, Abtreibung muß überall möglich sein. Sie merken schon, unter den Schriftkundigen befanden sich nicht wenige Frauen.

178

Zwölftens: Auf Wüstenpisten gilt wie in der Schiffahrt der Linksverkehr. Davon sind Kamele ebenso betroffen wie Trucks. Dreizehntes Gebot: Schweine gelten als rein, solange sie nicht mit Menschen in Berührung gekommen sind. Das Mästen von Schweinen ist ebenso verboten wie jenes von Gänsen. Schuhe sind Gebrauchsgegenstände, ihre Verteufelung ist untunlich. Musik und Schauspiel sollen wie bei den Griechen an eigenen Stätten gefördert und ausgeübt werden. Die Großbildmalerei genießt Vorrang vor dem Kleinbildgefuzel. Die Orte von Skulpturen und Gemälden sind öffentlich – Paläste, Plätze, Villen, Häuser. Museen sind daher nur in Ausnahmefällen gestattet. Literatur ist willkommen, insbesondere wenn sie von Vorlesern zum Abendmahl dargeboten wird. Für das Einkommen von Künstlern gelten dieselben Regeln wie für Unternehmer. Allerdings bekommen Künstler jährlich einen Orden als Anerkennung für die gesellschaftliche Arbeit. Dies gilt auch für nichtproduzierende Künstler, die mit ihrer Nichtarbeit der Welt viel Leid ersparen."

Sie bettete ihren Kopf um. Er ruhte jetzt auf Josephs Fußrastern.

„Schließlich: Minarette sind wie die Zwillingstürme christlicher Kirchen ausschließlich für das Trocknen größerer Wäschestücke zu verwenden. Es gibt dann noch eine Reihe von Unterpunkten, aber die erspare ich mir jetzt."

Sie wandte den Kopf und schaute mich prüfend an.

„Einige Punkte sind erst später eingefügt worden, und manche sind ein wenig ironisch."

„Ich dachte es mir bereits."

Sie setzte sich auf. „Moslems haben es nicht so sehr mit der Ironie. Deshalb ist es wichtig, sie ihnen nicht vorzuenthalten."

„Die Schreiber und Schreiberinnen müssen sich bei der Abfassung des Textes amüsiert haben. Ich wäre gern dabei gewesen."

„Ich auch", lachte die Polin. „Nur diese kleinen, unbedeutenden Änderungen, und schon würde der Islam seine Verbohrtheit und seinen Hass auf die schönen Dinge des Lebens abstreifen wie ein Schmetterling seinen Kokon. Und die Jugend der Welt würde sich fröhlich und selbstbewußt unter seinem Dach versammeln."

Schade, daß der Dozent den Auszug aus dem jüdischen Koran nicht gehört hat, dachte ich. Aber dann fiel mir ein, daß er ja Beatrices Schriften in Händen hielt.

„Und das Buch, von dem Sie erzählten …"

„Ist eines von vierzehn", antwortete sie. „Abgefaßt in einer Mischsprache aus Griechisch und nestorianischem Aramäisch. Ich beherrsche beide Sprachen." Sie erhob sich und begann auf und ab zu gehen.

„Und Ihr Exemplar …?"

„Ist in Sicherheit", sagte sie knapp.

„Und wo befinden sich die restlichen Bücher?"

„Das wüßte ich auch gern." Sie wollte noch etwas sagen, aber ich kam ihr zuvor.

„Aber Sie verfügen über Hinweise. Ich nehme an, daß Ihre Besuche bei Wissenschaftlern wie heute vormittag oder vorhin, im Quartiere Coppedè, mit den Büchern zusammenhängen."

Sie lehnte sich an Joseph und schwieg.

„Hat es mit der Zahl vierzehn eine spezielle Bewandtnis? Woher weiß man denn, daß es vierzehn und nicht dreiundzwanzig Exemplare waren?" bohrte ich weiter.

„Die Vierzehn ist die Verdoppelung der Sieben, nicht nur im Christentum eine wichtige Zahl. Der Kreuzweg besteht aus vierzehn Stationen. Es gibt die vierzehn Nothelfer. Die Göttin Hera hatte vierzehn Gefährtinnen. Neuerdings beziehen sich aber auch rechtsradikale Gruppen auf diese Zahl."

Sie hielt inne und wirkte plötzlich sehr müde.

„Der Zahlenmumpitz führt zu nichts", sagte sie nach einer Weile. „Eine andere Entwicklung bereitet mir mehr Sorge. Es gibt ernstzunehmende Gerüchte, daß derzeit in geheimen Großdruckereien Abermillionen von gefälschten Koran-Ausgaben produziert werden. Sie sollen schon bald zur Verteilung gelangen."

„Sie meinen salafistische Varianten, eine Art islamische Boulevardzeitung?"

„Nein, nein!" rief sie. „Es verhält sich umgekehrt. Meinen Informanten zufolge bereiten amerikanische Technologiekonzerne unter Anleitung der Geheimdienste eine Art Disney-Koran samt allem Beiwerk vor. Fernsehserien, Musicals, Blockbuster-Filme. Tweets und Sheets, Streams und Beams, Cookies und Druckis aller Arten. Eine ideologische Großoffensive gegen die moslemische Welt."

„Und worin soll die Modernisierung bestehen?" Ich schwang mich so elegant wie möglich auf Joseph.

„Schauen Sie sich einen typischen Hollywood-Blockbuster an, und Sie werden nicht falsch liegen. Für die Textfassung zeichnen nämlich Drehbuchautoren der großen Studios verantwortlich." Sie griff nach ihrer Stofftasche.

„Also Steinigungen von Frauen nicht mehr auf Dorfplätzen, sondern vor Autohandlungen. Das Kopfabschlagen von Islamkritikern wird auf Großbildleinwände in Fußballstadien übertragen, auch jene, die für die Weltmeisterschaft in den Emiraten errichtet werden. Die Jugend der Welt soll sich an den Anblick gewöhnen. Die Zahl der im Paradies auf die Kämpfer wartenden Jungfrauen wird verdoppelt. Kebab und Soja-Burger für alle sind nur eine Zugabe. Dazu kitschtriefende Schmonzetten über das heilige Familienleben, die Herrlichkeit unbegrenzten Konsums, die Kraft gottgefälliger Ausbeutung, die Schönheit eines gläsernen Menschen und das unerschöpfliche Genie der Herrschenden."

Beatrice lächelte und strich mit den Händen über ihren Bauch, als hätte sie Schmerzen.

„Die Amerikaner sind nicht nur technisch in der Lage, perfekte Fälschungen herzustellen, sie sind auch naiv genug, es tatsächlich zu tun. Ich brauche Ihnen wohl nicht zu erklären, daß die Überschwemmung der

182

moslemischen Welt mit Millionen von gefälschten Koran-Ausgaben fürchterliche Konsequenzen hätte. Es käme zu unzähligen Terroranschlägen, kein Ort wäre mehr sicher, Angst und Panik würden das gesellschaftliche Leben vergiften. In vielen Staaten würden rassistische und faschistische Regierungen an die Macht kommen, die auf Abschottung und Konfrontation setzen. Ihre Einpeitscher machen sich ja jetzt schon an der Donau, der Moldau und der Weichsel breit. Schon heute glaubt kein Schulkind mehr daran, daß es in Europa nie wieder Krieg geben wird."

Das allgemeine Chaos würde schließlich in einen Großkrieg münden, der im Nahen Osten seinen Ausgang mit Atombomben nimmt und sich dann wie beim Ersten Weltkrieg infolge der Bündnisverpflichtungen zu einem Weltbrand auswächst.

„Denken Sie daran: Das große Karthago brauchte *drei*, nicht zwei Kriege, bis seine Welt endgültig zerstört war. Deshalb muß ich die dreizehn jüdischen Korane aufspüren. Im Gegensatz zur CIA-Ramschware bergen sie eine Überlebensmöglichkeit, die einzig wünschenswerte. Folglich muß ich die Kopien eine nach der anderen in Sicherheit bringen. Für bessere Zeiten."

In mir stritten zwei Sichtweisen um die Vorherrschaft. Vielleicht verfolgte die Polin tatsächlich eine heiße Spur. So verrückt die Sache sich auch anhörte, auszuschließen war sie nicht. Oder sie war eine Hochstaplerin mit suggestivem Talent. Irgendwo müßte dann aber ein ökonomisches Interesse durchblitzen.

Dieses galt es zu finden, dann würde man weitersehen. „War schon das Eingreifen der Amerikaner in die arabische Welt eine einzige Katastrophe, so ist die Fälschung des Koran ein Stoß ins islamische Herz", fuhr die Polin fort. „Sie wissen, mit welch kindlicher, um nicht zu sagen kindischer Anhänglichkeit die Moslems sich an das Buch klammern!"

Mir schwirrte der Kopf von all den Koranen und Gegenkoranen. Ich raffte mich zu einer nüchternen Frage auf:

„Und welche Rolle ist meinem Freund in Ihrem Drehbuch zugedacht?"

„Eine bedeutende. Er soll auf die Gefahr der amerikanischen Koran-Ausgaben hinweisen. Ihr Freund bringt dafür wichtige Voraussetzungen mit: Er ist Österreicher, und zwar ein weltoffener. Er ist kein Jude (was in diesem Fall nicht unwichtig ist); er ist dank seines Vermögens unabhängig. Er schreibt klar, sachlich und frei von Ironie. Der moderne Islam ist eingefroren, erstarrt, leblos. Sogenannte Erneuerungsprozesse sind in Wahrheit rückwärtsgewandte, primitive und barbarische Reaktionen auf eine unverstandene Welt. Sie sind das Werk religiöser Fanatiker, die sich der Unterstützung potenter islamischer Staaten erfreuen. Ihr Dozent ist da von einem anderen Kaliber, ein Europäer im historischen Sinn des Wortes. Gegen diese Finsterlinge bringen wir Ihren Dozenten in Stellung! Er erfreut sich eines guten Rufes in der Kriminalsoziologie und verfügt über gute Kontakte zu den Medien.

Ich wollte zu einer Entgegnung ansetzen, aber Beatrice kam mir zuvor. „Ich weiß, daß wir ihn einer Gefährdung aussetzen. Andererseits wissen wir aber auch, daß Ihr Freund sehr ehrgeizig ist. Wenn er die Chance bekommt, mit einem fulminanten Artikel in die Geschichte einzugehen und in führenden Zeitungen und Talkshows herumgereicht zu werden, wird er sie nutzen. Dessen bin ich mir sicher!"

„Ich mir auch, leider." Natürlich war ich eifersüchtig. Von mir erwartete niemand die Rettung der Welt, von dem Schnösel, der immer ein behütetes Leben führen durfte, schon.

Die Polin war feinfühlig genug, meine Reaktion zu übergehen.

„Wenn Ihr Freund dazu beiträgt, das festgefügte Koran-Bild der Moslems zu erschüttern, helfen wir nicht nur den Moslems, sondern auch uns selbst."

„Eine kolonialistische Sichtweise, mit Verlaub", erwiderte ich, setzte dann aber hinzu: „Aber nicht ohne Charme."

„Sie wissen ja, wir Polen sind im Glauben unerschütterlich. Die Betonung liegt dabei auf ‚unerschütterlich', der Glaube kann wechseln. ‚Nah ist und schwer zu fassen der Gott…"

„Wo aber Gefahr ist, wächst das Rettende auch", vollendete ich den Satz.

„Sie kennen Hölderlin?"

„Ich bin mit ihm aufgewachsen. Werksbibliothek."

„Dann wissen Sie auch, wie das Poem endet: ‚Der Vater aber liebt, der über allen waltet, am meister daß gepfleget werde der Buchstab', und Bestehendes gut gedeutet.'"

„Schön wär's", sagte ich. „Der letzte Satz hebt leider alles auf." „'Dem folgt *deutscher Gesang*'", zitierte die Polin. „In der Schule haben wir diesen Satz verflucht. Und ich finde auch heute noch kein gutes Haar an ihm."

Danach sprach sie wieder vom Dozenten, seiner Aufgabe in dieser Mission, sie verwendete dieses Wort mehrmals. Und sie erwähnte, daß zur selben Zeit, da der Dozent einen Artikel im deutschen Feuilleton plazieren werde, zwei weitere Texte in New York und in Beirut erscheinen würden.

„Wie Sie sicherlich von Ihrem Freund wissen, bin ich praktizierende Manichäerin…" Sie warf mir einen koketten Blick zu und legte sich neben mich auf den trockenen Waldboden.

„Wäre es nicht besser, man würde die jüdischen Kopien verbrennen? In den Händen der falschen Leute sind sie eine soziale Atombombe."

„Verehrter Freund, das geht nicht. Man verbrennt keine Bücher. Haben Sie schon vergessen, wer Bücher auf Scheiterhaufen warf und was dem folgte?" Sie fischte herabgefallene Baumnadeln aus ihrem Haar. „Vielleicht kommt ja einmal eine Zeit, in der die Wahrheit keinen Weltenbrand auslöst."

„Möge die Flamme der Hoffnung nicht erlöschen."
„Allahu Akhbar."

Sie rutschte näher und schmiegte sich an mich. Sie würde sich gern in Überschwemmungsgefahr begeben, flüsterte sie. Ich solle mich den Mächten der Finsternis nicht beugen und tapfer dagegenhalten. Wer bin ich, daß ich diese höfliche Einladung ausschlage, dachte ich. Ich zog mein Hemd aus, warf es über ihren Unterleib und machte mich mit der linken Hand auf eine Erkundungsfahrt zwischen ihre Gesäßhälften. Das Anwerfen der Maschine quittierte sie mit einem Seufzer. Joseph schirmte uns von der Wegseite ab, die Platane deckte den Zugang zur Villa Borghese. Nach einigen Minuten im ersten Gang hatten wir die Hafengewässer hinter uns und stachen mit erhöhter Motorleistung in die offene See hinaus. Beatrice schien mit der gewählten Route einverstanden, unser Kutter machte gute Fahrt, die Küstenlinie hinter uns lassend tauchten wir in eine leichte Dünung ein. Von Minute zu Minute stimmten wir unsere Bewegungen besser ab, unser Schiff geriet in eine seitliche Rollbewegung, die eine Ausweitung des Tempos und den Einsatz eines Zusatzmotors erlaubte. Beatrice preßte den linken Unterarm auf ihren Mund und erhöhte ihrerseits mit den Bauchmuskeln den Vortrieb. So glitt unser Kutter mit leichter Krängung durch die glatte See. Irgendwann in einer entlegenen Bucht stöhnte Beatrice auf und preßte ihren Unterarm gegen ihren Mund. Ich achtete darauf, mich nicht zu sehr auf meine angeschlagene Schulter zu stützen, denn die würde ich bei der heutigen Etappe noch brauchen. Und ich bemühte mich, ein

Auge auf das Geschehen im Park zu haben. Die Menschen strömten Richtung Villa, Radfahrer kollidierten mit Kinderwägen, alles ging seinen geordneten Gang. Plötzlich küßte Beatrice mich wie wild und ihre Beine zuckten. Wenn das der vom Dozenten beklagte manichäische Sex war, hatte mein Freund keinen Grund zu klagen. Wenn der große Mani seiner Jüngerin eine Überschwemmung zuteil werden läßt, wird er wohl auch bei mir ein Auge zudrücken, dachte ich und streifte meine Hose auf den Oberschenkel. Ohne zu zögern machte Beatrice sich daran, auch mich den Mächten der Finsternis auszusetzen. Ich lag auf dem Rücken wie eine gestrandete Karettschildkröte und überließ mich Beatrices Händen und ihrem Mund. Am Horizont kein Schiff und kein Leuchtturm, nur ein leichtes Stampfen der See, und die Ahnung, daß ich sehr bald mit ihr und der Welt im Reinen sein würde. Wenige Augenblicke vor der erlösenden Riesenwelle riß mich ein Satz hoch.

„Entschuldigen Sie die Störung! Ich habe sie schon längere Zeit beobachtet, und jetzt muß ich Sie doch fragen: Haben Sie eine Pumpe für Ihren Wheelchair?" In diesem Moment fiel die Riesenwelle in sich zusammen. Den Mächten der Finsternis blieb ein Sieg verwehrt. Glühender Zorn ließ mich hochschnellen, meine Existenz verdichtete sich in einem einzigen Ziel – einen tödlichen Handkantenschlag anzubringen.

„Wem gehört denn dieser weiße Palast?" fragte der Mann, ein kleingewachsenes struwwelpetriges Wesen, ungerührt.

Ich rutschte an Josephs Sitz ab und kugelte zurück auf den Waldboden. „Walt Disney", brüllte ich.

„Der gute alte Walt! So viel Marmor hätt' ich dem gar nicht zugetraut", sagte der Rappelkopf anerkennend und hielt mir eine Dose Energydrink vor die Nase. Ich packte das Gesöff und warf es dem Mann ins Gesicht. Der aber steppte leichtfüßig zur Seite, die Dose prallte gegen den Baumstamm, weißer Schaum quoll hervor. Ich warf Beatrice einen verzweifelten Blick zu. Sie konnte sich ein Lächeln nicht verkneifen.

„Haben Sie jetzt eine Pumpe oder nicht? Jeder Rollstuhlfahrer hat doch eine Pumpe! Mein Bike hat nämlich einen *slow puncture* und ich muß in zwei Stunden im Hotel Hassler bei der Treppe della Tinitus Montana sein. Sonst muß ich ein Pönale zahlen. Das Hotel ist so schon teuer genug."

„Das Hotel Hassler befindet sich auf der Piazza della Trinità dei Monti und die Spanische Treppe ist gleich daneben", erwiderte Beatrice kühl.

„Sagte ich doch. Ihre kleine Freundin ist Fremdenführerin?"

Endlich hatte ich mich wieder im Griff. Ich zog mich auf den Rollstuhl hoch und setzte mich gerade. Der Quälgeist verfolgte meine Turnerei interessiert.

„Hören Sie", sagte ich zu ihm. „Ich führe keine Pumpe mit mir und wenn Sie nicht sofort abhauen, hänge ich Sie und Ihr Bike an den nächsten Baum."

„Ich habe mir schon gedacht, daß Sie heftig reagieren werden. Schön, daß ich mich nicht geirrt habe", erwiderte der seltsame Vogel. „Finden Sie nicht auch, daß mobilitätsbehinderte Menschen solidarisch miteinander umgehen sollten? Lassen Sie uns aufbrechen, Sie wollen doch sicher auch auf die Spanische Treppe." Beatrice wandte sich ab – ob aus Zorn oder weil sie das Lachen nicht mehr zurückhalten konnte, sollte ich nie erfahren.

15. Kapitel

Die römische Dreifaltigkeit Liccio Gelli, Michele Sindona und Roberto Calvi. Ein fliegendes Rennrad und ein Sacco di Roma vor der Villa Medici. Sowie eine Stecknadel auf der Suche nach einem Heuhaufen

Der Weg durch den Park erforderte einen langen Atem. Steigungen und leichte Abfahrten wechselten mit Querungen durch asphaltierte Straßen. Ich fühlte mich in den Central Park New Yorks versetzt, der in seinem südlichen Teil auch von Straßen durchzogen ist. Aber im Gegensatz zum Central Park mit seinen Joggerinnen und Skateboardern waren hier nur Fahrradfahrer unterwegs, allerdings mit allen Varianten von Drahteseln, die die Welt je gesehen hat. Noch etwas unterschied den Park von anderen, es gab nur wenige Hunde. Natürlich fehlten ein Zirkusgelände, eine Pferderennbahn und eine Goethe-Statue nicht. Wenn der Biker, der uns wie ein entlaufener Hund durch den Park begleitet hatte, den Mund aufmachte, versetzte ich ihm einen Schlag in den Bauch, worauf der Quälgeist ein paar Minuten schwieg. Beatrice stapfte schweigend neben uns her. Entgegenkommenden Radfahrern wich sie sehr spät aus, als hätte sie Schwierigkeiten, Entfernungen abzuschätzen. Zwischen Platanen und Pinien flirrte das Licht, eine Allee, die von den Büsten großer Italiener geziert wurde, führte zum südwestlichen

Ende des Parks. Schließlich erreichten wir den Aussichtsplatz neben der gesperrten Villa Medici. Unter uns lag die Stadt mit ihren Nobelvierteln um das Pantheon, dem glitzernden Tiber, einer riesigen Tellermine namens Engelsburg und der monumentalen Kuppel des Petersdoms.

Von der Hitze und dem anstrengenden Marsch erschöpft, machten wir am Bellevue halt. Ich bat Beatrice, im nahen Ausflugsgasthaus zwei Flaschen Wasser zu holen. Der Schwätzer mit dem Mountain-Bike sah seine Stunde gekommen und bedrängte mich mit Kriminalgeschichten um den Freimaurer, Malteserritter, Faschisten und Mafioso Liccio Gelli und dessen Kumpane, die Banker Michele Sindona und Roberto Calvi, die mit der Vatikan-Bank kooperierten. Calvi sei unter der Blackfriarsbrücke in London erhängt aufgefunden worden. Ein passender Todesort für einen schwarzen Mann mit einem schwarzen Ruf, dachte ich. Der Biker redete auf mich ein wie auf ein quengelndes Kind. Ich hatte keine Ahnung, was er von mir wollte, ob er nur schauspielerte und, von wem auch immer, auf mich angesetzt war, oder ob er es auf die Polin abgesehen hatte. Er stand neben mir beim Handlauf, unter uns der Lärm der Stadt, und der Verrückte sprach von einer Internationale der Armen und Bedrängten und daß das Elend der Welt nur durch Liebe und durch Vertrauen in das Gute im Menschen überwunden werde könne. Neben uns erfreuten Dutzende Touristen sich an der Aussicht, ich konnte weder vor noch zurück und war dem Sprechdurchfall neben mir ausgeliefert. In solchen Situationen kann es geschehen, daß das Gute im Menschen sich auch in mir durchsetzt, worauf ich über mich hinauswachse. So auch dieses Mal. Ich bat den Radapostel um sein Nobelrad. Freudig überrascht reichte er das Bike, es war frappierend leicht. Dennoch täuschte ich Schwäche vor. Ich ersuchte ihn, mir beim Hochheben des Rads behilflich zu sein. Als es am höchsten Punkt über meinem Kopf angelangt war, übernahm ich es mit beiden Händen und warf es in einem herrlichen Bogen über das Geländer in die Tiefe. Der Mann sah mich fassungslos an, dann wandte er den Blick zum Abgrund, es schien, als warte er auf das Geräusch eines Aufpralls. Den letzten Rest des Überraschungsmoments ausnützend herrschte ich ihn an, er solle sein Rad sicherstellen, sonst sei es für immer perdu. Wenn er sich unterstehe, zu mir zurückzukehren, würde ich ihn den Tiberkrokodilen zum Fraß vorwerfen. Ohne zu protestieren und ohne sich zu verabschieden, rannte der Mann erstaunlich behende die steile Straße zu Tal.

Danach suchte ich im schattigen Gastgarten des Restaurants neben der Villa Medici Ruhe und Erholung. Ich orderte eine Mischung aus Campari, Eis, Orvieto, einer ordentlichen Prise grünem Pfeffer und Espresso. Beatrice erschien wenige Sekunden, nachdem ich das Getränk erhalten hatte. Was ich da zu mir nähme? Einen Sacco di Roma, sagte ich, das Getränk der Saison. Sie kostete, schüttelte sich ein wenig und lächelte mir zu. Der Dozent habe sich gemeldet, berichtete sie, er sei wieder bei Kräften und würde sie gern sehen. Ob es mir etwas ausmache, wenn sie zur Piazza del Popolo hinunterlaufe. Von dort sei sie mit der U-Bahn in zwanzig Minuten im Radisson Blu. Wir würden uns ja am Abend bei Pepe treffen.

Selbstverständlich stimmte ich zu. Auf mich wartete eine erfüllbare Aufgabe. So glaubte ich zumindest. Die asphaltierte Straße teilte sich, man mußte nicht zur Piazza del Popolo, man konnte auch geradeaus zur Spanischen Treppe und zur Monte Trinità fahren. Von dort ging es immer noch bergab, durch die verwinkelten Straßen der Altstadt.

Beatrice verabschiedete sich in der koketten Art einer Medici – sie reichte mir huldvoll die Hand zum Kuß und setzte ein hoheitliches Lächeln auf. Beschwingten Schrittes eilte sie davon. Ihr Kleid flatterte im warmen Wind, der von den Schirmplatanen ins Tal strich.

Nach zwei weiteren Sacco di Roma ließ ich mich von einem großgewachsenen Musikstudenten aus New Jersey, der als Kellner jobbte, durch ein Gewirr von Gängen zur Behindertentoilette führen. Sie lag neben der vorsintflutlichen Küche. In einem fort stolperten abgekämpfte Kellnerinnen und Kellner mit Getränken in den geschotterten Gastgarten.

Die Toilette war versperrt. Ich hantelte mich den Gang zurück und wartete neben einem Zigarettenautomaten. Nach ein paar Minuten, in denen ich mit Joseph die Frage erörterte, ob und wie die Polin unserem Auftrag nützlich sein könnte, unternahm ich einen weiteren Vorstoß. Die Tür war noch immer verschlossen. Ich klopfte und rief „Mi scusi!" Es kam keine Antwort, aber nach einer halben Minute drehte sich ein Schlüssel im Schloß. Die Tür öffnete sich, es roch nach billigem Tabak. Da hat ein Kellner eine Pause eingelegt, dachte ich. Im Halbdunkel suchte ich nach einer Tür zur Küche. Noch bevor ich Joseph gewendet hatte, legten sich zwei Hände um meine Kehle und drückten zu. Die Tür fiel ins Schloß. Der Würgegriff wurde stärker. Als ich schon glaubte, das Bewußtsein zu verlieren, wurde ich nach vorn gestoßen und knallte mit dem Kopf gegen ein Heizungsrohr. Dann spürte ich, daß sich eine Hand ins Rollstuhlnetz vorarbeitete. Es gibt Dinge, die bringen Joseph und mich in Rage, ins Rollstuhlnetz zu greifen, zählt dazu. Mich mit der Rechten am Treibreifen stützend, stieß ich mit einer blitzschnellen Bewegung dem Angreifer den linken Ellbogen in die Niere. Mit einem dumpfen Aufschrei sackte der Mann zu Boden und fiel mit dem Kopf zwischen Klomuschel und Wand. Dort steckte er fest. Ich wendete und fuhr dem Würger mit dem Trittbrett gegen die andere Niere. Dann zog ich einen ausfahrbaren Schiebegriff des Rollstuhls aus der Verankerung und drosch mit dem Eisen auf den Drecksack ein. Nach dem dritten oder vierten Schlag, den ich immer auf die Nieren führte, denn das hatte schon Muhammad Ali gepredigt: massiere die Nieren und der Kopf fällt von allein; nach einigen Schlägen auf den stöhnenden und zuckenden

195

Mann wurde ich an den Treibreifen zurückgerissen. Der Kollege, dachte ich, jetzt wird es eng. Aber der Mann drängte mich aus der Toilette und warf die Tür ins Schloß. Wieso macht er mich nicht in der Toilette fertig und kümmert sich um seinen Kumpan? Auf diese Frage gab es nur eine Antwort: die beiden waren gar keine Komplizen, da schien jeder auf eigene Rechnung zu arbeiten. Die Grübelei hatte bald ein Ende. Vor dem Gartenlokal hockte sich der junge Mann, er war mittelgroß, schlank und sehr attraktiv, vor mir auf die Fersen. Was will der Mafioso von mir, dachte ich noch. Es wird Zeit, daß ich Mister Giordano einschaltete. Der Junge hatte ein gewinnendes Lächeln, fast schien es, als würde er die Situation genießen. Und schon sprach er mich an, zu meiner Verblüffung in wienerischem Deutsch.

„Paßt schon, Herr Groll. Lassen S' nur gut sein. Der Aff' macht keine weiten Sprüng' mehr."

Ich versuchte, ein Wort zu bilden, aus meiner Kehle kam aber nur ein Rasseln. In einem zweiten Anlauf brachte ich ein paar krächzende Worte hervor: „Ich hab' dich überall gesucht, Markus."

Er schüttelte meine Hand und schien nicht überrascht. „Ich hab' Sie auch gesucht", sagte er schnell. „Ich bin froh, daß ich Sie noch rechtzeitig gefunden habe."

So schnell hätte das Ende meiner Reise nicht kommen müssen, durchzuckte es mich. Andererseits, jemand trachtete mir nach dem Leben. Genauer gesagt bestand großes Interesse am Inhalt von Josephs Netz. Huberts

Aufzeichnungen schienen in berufenen Händen einiges wert zu sein. Ich kenne aber keine berufeneren Hände als meine. Besser ich gebe mich unbedarft und lasse Markus reden. Irgendeine Erklärung für sein Auftauchen mußte er mir schließlich anbieten. Vielleicht ergäbe sich in der Folge eine Möglichkeit, an der Versilberung des Notizbuches zumindest mitzuschneiden. Markus war ein Freund Umbertos, er mußte von den Aufzeichnungen wissen. Wahrscheinlich war auch er nur daran interessiert und probierte es auf eine klügere Tour. Ob sie auch sanfter sein würde, da hatte ich meine Zweifel.

Er werde mich jetzt an einen sicheren Ort bringen, sagte der junge Malteser, der ganz und gar nicht wie ein Ordensmann, sondern wie ein Dressman der Couturiers am Fuße der Spanischen Treppe und in der Via Condotti gekleidet war. Er müsse in Ruhe mit mir sprechen. Eingedenk des eben Überstandenen hörte sich das nicht schlecht an, und als wir uns dem Hotel Hassler näherten und er mich fragte, ob er mich mit seinem Wagen fahren dürfe, war ich nicht dagegen. Ich sah uns schon auf der Dachterrasse des Radisson Blu sitzend ein Mosaiksteinchen ans andere fügen.

Der Wagen entpuppte sich als dunkelblauer Maserati jenes Typs, den ich in der Rocca San Bernarda und in der Villa Manin gesehen hatte. Die livrierten Türsteher des Hassler zogen den Hut und grüßten Markus ehrfürchtig. Der Mann war hier kein Unbekannter. Aber dann fiel mir ein, daß das Hauptquartier der

Malteser ja nur fünf Minuten entfernt war; daß Markus hier mit Würdenträgern des Ordens ein und aus ging, war keine Überraschung.

Joseph wurde zerlegt, der zusammengelegte Rahmen und die abgesteckten Räder kamen auf den kleinen Notsitz, das Rollstuhlnetz und das Sitzkissen klemmte ich zwischen meine Beine. Mir fiel auf, daß Markus' Handgriffe von einiger Erfahrung mit zerlegbaren Rollstühlen zeugten. Als wir losfuhren, stand auf dem Gehsteig ein kleiner keuchender Mann. Er hatte ein Rennrad geschultert und drohte mit der Faust. Ich winkte freundlich zurück.

„Ein Bekannter?" fragte Markus.

„Man könnte es so nennen", erwiderte ich.

„Seine Colnago-Rennmaschine kostet so viel wie eine Alfa Giulia", sagte Markus anerkennend.

Ich schwieg, merkte mir aber den Namen des Sportgeräts, um den Dozenten, der ja auch auf Spitzenräder versessen war, bei passender Gelegenheit zu überraschen.

„Ich nehme an, Sie fahren mich in mein Hotel?"

„Ich denke nicht daran", sagte Markus.

Ich nickte voll Ingrimm. Auch er wollte mich also nur in Ruhe abstieren. Was dann passieren würde, konnte ich mir ausmalen. Wieder blieb mir nichts anderes übrig, als auf Zeit und ein Gespräch zu setzen. Leute, die reden, machen Fehler und sei es, daß sie an den falschen Stellen schweigen. Daraus kann man Schlußfolgerungen ziehen.

„Dann bin ich also schanghait?"

Markus' Gesicht drückte Ratlosigkeit aus.

„Gekidnappt", präzisierte ich.

„Man könnte es so nennen", sagte Markus und lachte. Der Maserati war so hart gefedert wie mein Joseph. Im Schrittempo rollten wir die steilen Straßen der Altstadt zu Tal und plagten uns über Sampietrini, Schlaglöcher und gebrochenen Asphalt. Allein wäre ich hier nicht weitergekommen, auf den engen Gehsteigen geparkte Autos hätten mich auf die Straße gezwungen, und bergab kamen die Pflastersteine einem Himmelfahrtskommando gleich. Das Hochreißen der Vorderräder hätte jedes Mal einer anschließenden Vollbremsung bedurft. Meine Fortbewegung wäre die eines verrückten Steinbocks gewesen.

16. Kapitel

Aus den Notizen des Dozenten:
Keine Spur von Groll, der meine Polin entführt hat.
Ich mache eine neue Eroberung und bin verwirrt.
Eine überraschende Nachricht

Auf dem Dach des Radisson Blu. Das Quietschen und
Knirschen der Züge, der warme Wind, der starke
Kaffee. Endlich wach und wieder auf den Beinen
wurde mir klar, es war nicht der Alkohol, der mich
lahmgelegt hatte. Aber wer, um alles in der Welt, war
auf die Idee gekommen, mich aus dem Verkehr zu
ziehen? Die Leute von der Bar um die Ecke? Der Koch
von Pepes Ristorante? Groll? Gar „meine" Polin?
Die ersten beiden konnte ich ausschließen; ich fand da
kein Motiv. Bei Groll lag die Sache ähnlich. Er war
zwar ein Sturkopf und unberechenbar, aber das Eingreifen in die körperliche Unversehrtheit haßte er. Also
Kryszu, meine allerliebste Polin! Wollte Sie mich loswerden? Sie brauchte mich doch für ihre verrückten
Pläne. Wollte Sie mich weichklopfen, ganz manichäisch,
und das nicht nur in der Sexualität?
Wenig später war ich auf der Suche nach den beiden.
Während ich durch die Gassen eilte, Touristengruppen
auswich und Hemden in den edelholzgetäfelten Schau-
fenstern exklusiver Herrenmodegeschäfte bewunderte,
waren meine Gedanken bei Kryszu. Eine ungewöhn-

liche, widersprüchliche Person, abweisend und reiz-
voll, voll kindlichem Zauber und gleichzeitig eine durch-
setzungsfähige Frau, eine Emmanuelle Charpentier
der Realienkunde.

Auf der Piazza della Rotonda vor dem Pantheon ließ
ich mich unter der Markise eines Ristorante nieder und
bestellte einen Espresso. Die Brutalität, mit der eine
katholische Kirche in den römischen Tempel gezwängt
worden war, raubte mir den Atem. Eine gute Viertelstunde ließ ich das Schauspiel auf mich wirken. Dann
studierte ich den Reiseführer und überlegte, wo die
Chance am größten wäre, die beiden zu treffen. Ich
kam auf keinen grünen Zweig. Dann fiel mir ein, daß
es meinen Freund in jeder Stadt immer zu den Flüssen
zieht, eine seiner vielen Marotten, er bezeichnet sie als
nautisches Naturgesetz. Also würde ich mich in Richtung Tiber wenden.

Aus dem Menschengewimmel vor dem seitlichen Eingang zum Pantheon löste sich eine großgewachsene
Frau mit einem weit geschwungenen weißen Hut, eine
Diva. Sie trug ein champagnerfarbenes Kleid, nicht
nur die die Blicke der Männer waren bei ihr. Die Art
und Weise, in der sie über den Platz schwebte, zeugte
davon, daß sie sich ihrer Wirkung bewußt war. In großartigen Städten wirken großgewachsene Frauen noch
ein wenig größer. Andererseits dachte ich als Soziologe,
daß diese Frauen gar keine andere Möglichkeit haben,
als aus der Menge hervorzustechen. Sollen sie sich
denn in Sack und Asche kleiden und mit eingezogenem

Kopf die Häuserwände entlangdrücken? Außerdem, dachte ich weiter, ist diese Betrachtungsweise wohl eine sehr männliche. Vielleicht war es ganz einfach so, daß diese Frau, die auf das Lokal zusteuerte – sicher um einen berühmten Filmschauspieler oder einen Starchirurgen zu treffen – an ihren Auftritt keinen Gedanken verschwendete. Ihre Grandezza sprach jedenfalls dafür. Das sind also die römischen Frauen, tausend Jahre Welthauptstadt und achthundert Jahre bürgerliche Geschichte hinterlassen ihre Spuren! Meine pommersche Polin konnte da nicht mithalten.

Die fremde Schönheit setzte sich an meinen Tisch und lächelte mich an. „Bitte", sagte ich, „nehmen Sie Platz". Sie lachte, die Krempe des Huts wippte. Ihre Stimme erinnerte mich an Mahalia Jackson. Oder war es Milva? Während sie einen Vecchia Romagna mit Eis bestellte, kam mir Kryszus Stimme in den Sinn; die war ein wenig piepsig und kindfrauenhaft und könnte schwache Charaktere zu Gewalt aufstacheln. Erschrocken verscheuchte ich den rassistischen Gedanken. Was Männern so durch den Kopf geht, wenn sie im Schatten eines spätantiken Tempels einer wunderschönen Frau gegenübersitzen und an eine andere denken.

Jeden Moment muß der Schauspieler oder der Starchirurg eintreffen, dachte ich. Nutze deine Chance. Jetzt erst bemerkte ich, daß es unterhalb der Markise keine freien Sitzplätze mehr gab. Ich war also bestenfalls ein Chirurgenersatz.

Es dauerte nicht lange, und ich wußte mehr über die behütete Schönheit, grade soviel, daß meine Faszination mit jeder Sekunde wuchs. Ihr Sohn bekleide eine schöne Position im Vatikan, erzählte sie, außerdem sei er Sekretär eines Malteser-Großmeisters und komme viel in der Welt herum. Ich ließ ein wenig von meiner Profession und meinem familiären Hintergrund im Kaiserbezirk Hietzing durchblicken, bereitwillig stieg sie darauf ein. Ihr Elternhaus stehe im Salzburger Nonntal, sagte sie, unmittelbar neben der Karajan-Villa. Was mich nach Rom führe, fragte sie in dialekt-freiem Deutsch.

„Ich begleite einen Freund, einen Rollstuhlfahrer. Er will den Petersdom sehen."

„Das kann ich verstehen", erwiderte sie. „Nirgendwo ist die Hoffnung auf eine Spontanheilung größer."

„Ich glaube nicht, daß mein Freund darauf aus ist."

„Weswegen geht ein Krüppel, pardon: weswegen fährt ein Krüppel dann nach Rom", fragte sie erstaunt.

„Mein Freund interessiert sich für Architektur, für Herrschaftsarchitektur im Besonderen. Er will den Petersdom unter diesem Blickwinkel studieren. Im übrigen ist mein Freund kein Krüppel, er ist behindert."

„Natürlich. Wie dumm von mir." Sie war aber nicht beschämt, sondern strahlte mich an, als wäre ich Marcello Mastroianni.

„Mein Freund ist sehr selbständig", fuhr ich fort. „Er sitzt seit über dreißig Jahren im Rollstuhl. Er ist durch-aus mobil, und das nicht nur im Kopf."

„Und Sie gehen ihm bei der Mobilität zur Hand, als Assistent sozusagen."

Ich nickte. „Sie sehen ja die alten Straßenbeläge, da tun sich auch nichtbehinderte Menschen schwer. Obwohl, ich habe dort vorn, von der Via Corso kommend, über einige Seitenstraßen hinweg einen Steg aus Marmorplatten in der Mitte der Straße vorgefunden. Die Stadtverwaltung weiß also, worauf es ankommt."

Sie sei ebenfalls diesen Weg gekommen, sagte die Dame, der Steg sei auch ihr aufgefallen. „Aber kurz vor dem Pantheon hat die Stadtverwaltung offensichtlich den Mut verloren."

„Wahrscheinlich ist eine Wahl dazwischengekommen", wandte ich ein.

„Von der Unfähigkeit der regierenden Bürgermeisterin liest man ja täglich in den Zeitungen", sagte die Dame ungerührt.

„Ich habe eher den Eindruck, daß die männerbündische römische Elite die Signora an die Wand laufen lässt."

„Mag sein", meinte die Dame mit dem Hut. „Ich bin keine Quotenfrau."

Ich müsse zum Tiber, sagte ich nach einem zweiten Espresso und einem zweiten Vecchia Romagna für sie. Ob sie mich ein Stück des Weges begleiten wolle. Sie müsse in dieselbe Richtung, erwiderte sie.

Ein paar Gassen Richtung Piazza Navona wurden wir Zeuge einer Opernszene. Vor einem städtischen Palazzo hatte sich eine Gruppe von zwei Dutzend Müllmännern eingefunden, sie trugen ein Transparent, das sie als Gewerkschafter der CGIL auswies. Ihr Anführer, ein glutäugiger Mann mit einem schwarzen Schnauzbart, redete in scharfen Worten auf einen schmächtigen Mann in einem grauen Anzug ein. Es ging um Arbeitszeiten, Löhne und die hohen Mieten. Nachdem der Gewerkschafter unter dem zornigen Jubel der Kollegenschaft geendet hatte, sprach der angegriffene Beamte, der ganz allein war. Er redete klar und nicht ohne Emotionen. Mehrmals wurde er ausgepfiffen, aber er konnte fertig sprechen. So ging das einige Male hin und her. Die Stimmung war aufgeheizt, aber die abwechselnden Arien der beiden Wortführer ließen keinen Gedanken an Gewalttätigkeit aufkommen. Zumindest bei uns Zusehern.

„Eine Lektion von Demokratie in den Arbeitsbeziehungen", sagte ich anerkennend. Unvorstellbar, daß der Leiter einer Wiener Magistratsabteilung die Beschwerden der Belegschaft vor dem Amtsgebäude entgegennimmt und seinerseits seinen Standpunkt mit Verve verteidigt. Kaum zu glauben aber auch, daß Beschäftigte der Müllabfuhr sich getrauen, den öffentlichen Raum für ihre Proteste zu nutzen. Bei uns hätten Gewerkschafter die erbosten Kollegen schon vorher mit allerlei Beschwichtigungen und Drohungen abgefangen.

„Hier trennen sich unsere Wege", sagte die Dame. „Ich wünsche Ihnen noch einen Guten Tag. Und dem Kollegen im Rollstuhl wünsche ich Erfolg bei seinen Vorhaben. Er soll sich nicht unterkriegen lassen."

Sie nickte mir zu und schwebte davon, ein hinreißender Abgang. Sowohl der Gewerkschafter als auch der leitende Beamte schauten ihr bewundernd nach und nahmen den Disput in alter Schärfe wieder auf. Am Ausgang des kleinen Platzes sah ich die Dame mit Hut in ein Taxi steigen.

Ich verließ die Gewerkschaftsoper, nicht ohne den Müllmännern solidarisch zugenickt zu haben, und nahm eine Gasse, von der ich annahm, daß sie zum Augustus-Mausoleum am Tiber führt. Ich war von einer seltsamen Unruhe erfaßt und wußte deren Herkunft nicht zu deuten. Mit Fortdauer des Weges wuchs die Unruhe immer mehr an und als ich auf die Straße der Huren einbog, fiel es mir wie Schuppen von den Augen. Die Karajan-Villa liegt in Anif bei Salzburg inmitten eines großen Parks – und nicht im engen Nonntal. Dessen war ich mir sicher. Als mein Vater noch lebte, waren meine Mamà und ich einmal bei den Karajans zum Kaffee geladen gewesen. Die Maschinenbaufirma meiner Mutter hatte einen Auftrag auf der größten Karajan-Jacht zur vollen Zufriedenheit des Maestros ausgeführt. Ich weiß noch, daß Karajan mit seinen sechs Jachten prahlte, die allesamt den Namen „Helisara" trugen – ein Akronym aus Herbert, Eliette, Isabel und Arabel. Da meine Mutter sich heftig dagegen sträubte, das Angebot der Karajans für einen kleinen Turn vor St. Tropez anzunehmen – sie verabscheute das offene Meer, schon der Attersee war ihr zu ungestüm –, kam es eben im Gefolge einer Festspielaufführung zum Kaffeeplausch auf der Terrasse der Karajans – in Anif. Jeder Mensch in Salzburg weiß, wo die Karajans wohnten. Warum wußte die Dame mit Hut das nicht?

Da von den beiden nichts zu sehen war und ich zunehmend müde wurde, ließ ich mich von einem Taxi ins Hotel zurückbringen. Bei der Concierge deponierte ich einen Zettel für Groll, er möge sich umgehend melden. Kaum im Zimmer angekommen, blinkte mein Handy. Endlich, dachte ich, die Polin, und sah mich schon mit Kryszu gegen die Mächte der Finsternis anrennen. Was für ein Irrtum.

Werter Groll, geschätzter Freund!
Mir ist zu Ohren gekommen, daß Sie sich auf eine Sache eingelassen haben, die Ihnen über den Kopf wächst. Vorher Rat einzuholen schien Ihnen unpassend, wahrscheinlich weil Sie wissen, daß ich Ihnen von allem und jedem abraten würde und Sie meine Freundschaft riskieren würden, wenn Sie meinem Rat zuwiderhandeln. So tappten Sie in eine Falle, an der ich nicht unschuldig bin. Ich werde versuchen, Sie aus dem Schlamassel herauszuholen.
Es gibt noch weitere Gründe, die mein Eingreifen erforderlich machen. Ich habe nämlich in diesem Fall auch an Interessen zu wahren, solche von Geschäftsfreunden und eigene. Es ist mir also nicht gleichgültig, was sich da in Rom über Ihren Köpfen zusammenbraut. Ich nehme wohl an, daß Ihr Partner von Ihnen eingeweiht wurde. Wenn nicht, dann ziehe ich den Hut. So viel Umsicht hätte ich Ihnen nicht zugetraut. Dennoch halte ich es für opportun, Ihren Freund in groben Umrissen mit Ihrem Auftrag

bekanntzumachen. Daß er Ihnen das Honorar streitig macht, ist bei dem seriösen, gebildeten und vermögenden Sir ja auszuschließen. Da ich annehme, daß er als Gentleman die Post, die ich Ihnen schicke, nicht liest, überlasse ich es Ihnen zu entscheiden, wie weit Sie in Ihrer Information gehen.

An dieser Stelle hielt ich inne. Giordano hatte eine hohe Meinung von mir. Oder wollte er mir nur zeigen, daß er mir, wie allen Menschen, grundsätzlich mißtraute? Ich las weiter:

Mein Freund, da ist noch etwas, das Sie wissen sollten. Es könnte sein, daß Sie mit einer klugen und attraktiven Wissenschaftlerin Bekanntschaft machen. Sie erkennen sie an einem kleinen Spleen, sie behauptet einer untergegangenen Religion anzugehören, aber das ist nur ein Vorwand, sich der Nachstellungen der Männer zu erwehren. Ich lege Wert darauf, daß Sie mit ihr höflich und respektvoll umgehen! Sie pendelt zwischen Polen und New York und ist Teil der famiglia. Sie wissen, was das bedeutet. Sie ist ein wenig verstrudelt, wir haben Sie schon erfahrenen Psychiatern vorgestellt. Und doch spüre ich mit der Erfahrung eines geschichtsbewußten alten Sizilianers, daß an ihrer verworrenen Fixierung auf antike Bücher etwas dran ist.
Wenn ihr auch nur ein Haar gekrümmt wird, mache ich Sie dafür verantwortlich!

Take care,

G.

Ich klappte den Computer zu und lehnte mich zurück. Kryszus Mission hing also mit Giordano zusammen, ich hätte es mir denken können. Und wo Giordano im Spiel war, mußte man mit der Mafia rechnen. Zwar mochte ich den alten Herrn mit seinen schlohweißen Haaren, der dunklen Stimme und den wachen Augen, aber ich war froh, mit ihm nicht in geschäftlichen Beziehungen zu stehen. Aber das war, so schien es, längst geschehen. Was bedeutete die Bemerkung über ihre Religion und ihre Sexualität? Ich bezweifle, daß der alte Herr wußte, wovon er sprach. Ich aber kenne Kryszus Leidenschaft und als erfahrener Mann weiß ich: da ist nichts vorgespielt, das ist unverbildete Extase. Dennoch war ich verunsichert. Ich mußte dringend mit Groll sprechen.

17. Kapitel

Selbstverteidigung im Gemeindebau. Feldenkrais in Palästina.
Der Cimitero acattolico, drei linke Engländerinnen,
Goethes Sohn und Gramscis Grab

Über die Via Cavour ging es stadteinwärts, danach um-
kreisten wir das Forum Romanum und bogen in die
Via Celio Vibenna ab. Ich fing an, die Fahrt zu
genießen. Die Straße war durchgängig asphaltiert, der
Motor lief erstaunlich elastisch, in unteren Dreh-
zahlbereichen fast gutmütig. Kaum tippte Markus aber
das Gaspedal an, erwachte das Ungetüm mit einem
heiseren Pfauchen aus dem Halbschlaf, auf der Viale
Aventino steigerte sich das Motorgeräusch zu einem
krachenden Inferno. Die Bremsen verzögerten so stark,
daß ich mit dem Kopf mehrmals auf Josephs Reifen
knallte.

Markus erkundigte sich nach meiner Schlagtechnik.
Wie lange ich schon mit der Krav Maga-Technik
arbeite; er habe einmal ein Seminar in dieser Selbst-
verteidigungsart besucht und sei tief beeindruckt
gewesen. Das Seminar sei von einem Offizier der
israelischen Armee geleitet worden.

„Kein Wunder", sagte ich. „Die Israelis waren die
ersten, die diese Technik übernahmen."

Ob es stimme, daß der berühmte Bewegungstherapeut
und Geheimagent Moshé Feldenkrais am Rande an

der Entwicklung der Methode beteiligt gewesen sei? – Nicht am Rande, korrigierte ich, Feldenkrais habe die Grundlage der Technik entwickelt. Ausgangspunkt sei die Erkenntnis gewesen, daß es für jedes Ziel eine einzige richtige Bewegung gebe, die liege nahe der falschen, von uns betätigten Muskel- und Nervenbahnen und sei deswegen so schwer zu erlernen. Im Effekt – der Beherrschung der einzig richtigen Bewegung – sei der Unterschied aber so groß wie der zwischen Markus' Maserati und meinem Renault 5.

Markus gab sich mit der Antwort nicht zufrieden, er wollte mehr über meine Erfahrung mit Krav Maga wissen. Dieses Ansinnen mußte ich leider ablehnen. Sollte ich ihm erzählen, daß unweit meines Gemeindebaus ein schmuckloses Einfamilienhaus aus den sechziger Jahren existierte, zu drei Seiten von Genossenschaftshäusern umgeben, die Hundehütten mehr ähnelten als menschlichen Behausungen? Daß in dem solitären Haus ein älterer Herr, Träger der höchsten Auszeichnung von Krav Maga, wohnte? Ich traf ihn manchmal beim Einkaufen in unserem kleinen, schmutzigen und schlecht bestückten Supermarkt. Er kaufte dort immer eine Gurke, ein Kilo Karotten, ein Joghurt und einen kleinen Strauß rote Rosen. Wenn es keine Gurken oder Rosen oder beides gab, was in Supermärkten nördlich der Donau nicht selten vorkommt, kaufte er grünen Salat. Das Geld legte er abgezählt auf das Joghurt. Der alte Herr hatte mich beobachtet, als ich auf dem Schwarzen Brett die Anzeige eines Taekwondo-Kampfkunst-Studios studierte. Er sprach mich an, höflich und vorsichtig, und warnte mich vor Scharlatanen. Als ich ihm erzählte, daß ich seit langem auf der Suche nach einer für mich geeigneten Form der Selbstverteidigung sei, das pseudoreligiöse Brimborium in den einschlägigen Studios mich aber abschrecke, lud er mich ins nahe Tankstellenbistro ein. Bei einem Glas Mineralwasser erzählte er von seiner Arbeit, der Vervollkommnung der Nahkampftechnik. Er lebe halb in Jaffa, halb in Wien und werde solange in Floridsdorf bleiben, bis er mit seinem Buch über Österreicher im Dienst der Haganah, einer Vorläuferorganisation des Mossad, fertig sei. Sein Vater stamme aus Wien, sei Kader der Haganah und Nahkampf-Instruktor der Fallschirmjäger gewesen. Schließlich bot er mir einen Grundkurs in Krav Maga an, und das ohne Honorar. Er würde sogar zu mir in die Wohnung kommen. So war es auch. Er kam einige Wochen lang, jeden zweiten Tag, für drei Stunden. Anfangs tat ich mir schwer, die Übungen erforderten Körpergegenwart und Geistesbeherrschung und fielen mir nicht leicht. Mein Lehrer war streng und geduldig, und er adaptierte die Nahkampftechnik für Rollstuhlfahrer. So erweiterte und vertiefte er das Anwendungsgebiet von Krav Maga und ich erhielt eine gediegene Nahkampfausbildung. Aber das brauchte ich Markus nicht auf die Nase zu binden.

Sein Wissensstand sei, so sagte er, daß ein 1910 in Preßburg aufgewachsener Mann namens Imrich Lichtenfeld in den dreißiger Jahren eine Kampfmethode entwickelt hatte, um die Pressburger Juden gegen antisemitische Angreifer zu schützen. Im Jahr 1940 sei dieser Lichtenfeld gerade noch rechtzeitig aus der hitleristischen Slowakei geflüchtet. Ein paar Tage später, und er wäre wie die meisten Preßburger Juden von den Häschern des Burgenländers Alois Brunner, der rechten Hand Ernst Kaltenbrunners, aufgestöbert und in die Vernichtungslager deportiert worden.

Woher wußte Markus das? Wird man als Theologiestudent bei den Maltesern im Nahkampf ausgebildet? Ist der Orden so weitblickend? Der vom Papst erzwungene Rücktritt der Führungsspitze der Ordensritter legt das Gegenteil nahe. Aber noch bevor ich meine Gedanken ordnen und nachfragen konnte, setzte der junge Mann mit der Mafiosobrille fort.

„Seine Flucht führte Lichtenfeld in die britische Armee. 1942 tauchte er dann in Palästina auf, wo er Kämpfer von Haganah und Palmach trainierte. Noch vor der Ausrufung des Staates Israel und dem Überfall der vereinten arabischen Staaten auf das junge Land im Mai 1948 wurde er zum leitenden Nahkampfausbildner der israelischen Armee bestellt."

„Woher stammen deine Informationen? Doch nicht von den Maltesern", fragte ich.

„Von unserem Freund in der Rocca San Bernarda", war die Antwort.

Wir hielten hinter der Cestius-Pyramide vor dem Eingang zu einem Friedhof. Markus half beim Aussteigen. Durch ein gemauertes Tor rollte ich in den weißen Kies und blieb sofort stecken. Was wir hier zu suchen hätten, fragte ich Markus unwirsch. Markus war erschrocken, er half mir unter die Bäume, Gras und Erde machten das Vorankommen etwas leichter. Eine Gruppe von Jugendlichen hatte einen Kreis um die Lehrerin gebildet. Wieder hörte ich einen vertrauten Klang: Steirisch. Die Professorin, eine kleine, energische Frau mit kurzen Haaren und lebhaften Augen, bemühte sich, ihren Schützlingen das Außergewöhnliche dieses Friedhofs näherzubringen. Der cimitero acattolico oder cimitero protestante sei der schönste und ungewöhnlichste Friedhof Roms, erklärte sie, und die meisten Jugendlichen hörten auch zu, einige aber hielten sich abseits und beschäftigten sich mit ihren Wischmaschinen. In der Stadt des Papstes seien Protestanten, Andersgläubige und Atheisten in katholischen Friedhöfen nicht bestattet worden, für ihre sterblichen Überreste sei nur dieser Friedhof auf den „römischen Wiesen" außerhalb der Stadtmauern in Frage gekommen, der eine seit Jahrzehnten bestehende Praxis der Bestattung Andersgläubiger im Jahr 1821 offiziell gemacht habe, führte sie aus. „Wer als Nichtkatholik das Pech hatte, in Rom zu sterben, landete hier. Dies ist auch der Grund, warum in dieser Begräbnisstätte so viele prominente Namen zu finden sind. Neben dem unglücklichen Sohn Goethes, der in Rom seiner Alkoholkrankheit erlag, fanden hier zwei hervorragende Vertreter der englischen Romantik und des politischen Atheismus ihre Ruhestätte. Percy Bysshe Shelley ertrank, nicht einmal dreißigjährig, bei Viareggio in der Toskana und wurde hier bestattet. Und sein Freund, der an Tuberkolose erkrankte Lyriker John Keats, der vom Ehepaar Shelley in die Sonne Roms geholt worden war und neben der Spanischen Treppe wohnte, starb auch dort, gepflegt von seinem Freund, dem Maler und späteren Botschafter Englands in Rom, John Severn. Keats starb fünfundzwanzigjährig, er ruht neben seinem Freund Severn. Und jetzt frage ich euch: Percy Shelleys Ehefrau Mary wurde durch welche von ihr geschaffene literarische Figur berühmt?"

„Donald Duck", krähte ein hochaufgeschossener Blondschopf. „Frankenstein", rief ich. „Richtig", sagte die Lehrerin geistesgegenwärtig. „Der Herr im Rollstuhl bekommt ein ‚Sehr gut' für unerwartete Mitarbeit." Ich applaudierte, die Kids lachten.

„Ihr wißt doch, was es mit Frankensteins Monster auf sich hat?" fragte die Professorin weiter.

„Auch ein Schriftsteller?" meinte ein pausbäckiger Junge mit Wuschelkopf. Die Professorin ließ sich nicht beirren. „Frankensteins Kreatur ist ein von Menschenhand geschaffenes Defektwesen, ein künstlicher Mensch mit einigen Fehlern."

„Ein Behindi!" sagte ein Bub und erzielte einen Lacherfolg. „Mir nach!" rief da die Lehrerin und machte eine Geste, als wäre sie ein amerikanischer Reiteroffizier, der mit seiner Kompanie eine Attacke gegen die Indianer reitet.

Eine kleingewachsene Dame in den besten Jahren kam auf Markus und mich zu. Sie ließ mich links liegen und umarmte Markus, der erwiderte die Zärtlichkeit. Dann begrüßte sie mich in reinem Oxford-Englisch. Ob sie mir helfen könne?

„Ja", sagte ich. „Ich stecke fest."

„Oh", sagte sie. „Was sollte man Ihrer Meinung nach tun?"

„Sorgen Sie für einen achtzig Zentimeter breiten Steg aus Asphalt, das kommt am billigsten und ist einfach in der Herstellung. Die Hauptwege reichen. Und jetzt machen Sie mich wieder flott."

Das sei ein guter Rat, indeed, sagte sie. Bei der Wegesanierung im Herbst werde sie das veranlassen. Sie kannte Markus' Ziel. Um es mit dem Rollstuhl zu erreichen, mußten wir den Friedhof außen umrunden, während sie den Weg zwischen den Gräbern nahm. Der Friedhof werde von drei Ladies geführt, erzählte Markus auf dem leicht ansteigenden Gehsteig neben der Friedhofsmauer. Er verehre alle drei, britische Marxistinnen mit einem profunden Wissen über die Arbeiterbewegung des frühen zwanzigsten Jahrhundert und einer Vorliebe für eine Flasche Bordeaux at five o'clock.

Die Ladies kümmerten sich nicht nur um die Instandhaltung des Friedhofs, sie waren auch für die Finanzen zuständig. Darüber hinaus achteten sie auch auf die politischen und historischen Belange: unpassende Kleidung, tumultuöses Benehmen und konterrevolutionäres Geschwätz wurden mit derselben Strafe geahndet, der Wegweisung. Einspruch und Berufung waren nicht vorgesehen. Wer indes die Benimmregeln und die weltanschauliche Grundausstattung mitbrachte, der wurde von den dreien umsichtig, freundlich und kompetent betreut.

„Dolores' Spezialgebiet ist der englische Sozialismus von den Chartisten über die Fabian Society, die Labour und die Communist Party bis zu den Leuten von der Bristish New Left", sagte Markus. „Rosas Schwerpunkt liegt bei der Berliner Revolutionärin Olga Benario, deren abenteuerliches Leben jenem von Ho Chi Minh, Fidel Castro und Nelson Mandela in nichts nachsteht und der von dem New Yorker Schriftsteller Robert Cohen in seinem Roman ‚Exil der frechen Frauen' ein Denkmal gesetzt wurde. Auch mit den österreichischen Austromarxistinnen Käthe Leichter, Adelheid Popp und Gabriele Proft hat sie sich eingehend beschäftigt. Und Meredith O'Shea, unsere Gastgeberin von vorhin, hat sich auf die Ungarn Ferenc Tökei und Eugen Varga, den Deutschen Jörg Huffschmid und den Franzosen Paul Boccara spezialisiert. Man merkt, sie ist Ökonomin. Ein Mann aber steht bei allen dreien an vorderster Stelle, Sie werden gleich sehen."

An der Stirnseite des Friedhofs wartete die Engländerin bereits bei einem geöffneten Gußeisentor. Sie verriegelte das Tor und ging voraus. Der Waldboden zwischen

Pinien und Zypressen war ausgetreten und gut zu befahren. Vor einem unscheinbaren Grab in der zweiten Reihe machte sie halt. Auf dem Grabstein stand in großen Buchstaben GRAMSCI. Sie trat zur Seite und verharrte im Hintergrund.

„Es gibt für einen am Katholizismus zweifelnden Mann in Rom keinen geeigneteren Platz als diesen Friedhof", sagte Markus. „Wenn die Dämonen des Unglaubens mich heimsuchen, ziehe ich mich hierher zurück." Genossin O'Shea nickte bestätigend.

Markus beugte ein Knie, um die vielen bunten und mit krakeliger Schrift verzierten Kieselsteine, die auf der steinernen Einfriedung des Grabes aufgereiht lagen, näher zu betrachten.

„Nicht anfassen", rief ich. „Vorlesen!"

‚„Einer für uns! Einer *von* uns!' heißt es hier. Und: ‚Antonio, zeig uns den Weg', ‚Danke für das Zeugnis', ‚Hilf mir, Francesca rumzukriegen'. Und so fort."

„Was steht auf dem?" Ich deutete auf einen Stein im hinteren Bereich der Einfriedung. Markus setzte zu einer Verrenkung an, die seine Augen dem Stein näherbringen, aber auch den Kopf vor dem knorrigen Trieb eines Lorbeerstrauchs schützen sollte. Als er strauchelte und vor mir in den Staub sank, reckte ich die linke Faust in die Höhe.

„Das haben Sie absichtlich gemacht!" beschwerte sich Markus, der sein Seidenjackett besorgt abklopfte.

„Du solltest mir dankbar sein", sagte ich. „Daß ein Weinviertler Alain Delon mit allen Attributen des

218

mafiosen Aufstiegs einem verwachsenen Aufführer aus Sardinien von nicht einmal einsfünfzig zu Füßen liegt, macht sich in der Biographie nicht schlecht. Wie kommt denn heutzutage ein Kirchenmann auf einen Kommunisten?"

Er habe sich während des Studiums mit Gramscis Überbautheorie beschäftigt, der Religion komme da große Bedeutung zu, dozierte Markus. Besonders sei er vom Konzept des „Stellungs- und Bewegungskriegs in der Revolution", das Gramsci in den „Gefängnisheften" entwickelte, fasziniert gewesen. „Die politisch- militärische Dimension war bei den Maltesern seit je von herausragender Bedeutung, der Spitalsdienst war oft nicht mehr als ein Rauchvorhang für sehr weltliche Dinge. Jedenfalls kommt man bei der Analyse gesellschaftlicher Entwicklungen an den Schriften Gramscis ebensowenig vorbei wie an denen von Augustinus. Ich habe mehr Zeit im Istituto Gramsci verbracht als im theologischen Seminar am Aventin."

Ich hob einen Stein auf. „Mit solchen Flundern hab ich stundenlang in der Donau geplattelt. Vierzehn Wasserkontakte waren keine Seltenheit. ‚Antonio & Francesco Superstars", las ich. „Ob Gramsci über diesen Partner froh wäre?" Vorsichtig legte ich den Stein zurück und fragte die Engländerin, ob ihr Gramscis Aufenthalt in Wien vom November 1923 bis zum Mai 1924 bekannt sei. Selbstverständlich, sagte sie. Da die Faschisten auf Italiens Straßen immer mehr Linke ermordeten, sei Gramsci, der schon vor der Gründung der KPI im Jahr

1921 in Livorno der Kopf der revolutionären italienischen Arbeiterbewegung gewesen sei, 1922 nach Moskau in Sicherheit gebracht worden. „Dort heiratete er seine große Liebe, Julca Schucht, eine Violinistin, die aus einer antizaristischen bürgerlichen Familie stammte – der Vater war in Sibirien in der Verbannung. Julca hatte um die Jahrhundertwende längere Zeit in Rom gelebt – daher auch dieses Grab – es stammt von ihrer Familie. Gramsci sah sich in Moskau zu sehr von Italien isoliert und setzte seine Übersiedlung nach Wien durch, was sich bewährte, war doch die Verbindung zu den italienischen Genossen durch die räumliche Nähe leichter herstellbar. In Wien verlebte er einen schrecklichen Winter, er fror bitterlich in seinem Untermietzimmer – seine Wirtin, eine Offizierswitwe, sparte am Heizmaterial."

„Das hatte aber auch wieder sein Gutes", setzte ich den Gedanken fort. „Denn so war er gezwungen, sich in den Kaffeehäusern aufzuwärmen. Manchmal unternahm er mit serbischen und bulgarischen Genossen, die ebenfalls in Wien im Exil waren, Spaziergänge im nahezu kahlgeschlägerten Wienerwald, und da begab es sich, daß ein Bulgare durch das Eis eines Weihers brach, worauf der schwächliche Antonio Gramsci den kräftigen Georgi Dimitroff unerschrocken aus dem Wasser zog, jenen Dimitroff, der zehn Jahre später die Nazis in Leipzig mit seiner Verteidigungsrede zum Reichstagsbrand vor den Augen der Weltöffentlichkeit als Lügner bloßstellte. Trotz der widrigen Bedingungen war Gramsci umtriebig, von Wien aus gründete er die *L'Unità* und kümmerte sich um die Stabilisierung der von Flügelkämpfen erschütterten Partei. Obwohl er die sauren Weine in den Kaffeehäusern verabscheute, suchte er den Kontakt zu fortschrittlichen Persönlichkeiten. Er lernte Egon Erwin Kisch, Joseph Roth, Otto Bauer und Friedrich Adler kennen und besuchte Vorlesungen von Karl Kraus. Und er freundete sich mit Isidor Sadger an, einem Mitarbeiter Sigmund Freuds, der den Begriff ‚Sadomasochismus' entwickelt hatte, und mit Wilhelm Reich stritt er über die Rolle der Sexualität. Die zunehmende Sinnesfeindlichkeit und Prüderie in der Arbeiterklasse erfüllte Gramsci mit Sorge. Unter der Spießermaske erkannte er Männerbündelei und Autoritarismus. Zwar galt Wien in diesen Jahren als Vorreiter einer bohèmehaften freien Sexualität, aber die spielte sich vorwiegend in kunstbürgerlichen Kreisen ab. In den Gemeindebauten sah es anders aus."

Woher ich das wisse, fragte Markus verwundert. Ob ich auch einem Orden angehöre? Man könne es so nennen, erwiderte ich. Es gebe da eine Runde von erfahrenen Frauen und Männern, die sich regelmäßig bei einem Floridsdorfer Heurigen zur Erörterung von Welträtseln treffe, sagte ich. Im erweiterten Kreis des „Ständigen Ausschusses" befinde sich auch eine betagte Freundin von Guido Zamis, der damals den frierenden und kränkelnden Gramsci betreut hätte.

„Auch nach Gramscis Tod setzte er sich für ihn ein und gab in der DDR Schriften des Ermordeten heraus, was insofern bemerkenswert war, als Gramsci von vielen als Gegenspieler des Bolschewismus missverstanden wurde. Tatsächlich hat er, was die politischen Bedingungen und umstürzerischen Methoden anging, einen westlichen Marxismus begründet, der heute recht lebendig ist. Und das in einer Stadt, die das weströmische Reich vor tausendfünfhundert Jahren verloren hat.“

„Sie meinen, Gramscis Marxismus sei eine Renaissance des Römischen Reiches?“ sagte Markus ungläubig.

„Ich bin davon überzeugt“, gab ich zurück. Meredith O'Shea ging schmunzelnd ab.

Und nun erzählte Markus, der sich auf die Einfriedung eines Nachbargrabs gesetzt hatte, im Schatten der Föhren und Kiefern und beschützt von Gramscis Fürsorge und Neugier, eine Geschichte.

18. Kapitel

Die Generalbeichte des Maltesers Markus

„Wie Sie wissen, wurden die Ritter des Jerusalemer Johanniterordens aus dem Heiligen Land nach Zypern vertrieben, wo sie einige Jahrzehnte verbrachten. Von dort flüchteten sie nach Rhodos und bauten die Stadt zu ihrem Hauptsitz aus. Schon damals schwelgten sie in Prunk und Luxus und wurden abschätzig Rhodesier genannt. Als der Papst den Templerorden 1312 auflöste, übertrug er den Rhodesiern dessen Vermögen, sie galten von nun an als unermeßlich reich. Noch im Zweiten Weltkrieg suchte ein SS-Obersturmbannführer namens Rauff im Auftrag Himmlers in Rhodos und in Palästina nach dem Schatz der Rhodesier. Er kam damit aber Erwin Rommel in die Quere, der gerade bei El Alamein gegen die Engländer kämpfte und die Schatzsuchereien der SSler für kindischen Nonsens hielt. Er setzte sich daher über Hitlers Befehl, der ihm Kooperation mit Rauff vorschrieb, hinweg.
Der Orden verließ 1522 auf Druck der Osmanen Rhodos und wurde acht Jahre später – nach diversen Stationen in Italien – von Karl V. nach Malta transferiert. Wiederum errichteten die Ritter eine Ordensherrschaft, die den Bewohnern verhaßt war. Regelmäßig unternahm der Orden Jagden auf muslimische Schiffe im Mittelmeer, die Gefangenen wurden als Sklaven auf

einem der größten christlichen Sklavenmärkte der Neuzeit verkauft. Auch aus dieser Quelle speiste sich der Reichtum des Ordens, der bald Malteserorden genannt wurde. Nach der Blütezeit im sechzehnten Jahrhundert führte die Unterstützung des Ordens für den französischen König und das Ancien Régime während der Revolution von 1789 dazu, daß Napoleon dem Spuk schließlich ein Ende machte. Nach einem kurzen Zwischenspiel in Rußland wurde der Ordensbesitz in den meisten Staaten eingezogen, nur nicht im Hort der europäischen Reaktion, im Habsburgerreich – was den Fortbestand des Ordens sicherte. Dank der Unterstützung durch Metternich und des diplomatischen Einsatzes eines Grafen Colloredo wehrte der Orden alle Bestrebungen ab, sein Vermögen zu verstaatlichen. Der protestantische Zweig der Johanniter existiert bis heute, aber im Vergleich zu den katholischen Maltesern sind sie, was diplomatischen und finanziellen Einfluß anlangt, Lehrlinge. Nach dem ersten Weltkrieg mußte der Malteser-Orden in Österreich einige Besitzungen veräußern, blieb aber handlungsfähig. Auch, als die Nazis die Macht übernahmen, dies nicht zuletzt deshalb, weil die Malteser auf einen strikt beachteten Arier-Paragraphen verweisen konnten, der, so die damalige Ordensführung, strenger als die Nürnberger Rassengesetze sei und seit Jahrhunderten Geltung habe. Sie sehen, geschätzter Herr Groll, die Malteserritter sind Meister des Überlebens, die Interessen des Ordens gehen in jedem Fall vor.“

„Vereinsbrüder in der ganzen Welt tun dasselbe", sagte ich angewidert. Konvertiten sind mir zuwider; wenn ich einen Verein verlasse, dem ich einst mit stolzgeschwellter Brust beigetreten bin, ziehe ich mich unauffällig zurück, hoffe, daß mich niemand auf den Irrweg anspricht und mache die Geschichte ausschließlich mit mir aus. Nicht so Markus, er war nicht zu stoppen.

Noch im Spätmittelalter sei ein bis heute gültiger Geheimbefehl ausgegeben worden, demzufolge der Orden den militärischen Einsatz zur Hauptaufgabe machen müsse und, falls das nicht möglich sei, das Finanzwesen und den Vermögensaufbau forcieren solle. Der karitative Dienst in Spitälern und Siechenheimen diene dabei als moralisches Aushängeschild.

„Ich darf das sagen", Markus nahm die Brille ab. „Weil ich als Assistent jenes Bischofs im Vatikan gearbeitet habe, der sich mit riskanten Finanzprodukten verzockt hatte und drauf und dran war, die Finanzen des Vatikans vollständig zu ruinieren. Im letzten Moment wurde er vom Papst aus dem Vatikan entfernt und fand bei uns Maltesern Unterschlupf, und das an leitender Stelle im Finanzwesen. Neben seinen ökonomischen Kenntnissen hatte der Mann sich viel Expertise in den schönen und lustvollen Bereichen des Lebens erworben. Geschätzter Herr Groll, glauben Sie mir: Was mir da unter die Augen kam, treibt auch dem hartnäckigsten Frömmler das Christentum aus. Daß ich mit diesem Sumpf gebrochen habe, ist *meine* augustinische Wendung."

An dieser Stelle bekam ich Probleme mit Markus´ Story. Wer vorgibt, mit einem Sumpf gebrochen zu haben, lügt. Vieles kann man mit einem Sumpf anstellen, man kann in ihm versinken, man kann um ihn einen Bogen machen, man kann ihn trockenlegen, man kann seine Fauna studieren und stößt vielleicht auf einen Drachen, wie bei Prinz Eisenherz und in Klagenfurt geschehen, wobei im Falle Klagenfurts nicht klar war, wer den größeren Schreck erlitt, die Klagenfurter, als sie des Lindwurms ansichtig wurden, oder der Drache, als er den Kärntnern Auge in Auge gegenüberstand. Vieles kann man mit einem Sumpf anstellen, nur brechen kann man mit ihm nicht. Mag sein, daß Markus einiges mitbekommen hatte, was mit den Zehn Geboten nicht vereinbar ist, andererseits weiß aber jedes Kind, daß der Vatikan mit all seinen vorgelagerten Kongregationen, Orden und Bruderschaften ein krisengebeutelter Konzern in einem recht volatilen Industriezweig ist, der Seelenklempnerei.

„Weihnachten 2016 entfernte nun die reaktionäre Ordensspitze den Großkanzler des Ordens, einen deutschen Adeligen – der Malteserorden ist ja ein Biotop freilaufender Aristokraten – aus seinem Amt. Er habe in Myanmar vulgo Burma Kondome verteilen lassen, das sei gegen die katholische Lehre, derzufolge Verhütung ebenso verwerflich ist wie Abtreibung. Da der Papst in diesen Dingen einen weltoffenen Standpunkt einnimmt, galt der Vorstoß der Ordensspitze auch dem Chef. Der überrumpelte in einem Handstreich die gesamte Ordensführung und erzwang – Völkerrechtssubjekt hin, maltesische Briefmarken und Autokennzeichen her – den Rücktritt von Großmeister Matthew Festing und dessen Mastermind, dem aus dem amerikanischen *bible belt* stammenden Kardinalpatron Raymond Leo Burke, und setzte den kondomverteilenden Albrecht Freiherr von Boeselager – er heißt tatsächlich so! – wieder als Großkanzler ein. Es handelte sich um einen in der Ordensgeschichte unerhörten Akt, denn bislang galt der ‚Souveräne Ritter- und Hospitalorden vom heiligen Johannes von Jerusalem, von Rhodos und von Malta‘ eben als souverän, als unantastbar. Daß der Vatikan sich darum keinen Deut schert, die Ordensspitze hinwegfegt und in die ‚Ordensgeschäfte‘ eingreift – ich verwende dieses Wort bewußt – ist in der Neuzeit ohne Beispiel."

„Ein Fall von gelungenem Bewegungskrieg", sagte ich anerkennend.

Markus deutete ein Lächeln an.

„Und wieder sind es die österreichischen Malteser, die als Retter auftreten, der Tiroler Großkomtur Ludwig Hoffmann-Rumerstein stellt nun die interimsmäßige Leitung des Weltordens", setzte er fort. „Der aus einer adeligen Familie stammende Mann organisierte unter anderem die Lourdes-Wallfahrt der Malteser und ist Träger Dutzender Orden und Auszeichnungen von Staaten wie Ungarn, Litauen und Malta. Er trägt das Große Goldene Ehrenzeichen für Verdienste um die Republik Österreich und das Großkreuz des Sterns von

Rumänien, ist Großoffizier der Ehrenlegion und was weiß ich noch alles."

„Die Wallfahrt zählt zu meinen großen Lebenszielen, sie muß ein Hochamt selbstbestimmter behinderter Menschen sein", sage ich.

„Sparen Sie sich den Sarkasmus, ich hasse diese arrogante Besserwisserei." Markus beugte sich zu mir vor. „Was ich Ihnen jetzt sage, vergessen Sie am besten gleich wieder."

Ohne eine Reaktion von mir abzuwarten, fuhr er atemlos fort. „Es gibt im Umkreis des Papstes eine kleine, furchtlose Truppe, nicht mehr als zwei Dutzend Leute, gut die Hälfte davon Frauen – Juristinnen, Ökonominnen – , Priester und Ordensbrüder, keine und keiner von ihnen über dreißig Jahre alt, die im direkten Auftrag des Papstes tätig werden. Wir kennen unsere Pappenheimer in den Weiten der vatikanischen Bürokratie und studieren sie akribisch, bevor wir eingreifen. Dann allerdings handeln wir ohne Rücksichtnahme auf Rang und Verdienste. Niemand ist vor uns sicher, niemand kann uns aufhalten. Sie haben sicher davon gehört, daß der Franziskanerorden vor zwei Jahren vor dem Bankrott stand, er ist mittlerweile gerettet. Dafür mußten wir allerdings die führenden Brüder in die Wüste schicken. Mit den führenden Maltesern ist es ähnlich, mit den Finanzen des Vatikans ist es schon schwieriger. Denken Sie nur, vom weltweit gesammelten Peterspfennig gehen achtzig Prozent in die Verwaltung! Tatsächlich finanzieren die Spenden der Gläubigen die

Kurie, die ihrerseits Geschäfte aller Art, auch solche mit Waffen und Erdöl, über den Vatikan und die Orden laufen läßt, ja der Vatikan wird nicht nur für italienische Finanzinstitute und Fonds im Bereich großangelegter Geldwäsche verwendet – dies war ja auch der Hauptgrund dafür, daß Papst Benedikt zu dem in der Geschichte ebenso unerhörten Schritt des Rücktritts Zuflucht nahm, nehmen mußte! Die intern so genannte Abteilung ,Profit und Spekulation' hatte nämlich im Vatikan vollständig die Macht übernommen. Daß die Malteser dabei nicht schüchtern abseits standen, können Sie sich denken. Seit langem ist die Zentrale in der Via Condotti eine weltweite Polit- und Finanzdrehscheibe.

Die Luxuswohnungen für den hohen Klerus sind nur ein Beleg für die allgemeine Verkommenheit. Kurienkardinäle wohnen im Vatikan in fürstlichen Behausungen mit bis zu sechshundert Quadratmetern Nutzfläche. Und zwar allein, bestenfalls mit zwei oder drei Missionsschwestern, bevorzugt aus Entwicklungsländern, die den Haushalt führen. Ein italienischer Journalist, Gianluigi Nuzzi, präsentierte eine Tabelle mit den Namen prominenter Kardinäle und den Nutzflächen ihrer Wohnungen. Die Kardinäle zahlen weder Miete noch Betriebskosten. Im Gegensatz dazu bewohnt der Papst ein knapp fünfzig Quadratmeter großes Zimmer im Gästehaus Santa Marta."

Was für eine Geschichte! Daß der Vatikan korrupt ist wie alle Machtblöcke, war mir nicht neu. Und daß im

Schatten der höchsten moralischen Ansprüche die giftigsten Sumpfblüten gedeihen, wußte schon Luther. Aber daß Markus behauptete, Teil einer schnellen Eingreiftruppe des Argentiniers zu sein, erschien mir doch recht bizarr. Wie auch immer: er war auf der Suche nach Huberts Aufzeichnungen. Mein ermordeter Freund war mehr als ein Lagerverwalter der Weinvorräte, seine Aufzeichnungen führten ins finanzielle Herz des Ordens. Denn Österreicher sind bei den Maltesern keine subalternen Commis, sie sitzen an entscheidenden Stellen. Markus wußte auch, daß er nicht allein nach Huberts Aufzeichnungen suchte. Teile der geschassten Ordensspitzen hatten wohl einiges zu verbergen und, mehr noch, einiges in Sicherheit zu bringen.

Daher Markus' Hast, seine Tarnung, seine Vernachlässigung aller Vorsichtsmaßnahmen, die fast verzweifelte Vertrauensseligkeit. Mir Geheimnisse dieser Art anzuvertrauen, war ein epochaler Fehler. Ich fühlte mich durch Markus Beichte keineswegs geschmeichelt, ich war verstört. Die Sache entwickelte Dimensionen, die ich nicht für möglich gehalten hätte. Gern hätte ich den Dozenten jetzt an meiner Seite gehabt, nicht daß er mir viel hätte helfen können, aber allein der Meinungsaustausch wäre nützlich gewesen.

„Du lehnst dich weit aus dem Fenster", sagte ich zu Markus.

„Anders sieht man nichts", entgegnete er trotzig.

„Huberts Tod beunruhigt dich nicht?"

Er schwieg.

230

Ich fingerte in meinem Rollstuhlnetz.

„Ich hab' eine Heidenangst", sagte Markus leise. „Aber ich kann nicht zurück. Es ist zu spät, ich muß die Sache zu Ende bringen. Huberts Notizbuch wäre sehr, sehr hilfreich." Er versuchte ein Lächeln.

Wenn jemand an eine Wand gestoßen ist, soll man sich auf keine Diskussionen einlassen. Es empfiehlt sich aber mitzudenken.

„Das Foto auf dem Priesterkalender… wozu diese Öffentlichkeit?"

Markus hob abwehrend die Hände. „Signore Carlotto hatte exzellente Verbindungen in den Vatikan. Er wußte von den Seilschaften, die ihre Geschäfte gefährdet sahen und dem Papst Übles wollten. Er hatte herausbekommen, auf wessen Seite ich stand, und dachte, er könne mich schützen, wenn mein Gesicht bekannt würde. Sie ahnen nicht, wie populär der Kalender in Rom ist. Die Auflage ist riesig und sie ist jedes Jahr zu klein."

„Du weißt, daß Carlotto ermordet wurde."

Markus nickte. „Ich weiß auch, daß Sie mit einem Helfer in Mönchskleidung in der Gegend waren."

Er hielt Ausschau nach einer Gruppe von Jugendlichen, die langsam durch den ansteigenden Friedhof näherkam.

„Was ich nicht verstehe…"

„Ja?"

„Du fährst einen Sportwagen, trägst teure Kleider und siehst nicht so aus, als würdest du einem Armutsgelübde folgen."

„Manche Unternehmungen erfordern Tarnkleidung."

„Und der Wagen?"

„Gehört einem Freund, einem Textilunternehmer in Pistoia."

Was, wenn Markus nicht nur zum Fähnlein der aufrechten Papst-Freunde zählte, sondern darüber hinaus auch noch eine Nebentätigkeit ausübte? Neben Pistoia liegt Prato, die Stadt der siebzigtausend unterirdisch schuftenden chinesischen Textilsklaven. Unter der Tarnung eines tapferen Zorros konnte man gut dunklen Geschäften nachgehen.

Markus hatte meine Gedanken erraten. „Sie haben also auch Roberto Saviano gelesen."

Ich nickte.

„Dann wissen Sie auch, daß ich wahrscheinlich der nächste auf der Liste bin. Es sei denn ..."

Wo immer man die Sache antippte, Huberts Notizbuch war des Pudels Kern.

Markus rückte noch ein Stück näher. „Es gibt Gruppen der *mafia capitale*, die halten es mit dem Malteser-Orden, und es gibt solche, die haben ihre Interessen in der römischen Stadtverwaltung und erhoffen sich da vom Vatikan Unterstützung. Hinter dem Geschrei über die Bürgermeisterin verbirgt sich eine Neuaufteilung der Pfründe."

„Sag bloß, daß du dich durch ehrenwerte Herrschaften abgesichert hast."

„So war der Plan", sagte Markus mit einem ironischen Lächeln. „Es lebt sich besser, wenn wichtige Leute in dieser Stadt wissen, daß man unter dem Schutz anderer wichtiger Leute steht. Und für die reaktionären Teile meines Ordens gilt: krumme Geschäfte sind solange kein Problem, als ich nicht dem neuen Papst zuarbeite."

„Was du aber tust."

„Sie vermuten es. Und zwei Menschen, die Bescheid wußten, sind tot."

„So weit scheint es mit dem Schutz durch deine Verbindungen nicht her zu sein …"

Er zuckte die Achseln und schien ratlos.

„Die römischen Verhältnisse scheinen reichlich kompliziert zu sein", sagte ich nervös.

„Sie werden undurchschaubar, wenn man hinzufügt, daß die Fronten und Einflußsphären in ständiger Bewegung sind", fuhr Markus fort. „Was heute gilt, kann morgen schon überholt sein. Der größte Fehler wäre, wenn man versuchte, einen Überblick zu bekommen. Man darf niemandem trauen, muß aber mit mehreren Seiten kooperieren. Sicher haben Sie von den Plakaten gehört, die einen zornigen Papst und einen verleumderischen Text gegen ihn zeigten."

„Ich bin noch nicht lange in Rom …"

„Zweck der Plakate war nicht, den Papst zu erschrecken, das ist bei dem Argentinier, der die Faschistenjunta in Buenos Aires überlebt hat, nicht möglich. Die Plakate sollten der Stadt zeigen: Wir sind noch da. Und wir sind handlungsfähig. Wenn Sie nun fragen, wer hinter den Plakaten steckt …"

„Wohl jene Kreise, die ihre Geschäfte durch den Papst

gefährdet sehen", sagte ich und fügte hinzu: „Auch ich sehe meine Geschäfte gefährdet. Eine Toilette in der nächsten halben Stunde wäre nicht schlecht. Dazu ein Glas Wasser für die Einnahme meiner Medikamente."

„Ihnen wird Erleichterung zuteil werden, ich verspreche es." „Aber darf ich doch noch einmal auf Huberts Notizbuch…"

Ich fingerte im Rollstuhlnetz. „Ich nehme an, der Mann im Maserati warst du. Hast du die beiden Männer, die zehn Minuten nach dir kamen, noch gesehen?"

„Ich bin auf der Zufahrtsstraße zur Rocca Ihrem Renault sowie einem schweren BMW begegnet…"

„Hier ist Huberts Vermächtnis." Ich übergab Markus das Büchlein. Er nahm es vorsichtig entgegen, als handle es sich um einen zerbrechlichen Schatz.

„Wie habt ihr euch kennengelernt, ich meine, Hubert und du?"

Markus hielt das Buch fest in beiden Händen und sagte: „Er hat mich bei den Maltesern eingeführt. So bin ich nach Rom gekommen. Er ist, er war mir ein zweiter Vater."

Ich lächelte gequält. Mir blieb nichts anderes übrig, als Markus zu vertrauen, wollte ich den Kontakt zu ihm halten. Ich hatte ja einen Auftrag zu erfüllen. Wenn es stimmte, daß die Auftraggeberin nicht Markus' Mutter war, änderte das nichts. Mein Auftrag mußte nur modifiziert werden: Der Dame in Olivgrün ging es gar nicht um Markus, sondern um das Notizbuch. Wenn ich Markus nun das Original übergab, war das sein

Todesurteil. Es war das Einkaufsbüchlein meiner Haushälterin, das er nun in Händen hielt, eine Überbrückungshilfe. Meine Haushälterin und ich haben schon vor Jahren eine Art Keilschrift entwickelt, denn meine Haushälterin kommt aus Kolumbien und hat es nicht so mit dem schriftlichen Deutsch. So wie mein Spanisch nur schwach ausgeprägt ist. Eine Kürzelsprache ist da von Vorteil.

„Daß Hubert auch in Schwierigkeiten steckte, hast du nicht gewußt?"

Markus hatte begonnen, in dem Büchlein zu lesen, und was er da sah, fesselte ihn so sehr, daß ich vergaß, ihn nach seiner Mutter zu fragen. Ein verhängnisvoller Fehler.

Markus blätterte das Büchlein bis zum Ende durch. Dann schüttelte er ungläubig den Kopf und schaute mich entgeistert an. Aus seinem Gesicht war alle Farbe gewichen. „Wenn das stimmt, was hier steht… und ich finde keinen Grund, an der Richtigkeit zu zweifeln…" Er schlug die Hände vors Gesicht.

Jetzt war ich es, der staunte. Welche Geheimnisse barg mein Haushaltsbuch?

19. Kapitel

Ich fühlte mich zerschlagen und etwas schwindlig, aber ich war endlich wach. So seltsam es klingt – ich hatte Sehnsucht nach meinem Freund. Und ich war erregt, wenn ich mir Kryszus Stimme und den Duft ihrer Brüste vergegenwärtigte.

Bevor ich das Zimmer verließ, checkte ich noch einmal meine E-Mails. Ein paar unwichtige aus Wien waren dabei und eine von Mamà, die in einem Hotelschloß in Pörtschach Urlaub machte und über die Menage klagte. Und dann war da eine Nachricht von Mister Giordano. Sie war keine Viertelstunde alt. Er mußte sie gegen drei Uhr morgens aus New York gesendet haben.

Geschätzter Groll!

Ich bitte Sie dringend, halten Sie sich vom Petersplatz fern. Es könnte sein, daß da heute etwas Schlimmes geschieht. Ich will Sie nicht beunruhigen, aber meine Quelle ist seriös. Zuletzt hat sie den Putsch in der Türkei vorhergesagt. Am besten, Sie verlassen die Stadt für ein paar Tage, es könnte sehr ungemütlich werden.

Melden Sie sich!

In Sorge, Gio.

Giordano und ich hatten denselben Wunsch. Ich fuhr mit dem Lift ins Erdgeschoß und nahm mir vor, so lange in der Lobby sitzen zu bleiben, bis Groll auftauchte. Um ganz sicher zu gehen, ihn ja nicht zu verpassen, würde ich auch den Doorman instruieren. Auf dem Weg zu ihm sah ich Kryszu. Sie saß auf einem gelben Lederhocker neben dem Zeitschriftenladen. Unsere Blicke trafen sich, sie sprang auf, eilte auf mich zu und gab mir einen scheuen Kuß auf die Wange. Das wiederum störte mich; auf die Wange küßt man Geschwister. Sie wolle mit mir ein spätes Frühstück einnehmen, sagte sie, ich solle sie ausführen. An der Rezeption und beim Doorman hinterließ ich eine Botschaft für Groll, wir seien bei Pepe. Er möge sofort nachkommen, es sei sehr wichtig. Unglücklicherweise hatte die Osteria geschlossen. Wir suchten also eines der vielen Straßenrestaurants in der Via Giolitti auf. Wieder verfluchte ich Grolls Abscheu vor der modernen Technik.

Kryszu erwähnte kurz den Ausflug mit Groll und kam dann wieder auf ihr Leibthema, die gefälschten Koran-Exemplare. Ich solle mir Notizen für meinen Artikel machen, befahl sie. Brav kritzelte ich neben Tramezzini und Dolcelatte in mein Notizbuch. Kryszu trug vor. Ob sie wohl etwas gegen einen zweisamen Nachschlag einzuwenden hätte?

20. Kapitel

Petersplatz, Petersdom, Petersschlacht

Ich erwachte durch penetranten Motorenlärm. Zuerst dachte ich, daß die Müllabfuhr sich vor dem Hotel aufgestellt hätte, aber vom Rollstuhl aus sah ich nur Dächer und einen strahlend blauen Himmel. Beim Frühstücksbuffet auf dem Dach waren aber dann die Urheber des Lärms klar zu erkennen. Mehrere Hubschrauber kreisten über der Stadt, unter ihnen ein riesiger Helikopter der Armee, ein stählernes Insekt, das ein tiefes Knurren aussandte. Sogar die Espressotasse vibrierte. Auch die Bediensteten des Hotels konnten ihre Nervosität nicht verbergen. War der amerikanische Präsident in Rom? Wollte er mit dem Papst einen Deal machen? Ich fragte nach der Ursache des Aufruhrs, wurde aber nur mit Gegenfragen konfrontiert. Ein Blick von der Ostseite des Dachs zeigte, daß der öffentliche Verkehr stillstand. Straßen und Plätze waren leer, aber vor dem Bahnhof Termini und neben dem Markt sah ich Hundertschaften von Uniformierten. In den Seitengassen standen Kolonnen von Mannschaftswägen. Menschenschlangen wälzten sich auf den Gehsteigen Richtung Innenstadt. Mit dem Rollstuhl war da kein Durchkommen. Ich hatte aber vorgestern mit Ezechiel vereinbart, daß er mir heute den Vatikan und die Peterskirche zeigen solle. Auch wenn ich Markus schon gefunden hatte, diese Eindrücke wollte ich mir nicht entgehen lassen. Wir wollten die fünf oder sechs Kilometer zum Petersdom zu Fuß zurückzulegen, es ging ja die meiste Zeit bergab. Angesichts des Chaos holte ich aber meinen Renault aus der Garage und wartete vor unserer Bar auf Ezechiel, der auch pünktlich eintraf. Auf abenteuerlichen Umwegen huschten wir durch winzige Gassen und abgewohnte Viertel Richtung Tiber. Ezechiel steckte in einem schwarzen Dominikaner-Habit. Ohne den Behindertenausweis auf dem Armaturenbrett und Ezechiels Kutte wären wir gescheitert. So aber winkten uns nervöse Polizisten ungeduldig weiter. Wir schafften es sogar, die Brücke beim Kassationsgerichtshof zu überqueren. Unweit des Vatikans parkten wir den Wagen in einer Verbindungsgasse Richtung Trastevere.

Auch hier strömten Massen Richtung Petersplatz, Tausende Slowaken, Ungarn und Polen, aber auch viele Pilger mit argentinischen oder mexikanischen Fähnchen und Strohhüten mit Schleifen in den Landesfarben. Fromme Lieder waren zu hören, da und dort instruierten Männer in Priesterröcken ihre Schützlinge und bereiteten sie auf die kommenden Feierlichkeiten vor. Trotz der frühen Stunde war es schon heiß, kein Lufthauch sorgte für Abkühlung. Alte Menschen stöhnten unter der Anstrengung, nicht wenige wurden in Rollstühlen durch die Stadt geschoben.

„Eine Heiligsprechung, da ist die Stadt im Ausnahmezustand", ächzte Ezechiel, der mich an den Pilgern vorbei über den holprigen Straßenbelag schob. „Heute liegt aber noch etwas anderes in der Luft, ich sehe viele Angehörige von Spezialeinheiten, bei religiösen Feiern tauchen die sonst nicht auf, nur bei Demos der Linken oder der Gewerkschaft auf der Piazza Venezia. Und sie tragen ihre Maschinenpistolen offen, das ist ungewöhnlich. Vielleicht gibt's eine Terrorwarnung."

Wer lange fragt, geht lange irr, dachte ich und half mit den Armen mit. Endlich stießen wir auf die schnurgerade Prachtstraße die vom Tiber zum Petersdom führt. „Via della Conciliazione", stieß Ezechiel hinter mir hervor. „Auf Druck Mussolinis Mitte der dreißiger Jahre erbaut, ein ganzes Stadtviertel mußte der katholischen Aufmarschmeile weichen." Von überall kamen auf der Prunkstraße die Pilgerströme zusammen, die Polizisten scheuchten die Menschenmassen auf breite Gehsteige, die allerdings hatten keine Rampe und waren so hoch wie der Rollstuhl. Als ein Polizist uns der Straße verweisen wollte, schrie ich ihn an „Cretino!" und Ezechiel schlug ein Kreuz. Mittels permanenter Regelverletzungen erkämpften wir den Durchgang zum Petersplatz. Im Rollstuhl durch Tausende aufgeregte Menschen zu fahren ist keine lustige Sache. Wer das erträgt, ohne auszurasten, braucht keine Anti-Klaustrophobie-Seminare zu besuchen. Irgendwie schaffte ich es unter „Uwaga!" und „Figyelem!"-Rufen, die rechte Kolonnade zu entern. Manchmal blitzte über den Köpfen der verstörten und erschöpften Menschen die weiße Kuppel des Petersdoms auf, auch die muschelförmige Anlage des Platzes wurde deutlich. Wie in Siena, dachte ich, und schon in Siena hatte ich das windschiefe Geläuf und die hochnäsigen Häuserfassaden gehaßt. Was meinen Zorn aber zu einer Generalwut befeuerte, war der Bodenbelag in der Kolonnade. Kein Marmor, kein Beton- oder Asphaltband, sondern wieder Sampietrini, diesmal besonders hohe und feindselige. Das kann doch nicht wahr sein, dachte ich, da ist der ganze Prunk und Stolz der Christenheit aufgehäuft und droht einen zu erdrücken, und dann ist der Weg der armen Gläubigen an den Fuß des rettenden Petersdoms steil und nur für die Fittesten passierbar! Verbissen kämpften wir uns weiter, Anhalten wäre lebensgefährlich gewesen. Meine Verachtung und mein Zorn auf jegliche Religion bekamen in diesen Minuten so viel Nachschub, daß es für den Rest meines Lebens reichen würde. Da und dort waren alte Menschen zusammengebrochen und mußten getragen werden, Greisinnen in kaputtgegangenen Rollstühlen wimmerten vor sich hin, schwerbehinderte Kinder in Spezialgefährten weinten und verkrampften sich, andere schrien aus Todesangst. Es waren Bilder, die eines Goya oder Caravaggio bedurft hätten. Aber die Kolonnaden sind steil, der Weg zu Gott ist eine Prüfung, und der Tod eine Erlösung von all den unwegsamen Wegen, die einem das Kreuz aus dem Leib prügeln! Dieses Walhalla der Heuchelei! Dieser Todesparcours mit kunsthistorischen Weihen! Fünfhundert Jahre hindurch haben alle Päpste und Baumeister der Welt Zeit gehabt, den Menschen das Leben und die Wege zu erleichtern. Und was tun sie? Sie veredeln den Weg in den Dom zum Hürdenlauf für Gelähmte, demütigen und foltern die Kreaturen auf dem Weg zum Herrn, und die armen Seelen sind so sehr mit dem Zusammenkratzen des bisschen Lebenskraft beschäftigt, daß es keinen Aufschrei gegen das Elend, keinen Protest gibt, geben kann. Von ihnen, den Ausgelaugten und Erloschenen, kommt nur ein weltumspannendes Seufzen. Man sage nicht, auf die Barrierefreiheit sei vergessen worden, das stehe nicht in der Bergpredigt, das habe man übersehen. Es ist genau umgekehrt: die Großherrlichen in ihren unschuldsweißen Soutanen und scharlachroten Schühchen treten ihre Schäfchen bewußt in den Staub, vorsätzlich und mit einem frommen Lächeln auf den Lippen. Furcht und Angst erzwingen ebenso Zustimmung wie Überzeugung und Anerkennung, eine verlogene, verpestete Zustimmung. Antonio Gramsci hat sein ganzes armseliges Leben mit dieser Frage verbracht: Wie bringen die Herrschenden die Geknechteten dazu, um noch stärkere Knechtung, noch schmerzvollere Hiebe zu flehen? Meine Antwort lautet: Man schicke sie auf die Via della Conciliazone und lasse sie in den Bernini-Kolonnaden des Petersplatzes straucheln, verdursten, verzweifeln.

Ezechiel, der Eisbrecher, lief vor mir her und schaufelte uns den Weg frei. Und ich schleppte Joseph in dieser Rüttelfolter über Stock und Stein. Meine Arme brannten, die Lungen rasselten, mein Kopf dröhnte. Man müßte

diesen bombastischen Tempel, der nach Menschen-
opfern dürstet, und das ganze auf ihm gründende
geistige und materielle Weltreich mit einer einzigen
ungeheuren Bewegung hinwegfegen, hämmerte es in
mir. Aber wer wären heutzutage die Kenntlichen, die
dieser Bewegung fähig sind? Wer ergreift die Tiger-
pranke, wo sind die Himmelsstürmer, die Revolutionäre?
Auch wenn alles letztlich wieder auf eine neue Religion
hinauslaufen würde, es war jeden, auch den kleinsten
Versuch des Widerstands wert, jede Geste, jeder Gedanke der Auflehnung verdiente bedingungslose Unterstützung! Zum Siege beigetragen hat so manche Tat,
wenn auch nur halb vollbracht. Auch ihrer sei gedacht,
hier mitten in der Petersschlacht!

Ich weiß nicht mehr, wie wir es schließlich zum Sockel
des ungeheuren Doms schafften. Ein Uniformierter
wies uns zu einem Lift. Dort warteten zwanzig
erschöpfte Rollstuhlfahrer und ihre Entourage.
„Nieczynny! Nieczynny! Außer Betrieb!" sagte ein alter
Mann in einer Priesterkutte zu mir. Ein anderer reckte
die geballte Faust in die Luft. Und schon ertönte mit
schwachen Stimmen ein Kirchenlied. Ezechiel rannte
zu einem Uniformierten der vatikanischen Ordnungs-
kräfte, ich sah, wie der Mann eine abschätzige Bewegung machte, Ezechiel ihm zwei Ohrfeigen verpaßte
und ihn mit sich zog. Fünf Minuten später kam Ezechiel
mit einem Schlüssel in der Hand wieder, ein anderer
Uniformierter hastete hinterher. Die Wartenden wurden
einer nach dem anderen mit dem Lift hinaufgebracht.

Als wir dran waren, ließ uns der Liftwart seine Verachtung spüren, was ihm einen Schlag in die Magengrube eintrug. Der war von mir.

Wir querten den Sockel der Vortreppe, Wegweiser lotsten uns zu einer mächtigen Rampe, ähnlich jener in der Villa Manin. Hubschraubergeknatter auch hier, es kam näher. Ezechiel und ich streiften durch das riesenhafte Gewölbe mit seinen überdimensionierten Nebenaltären und Säulen. Diese hohle Aufgeblasenheit – der Dozent würde wohl sagen *Hypertrophie der Form* – hatte ich bisher nur einmal gesehen, in München, die Wucherungen der Alpenarchitektur dort zählen zum Häßlichsten, was die Baukunst hergibt. Eine Aneinanderreihung von Berggasthäusern, aber neun Stockwerke hoch und mit Pelargonien vor den Fenstern.

In der Mitte des Doms wies Ezechiel mich auf das Ziborium hin, ich sah schwarze gewundene Säulen und vermeinte, ein schwarzes Loch vor mir zu haben, das alles Lebendige in sich einsaugt und verschlingt.

In diesem Moment hörte ich Schüsse, zuerst einige abgesetzte, dann auch Salven. Die Revolution beginnt, dachte ich, und niemand hat mich eingeweiht. Schon zog Ezechiel mich fort, wir hasteten über die Rampe, unter uns wogte eine Menschenmenge in Panik. Das Chaos war allgemein. Lautsprecherdurchsagen, das Knattern von Hubschraubern, Schüsse peitschten über den Platz. Ezechiel stieß mich zur Seite und zerrte mich in ein kleines Häuschen, das Postamt des Vatikans. Zwei Angestellte waren auf dem Boden in Deckung gegangen. Ezechiel stieß die rückseitige Engangstür auf und schon hasteten wir einen engen Gang entlang. Ein paar Stufen, die wir mit Bravour nahmen, und mehrere Gänge weiter schlüpften wir aus einer Mauertür und Josephs Fußstützen knallten in eine schwarze Mercedes-Limousine. Weitere Luxusgefährte hielten dahinter, die Chauffeure hupten wie wild. Die Kardinäle verließen das sinkende Schiff.

21. Kapitel

Terror am Petersplatz. Die Entführung Josephs.
Eine Maschinenpistole auf dem Rücksitz

Ezechiel und ich trennten uns, als mein Wagen in Sicht kam. Er sei gleich wieder hier, rief er und verschwand. Vom Petersplatz waren automatische Waffen zu hören. In Hundertschaften liefen und stolperten verstörte Pilger an mir vorbei dem Tiber zu. Ich ließ mir mit dem Transfer in den Wagen absichtlich Zeit, weil ich nicht wußte, was ich jetzt tun sollte. Allein durch Rom irren? Da war es besser, Ezechiel einen Vertrauensvorschuß einzuräumen und abzuwarten. Als ich mich auf den Fahrersitz geschwungen hatte und ein Hinterrad aus Josephs Steckachse ziehen wollte, war Ezechiel zurück. Er brauche den Rollstuhl, rief er und riß mir Joseph aus den Händen, nahm ihn Huckepack und rannte davon. Der wird mir doch nicht meinen Joseph stehlen, dachte ich, so viel kriminelle Energie hätte ich meinem Assistenten nicht zugetraut. Mir blieb keine Wahl. Ich verstaute meine Beine und wartete. Ohne Joseph gehe ich keinen Schritt. Mit ihm allerdings auch nicht.

Wenig später tauchte Ezechiel wieder auf. Mit Joseph! Meine Freude war groß, sie wich aber Fassungslosigkeit, als ich sah, daß ein älterer Carabiniere im Rollstuhl saß. Auf seinen Oberschenkeln ruhte eine Maschinen-

pistole, er hielt sie mit beiden Händen fest. Ezechiel verfrachtete den Mann auf den Rücksitz, Joseph wurde zusammengeklappt und hinter dem Fahrersitz verstaut, die Hinterreifen wurden in den Kofferraum verfrachtet. Ezechiel dirigierte uns Richtung Esquilin. Mannschaftswagen, Militärjeeps und Schützenpanzer rollten in langen Konvois in die Innenstadt. Auf Höhe des Bahnhofs Termini nahmen wir eine Straße Richtung Osten, Richtung Berge. Der Mann schräg hinter mir atmete schwer und wischte sich mehrfach über die Stirn. Ezechiel beobachtete ihn mit großer Sorge. Dann wechselten die beiden ein paar Worte in Spanisch, und als ich im Rückspiegel den Mund des alten Carabiniere sprechen sah, wußte ich, wer da im Fond saß. Wenn das der Dozent wüßte, schoß es mir durch den Kopf. Oder Schebesta! Oder Giordano! Sie würden glauben, ich sei verrückt geworden. Aber es bestand kein Zweifel: Der argentinische Papst flüchtete in meiner Klapperkiste aus dem umkämpften Rom. Markus hatte mit seiner Lagebeschreibung recht gehabt. Wie gut, daß ich den Jungen gefunden hatte.
Ezechiel lotste uns mit traumwandlerischer Sicherheit in die Vorbezirke Roms. Einmal unterquerten wir die Ringautobahn. Die Berge rückten näher. Ich fuhr vorsichtig, aber zügig. Der Papst sollte nicht glauben, daß Rollstuhlfahrer Weicheier mit Kabinenrollern sind. Ich schaute ein paar Mal in den Rückspiegel, der alte Mann hatte die Augen geschlossen. Ezechiel nickte mir zu und lächelte stolz.

Die letzten Kurven hinauf nach Frascati waren für meinen betagten Renault eine Herausforderung, aber abgesehen von ein paar Fehlzündungen, die den Papst aufschreckten – Ezechiel legte ihm beruhigend die Hand aufs Knie – ging die Flucht ohne weiteres Störfeuer vonstatten. Hinter dem Schloß, das einst als Hauptquartier des SS-Generals Kesselring, des Kommandanten von Rom, gedient hatte und gegen Kriegsende von den Alliierten schwere Bombentreffer hinnehmen mußte, ließ Ezechiel uns vor einem Parteilokal des Partito Democratico anhalten. Er eilte in das Haus und kam augenblicklich mit zwei muskulösen Männern wieder, die den Paps kurzerhand ins Haus trugen. Ich hatte nicht einmal Gelegenheit, mich von ihm zu verabschieden. Daß ich es verabsäumt hatte, ihm die fehlende Barrierefreiheit in seinem Reich vorzuhalten, kam mir erst auf der Rückfahrt nach Rom zu Bewußtsein.

Ezechiel war in Frascati geblieben, wahrscheinlich zählte er zum inneren Kreis der Leibwache. Auch von ihm gab es keinen Abschied. Ich tröstete mich damit, daß es ihm jederzeit gelingen würde, mich zu treffen. Wenn er es denn wollte.

Zurück im Hotel, umarmte mich der sonst so berührungsscheue Dozent, als hätte ich ihm den Nobelpreis überreicht. In hastigen Worten berichtete er von seinen Erlebnissen. Er habe vor unserer Bar auf mich gewartet, nachdem ich aber nicht aufgekreuzt war, hätten Kryszu und er beschlossen, den Fußweg zum Petersplatz zu nehmen. Dort seien sie von der Menschenmenge verschluckt worden, ein Anfall von Klaustrophobie habe Kryszu ereilt, daraufhin habe er sie zu einem Wagen des Roten Kreuzes geschleppt, wo sie sich beruhigte. Als dann die Schießerei begann, habe sie zu hyperventilieren begonnen, worauf die Situation dramatisch wurde. Die Notärztin habe routiniert und professionell geholfen, Kryszu bekam Infusionen und Injektionen, ihre Vitalwerte wurden überwacht. Als die Lage auf dem Platz sich beruhigte, sei der Wagen mit ihr in eine Klinik in der Nähe der Universität gefahren, er habe nicht mitkommen dürfen. „Das" – er reichte mir einen Zettel – „ist der Name der Klinik. Ich habe schon mehrfach dort angerufen, aber es hebt niemand ab. Die Nummer habe ich mir von den Damen unserer Rezeption geben lassen, ich habe sie überprüft, sie stimmt. Ich denke, ich werde mich jetzt dorthin begeben."

Gute Idee, dachte ich. Dann kann ich mich um Markus kümmern. Und sobald ich kann, komme ich nach in die Klinik. Die kleine Polin hatte in mir eine Saite zum Klingen gebracht, die schon längere Zeit stumm gewesen war. Ich hielt sie zwar für manifest verrückt, aber es handelte sich um eine sehr anziehende Verrücktheit. Und dann fiel es mir plötzlich wie Schuppen von den Augen. Vor dem Schloß in Frascati war ein dunkelblauer Maserati gestanden. War Markus in die Flucht eingebunden? Wenn er nicht gelogen hatte, mußten es ja

Leute aus seinem Umkreis sein, die die Flucht des Papstes organisiert hatten.

Bis jetzt seien drei Tote und etliche Verletzte bestätigt, fuhr der Dozent mit einem Verweis auf sein Tablet fort.

„Getötet wurde eine philippinische Krankenschwester, die sich schützend über ein behindertes Mädchen im Rollstuhl geworfen hatte; ein Tiroler, der mitten im Schußwechsel meinte, ein Selfie machen zu müssen, und eine polnische Pilgerin, die auf der Treppe des Petersdoms von der aus dem Dom flüchtenden Menschenmenge überrannt wurde." Es könne aber sein, daß die Opferzahl noch steige. Angesichts der Schwere des Terrorangriffs sei die überschaubare Anzahl an Opfern ein Wunder. Über die Täter wisse man nichts, man gehe aber von einem politisch motivierten Angriff mehrerer Personen aus. Angeblich seien „Allahu akhbar!" Rufe zu hören gewesen.

„Die hört man auf dem Fußballplatz des FC Wien-Nord jeden Tag", sagte ich. „Dabei ist noch keiner zu Schaden gekommen."

Der Dozent schüttelte unwillig den Kopf.

„Und jetzt das Wichtigste: Der Papst ist in Sicherheit."

„Sehr schön", sagte ich und gab mich betont unbeteiligt.

Der Dozent zog die Stirn in Falten. „Er hat sich aber noch nicht gezeigt."

„Wird schon kommen", gab ich zurück. Der Dozent sah mich verwundert an. Dann reichte er mir sein Tablet.

„Post für Sie!"

Es dauerte, bis ich die Wischerei so weit unter Kontrolle hatte, daß der Text in leserlicher Größe vor mir erschien. Der Dozent verdrehte währenddessen die Augen. Mit wachsender Unruhe las ich Giordanos Botschaften.

„Er hat Wind von dem Anschlag bekommen", sagte mein Freund.

„Giordano weiß mehr als die vereinigten Geheimdienste dieser Welt", erwiderte ich.

„Kunststück, die Mafia ist schließlich ein weltumspannender Konzern. Wie wir wissen, gibt es auch eine äußerst rege *mafia capitale,* und die gemeinsame Sprache ist auch kein Hindernis."

Bei der nächsten Auflage des Weltkatechismus sollte man auch die Überheblichkeit der Kriminalsoziologen als Todsünde auflisten, dachte ich.

„Sie werden die Briefe ja gelesen haben."

Der Dozent hob entschuldigend die Schultern. „Was blieb mir anderes übrig. Sie waren ja…"

„Kein Vorwurf zu dieser Stunde", sagte ich knapp. Ich hätte an seiner Stelle genauso gehandelt.

Ob Giordanos Botschaft etwas hätte verhindern können? Es waren ja ohnehin Tausende Sicherheitskräfte im Einsatz. Und Genaueres schien auch Giordano nicht gewusst zu haben.

Und dann hatte ich eine Erleuchtung. Zumindest würde Kryszu das sagen. Der Anschlag hatte gar keinen islamistischen Hintergrund! Der war nur vorgetäuscht.

Tatsächlich ging es nur darum, den Papst aus dem Verkehr zu ziehen.

„Den Gegnern des Argentiniers muß das Wasser ja bis zum Hals stehen, daß sie zu derartigen Methoden greifen", sagte ich, mehr zu mir.

„Wie meinen Sie das?"

„Es liegt doch auf der Hand. Wie oft haben wir davon gesprochen, daß jede Woche, die der Papst überlebt, einem Wunder gleichkommt."

„Er selber dürfte das ebenso einschätzen, zumindest hat er immer wieder davon gesprochen, daß sein Pontifikat kurz sein werde. Dabei hat er nicht sein Alter oder seine Gesundheit gemeint."

„Um Gottes willen!" rief der Dozent und sah sich erschrocken um.

„Der hat damit nichts zu tun", entgegnete ich. „Eher schon jene Kardinäle, die gerade dabei sind, Ruf und Pfründe zu verlieren."

252

22. Kapitel

Die Stromschnellen des Tiber

Ich chauffierte den Dozenten zu einer Klinik hinter dem Olympiastadion. So bleibe ich wenigstens auf dem laufenden, dachte ich und wußte insgeheim doch, daß es andere Motive waren, die mich durch das zernierte Rom steuern ließen. Ohne Behindertenausweis und meinen Rollstuhl wäre kein Durchkommen gewesen. Mein Assistent, deutete ich bei den Straßensperren auf meinen Begleiter, und der Kriminalsoziologe aus bestem Haus gab einen formidablen Pflegehelfer ab.

Ich warte im Auto, sagte ich zu ihm, als er in der Klinik verschwand. Nach zehn Minuten war er zurück. Kryszu stecke in einer Kernspinröhre, er bleibe in der Klinik. „Und ich mache mich auf die Suche nach Markus", sagte ich. „Am Abend im Hotel?" fragte der Dozent. Ich nickte.

Hätten wir gewußt, daß es sich dabei um einen frommen Wunsch handelte, hätten wir andere Vorkehrungen getroffen. So beging ich einen weiteren Fehler: ich duldete eine Zersplitterung der Kräfte.

Über die Piazza Venezia und das Forum Romanum fuhr ich zur Cestis-Pyramide beim Protestantischen Friedhof. Die drei englischen Damen waren mit Markus eng befreundet. Wo, wenn nicht dort, konnte ich eine

Spur von ihm aufnehmen? Beim ersten Mal hatte er mich gefunden – ob es diesmal umgekehrt sein würde?

An einer kleinen Tankstelle ließ ich Benzin nachfüllen. Der Tankwart nahm einen großen Schein entgegen und verschwand in seinem Kabäuschen. Mit jeder Minute des Wartens wurde ich unruhiger. Hatte er mich abgezockt? Ich startete und setzte den Renault ein paar Meter zurück. Und da sah ich durch das geöffnete Seitenfenster den Grund der Verzögerung. Der Tankwart stand mit offenem Mund vor einem kleinen Fernsehapparat, der hoch über den Snack-regalen angebracht war. Das Bild zeigte einen älteren Mann in einem dunklen Hemd, eine weiße Wand bildete den Hintergrund. Der Papst wirkte zornig und zu allem entschlossen. Als seine kurze Ansprache zu Ende war, schwenkte die Kamera und man erkannte auf den Oberschenkeln des Papstes eine Maschinen-pistole. An seiner rechten Seite standen zwei dunkel gekleidete Männer, sie trugen Mundtücher und breit-krempige Hüte. Auch Zorros Rächer waren mit MPs bewaffnet. Ob Ezechiel unter ihnen war? Die Über-tragung brach ab, ein aufgeregter Kommentator sprudelte drauflos. Der Tankwart brachte das Retour-geld. „Sie haben den Papst entführt. Er sagt, er sei in Sicherheit. Was ist das für eine Welt, in der man den Papst entführt?"

„Immerhin, er lebt", sagte ich. „Andere Päpste wurden umgebracht. Der letzte Papstmord liegt keine fünf-unddreißig Jahre zurück."

Der Mann nickte. „Den Papst entführen! Rom wird untergehen." Er schüttelte den Kopf.

Auf der Weiterfahrt bewunderte ich die Klugheit von Ezechiels Leuten. Sie hatten dem Papst eine MP quer über die Beine gelegt. So etwas tun Entführer nur, wenn sie eine Botschaft aussenden wollen. Seht her, der Mann ist bei uns in Sicherheit! Dann aber fiel mir ein, daß man dieses Bild auch als Demütigung auffassen konnte, der Mann des Friedens mit einem Mordwerkzeug. Franziskus war zwar Lateinamerikaner, aber ein zweiter Salvador Allende, der sich bis zu seinem Tod im Kugelhagel mit einer Maschinenpistole der putschenden Offiziere erwehrte, war er nicht.

Im Friedhof erklärte Meredith O'Shea, Markus sei hier gewesen, er habe auf mich gewartet, nicht beim Grab Gramscis, sondern beim Grab von August Goethe, das Markus gern besuchte und wo er Goethes Filius gedachte, der von seinem Vater am Grabstein noch einmal ausgelöscht wurde, Sohn Goethes, kein Vorname, Sie wissen ja. Gramscis werde auch ohne Vornamen gedacht, erwiderte ich. Das sei etwas anderes, sagte die Lady schnell. Gramsci sei ein *nom de guerre* wie Lenin oder Trotzki, nur daß bei ihm Taufname und Künstlername in eins fielen. Als ich ein Stück zur Seite fuhr, sah ich einen weiteren Grund, warum Markus das Grab August Goethes gern aufsuchte: es liegt erhöht, man kann von dort den Eingang beobachten und man sieht auch, ob das Gußeisentor auf der Stirnseite des Friedhofs geöffnet wird, jenes Tor, das nur wenige Meter von Gramscis Ruhestätte entfernt ist.

„Und wo ist Markus jetzt?" Ich gab mir keine Mühe, meine Ungeduld zu verbergen.

„Er ist abgeholt worden."

„Von wem?" Mir schwante Böses.

Meredith seufzte. „Eine feine Dame erkundigte sich nach ihm. Zuerst verleugnete ich ihn, als sie sich aber dann als Markus' Schwester zu erkennen gab und von seiner Zeit in Österreich sprach …"

„Trug die Frau ein olivgrünes Kostüm oder olivgrüne Schuhe?" fragte ich atemlos.

„Wunderschöne olivgrüne Schuhe, ja", antwortete die Engländerin kleinlaut.

„Wie ging es weiter?"

Sie habe Markus auf dem Friedhofsgelände gesucht, sagte die Engländerin, aber vergeblich. Und als sie auf die Straße getreten sei, um nach dem Maserati Ausschau zu halten, habe sie ein großes weißes Schlachtschiffauto gesehen, einen gräßlichen Brocken.

„Markus saß auf der Rückbank, flankiert von zwei großen Männern, am Steuer war die bewußte Dame. Der Wagen fuhr in hohem Tempo Richtung Aventin."

Wenig später war ich auf der Tiberbegleitstraße Richtung Kassationsgerichtshof unterwegs. Vielleicht würde es mir gelingen, über den asiatischen Buffetier an der Brücke Kontakt mit dem Kalfaktor aufzunehmen, der zu Giordano Verbindung hatte. Markus war entführt worden, daran bestand kein Zweifel. Von wem, darüber konnte ich nur grübeln. Fest stand, daß es sich nicht um ein *friendly kidnapping* handelte wie beim Papst. Wahrscheinlich handelte es sich um Leute aus dem Umkreis der Mafia. Inwieweit die mit Teilen des reaktionären Klerus verbunden waren, die möglicherweise hinter dem Anschlag auf dem Petersplatz und der versuchten Ermordung des Papstes steckten, war reine Spekulation.

Ich parkte den Wagen ein gutes Stück von der Brücke entfernt und quälte mich auf dem rumpeligen Gehsteig vorwärts. Keine fünfzig Meter vor dem Kiosk stand ein weißer Porsche Cayenne. Er schien leer. Ich passierte den Wagen und legte die Hand auf die Motorhaube, sie war noch heiß.

Nach weiteren zwanzig Metern rollte ich an der endlosen steinernen Treppe vorbei, von der aus der Dozent Fotos geschossen hatte. Plötzlich stand der Mann vom Kiosk vor mir, ich solle mitkommen, schnell. Die Tür an der Rückseite des Kiosks war geöffnet, der Mann zog und schob mich in den Aluminiumcontainer. Ich fragte nach dem Kalfaktor, der Buffetier tippte in sein Handy und reichte mir das Gerät.

Wie groß war meine Erleichterung, als der Mann sich unverzüglich meldete und in unbeholfenem, aber gut verständlichem Deutsch fragte, womit er dienen könne. Wenige Minuten später schlüpfte der Mann in den Kiosk. Aus dem unscheinbaren Männlein war ein Professional geworden Mister Giordano mache sich Sorgen, sagte er. Später, sagte ich. Dazu später. Und ich klärte ihn über Markus' Entführung auf. Unten am Fluß werde dem Jungen gerade der Prozeß gemacht, sagte ich schnell, und noch während ich sprach, hatte der Mann eine Pistole aus dem Jackett geholt. Er entsicherte die Waffe und öffnete die Tür.

Selbstverständlich mißachtete ich seine Anweisung, im Kiosk zu bleiben. Ich fuhr auf die Brücke, von der Mitte aus mußte man trotz der einsetzenden Nacht im Schein der Laternen doch etwas erkennen. Ich zog mich aus dem Rollstuhl auf die hohe Brüstung empor und sah ein bizarres Bild:

Markus, die Hände gefesselt, kniet. Neben ihm steht meine Auftraggeberin, die vermeintliche Mutter. Sie hat eine Pistole an Markus' Schläfe gesetzt. Er trägt ein Stirnband, ich glaube weiße arabische Schriftzeichen zu erkennen. Ein paar Meter abseits stehen die beiden Gorillas, einer fotografiert die Szene, der andere sichert den Rückraum. So entgeht ihm, daß Giordanos Mann sich über die Stufen nähert.

Da hielten meine Oberarme der Belastung nicht mehr stand, ich rutschte über die Brüstung zurück und fiel so unglücklich auf Joseph, daß der mit mir seitlich umkippte. Noch während ich überlegte, ob es sinnvoll sei, zu schreien und damit das Überraschungsmoment für meinen Helfer am Fuß der Treppe zu nutzen, hörte ich mehrere Schüsse. Als ich mich endlich in den Rollstuhl und von dort aus wieder auf die Brüstung gezogen hatte, sah ich den zur Seite gefallenen Markus und die auf dem Bauch liegende Frau. Die beiden Gorillas schienen ebenfalls tot zu sein, einer saß an die Mauer gelehnt und rührte sich nicht, der Kopf des anderen hing über die Kaimauer.

Als ich wieder abzurutschen drohte, war der Kalfaktor schon bei mir und verhinderte einen neuerlichen Sturz.

„Markus?" fragte ich.

Er schüttelte den Kopf.

„Ich bin zu spät gekommen. Die Bilder werden im Netz auftauchen", sagte Giordanos Mann auf dem Weg zum Kiosk. „Es wird aussehen, als hätten Islamisten den Jungen hingerichtet. Wir müssen von hier weg."

Er stieg zu mir in meinen Wagen und lotste mich über Seitenwege zu Markus' Maserati in der Nähe des neuen Marktes von Testaccio. Den Schlüssel mußte er dem Toten abgenommen haben. Die Anweisungen des Kalfaktors nahm ich willenlos hin. Auch daß mein Wagen beim Friedhof zurückblieb, berührte mich nicht. Ich war wie vor den Kopf geschlagen. Da wurde Markus, der tapfere Malteser von der richtigen Seite des Jordan, von einer Frau erschossen, die sich als seine Mutter ausgegeben und mich beauftragt hatte, ihn, Markus zu suchen – und ihn ihr auszuliefern. Die vermeintliche Mutter als Mörderin und ich als ihr Handlanger, was für eine Wendung! Wahrscheinlich war auch sie hinter Huberts Notizbuch her. Fest stand nur, daß ich in meiner Naivität Markus ans Messer geliefert hatte. Das

Weinviertel würde der Junge nicht wiedersehen. Es gibt im Leben Schlimmeres, ich weiß, aber in jenem Moment war es das Schlimmste.

Mein Retter verfrachtete mich und Joseph ohne Umschweife in den Maserati. Joseph hielt sich tapfer. Seine Vorderräder ragten zwischen den Frontsitzen hervor, für ein Hinterrad war noch Platz auf dem Notsitz, das andere durfte ich auf meinen Beinen durch halb Europa fahren. Denn darum handelte es sich, um eine große Reise im Renntempo. Sie führte durch halb Italien, von Rom über Livorno nach Mailand. Danach mußte ich eingeschlafen sein. Als ich aufwachte, waren wir schon in Frankreich. Mein Fahrer war schweigsam, aber so viel bekam ich aus ihm heraus, daß er Girolamo Kaspinger hieß und ein Südtiroler Bergbauernsohn vom Fuß der Porzescharte war. Mehr war aus dem Mann nicht herauszubringen. Auf meine Frage, ob er Mister Giordano schon lang kenne, nickte er stolz. Er steuerte den Maserati wie ein Rennfahrer, sicher und konzentriert. Und er war schweigsam, wie Südtiroler Bergbauern es sind. Ich konnte mir aber einiges zusammenreimen. Die englischen Schwestern hatten wir nicht mehr kontaktiert, auch das Hotel, in dem noch Katheter lagerten und das auch noch nicht bezahlt war, liefen wir nicht mehr an. Er werde sich um diese Dinge kümmern, sagte Girolamo. Außerdem gab es ja noch den Dozenten. Auch ihn konnte ich nicht mehr verständigen. Er werde sich auch darum küm-

mern, sagte Girolamo, der einen atemberaubenden
Schnitt hielt. Als die Sonne aufging, befanden wir uns
tief im französischen Zentralmassiv. Ich konnte mir
ausrechnen, daß Mister Giordano mich zu sich holte.
Wahrscheinlich waren die Flughäfen Italiens wegen des
Attentats gesperrt, er würde mich wohl von Frankreich
oder England nach New York fliegen lassen.

Als wir in Cherbourg einlangten, eine Viertelstunde
vor der Abfahrt der täglichen Fähre nach dem englischen Poole, sah ich meine Annahme bestätigt.
Giordano hatte das Kommando übernommen. Die
vierstündige Fahrt über den Ärmelkanal war stürmisch,
mein Joseph wackelte wie eine Kommode beim Erd-
beben. Ich hatte Mühe, ihn auf die Toilette zu bringen.
Zehn Katheter waren mir geblieben, das reichte für
zwei Tage. Aber es wurde knapp, was immer Giordano
mit mir vorhatte.

Von Poole ging es in gemäßigtem Tempo durch die
Hügel und Wiesen Dorsets und Hampshires nach
Southampton. Wir fuhren gar nicht erst in die Stadt,
die sich auf einem Hügel über einem Meeresarm
erstreckt, hinein, sondern nahmen den direkten Weg
zum Hafen. Ein zehnstöckiges Parkhaus war mit
funkelnagelneuen Jaguars, Range Rovers und Aston
Martins für den Export bestückt, ein Milliardentempel.
Und als wir das Parkhaus umrundeten, stand sie vor
uns, hoch wie eine Raketenabschußrampe der NASA,
schwarz wie ein Vulkan auf Sumatra und stolz wie das
untergegangene englische Weltreich, der letzte große

Atlantikliner, die legendäre *Queen Mary 2* der sagenumwobenen Cunard Line, welche einst von Southampton aus die Titanic in Fahrt gebracht hatte. Giordano hatte für mich keine Flugreise gebucht.

Girolamo fuhr bis vor das Schiff, es hatte den Anschein, als würden wir erwartet. Meine Bewunderung für Mister Giordano wuchs ins Grenzenlose. Immer wieder hatte ich über die Strapazen des Fliegens gejammert, in der vagen Hoffnung, daß Giordano vielleicht einmal eine Atlantik-Passage mit einem Schiff springen ließ. Daß er sowohl meine Flucht aus Rom als auch meine Jungfernfahrt über den großen Teich organisierte und mich zu einem Cunarder adelte, machte mich sprachlos. Von meinem Fahrer, dem schweigsamen Südtiroler, verabschiedete ich mich per Handschlag. Signore Kaspinger nickte ernst und würdevoll. Er strahlte jene Art von Befriedigung und Erleichterung aus, die Menschen eigen ist, wenn sie etwas Großes geleistet haben. Ich nahm mir vor, ihn zum außerordentlichen Korrespondenten des „Ständigen Ausschusses" zu berufen. Es versteht sich von selbst, daß ich den Grund dafür niemandem erzählen würde. Meine Autorität müßte für die Kooptierung hinreichen. Selbstverständlich würde Girolamo von seiner Ernennung nichts erfahren. Nicht nur in seinen Kreisen war das so üblich. Sollte es in Italien zum Äußersten kommen, einem Putsch der Rechten oder bürgerkriegsähnlichen Zusammenstößen, würde ich seine und die Flucht seiner Familie organisieren. Das Weinviertel ist ein weites, menschenleeres Land.

23. Kapitel

Mathildas Crossing oder die Apotheose der Inklusion

Die übergroßen Druckknöpfe in den Aufzügen erinnerten an alte Hotels in Blackpool oder Brighton, wie man sie in Agatha-Christie-Verfilmungen sieht. Massive Handläufe boten fußmaroden Personen Sicherheit. Ein dunkelhäutiger Steward geleitete mich zu einer Außenkabine am Vorderschiff des achten Decks. Auf dem thronartigen Bett mit seiner scharlachroten Decke stand eine Cunard-Tasche mit Toilettenartikeln. Im Kleiderschrank fand ich zwei Garnituren Unterwäsche, zwei weiße Hemden, zwei Krawatten, schwarze Jeans und eine schwarze Cordhose, einen grauen Shetland-Pullover und ein klassisches schwarzes Jackett. Neben dem Flachbildfernseher, der ein eigenes Bordprogramm und das BBC World Service empfing, stand eine Flasche Merlot vom Cunard-Weingut in Sizilien. Als ich im geräumigen Badezimmer dann noch auf vier Kartons meiner Kathetermarke stieß, feierte ich Mister Giordanos Umsicht mit einem Glas Wein.
Die Berichterstattung über die Anschläge auf dem Petersplatz und die Entführung des Papstes lief auf BBC in einer Endlosschleife. Sie wurde nur von Berichten über Tumulte an Grenzübergängen und das Chaos auf Flughäfen und Bahnhöfen unterbrochen. Anfangs wurde sogar der kniende Markus gezeigt, er

trug eine schwarze Kapuze. Der vorgetäuschte islamisti-
sche Anschlag auf das katholische Rom am Petersplatz
und sein Appendix am Tiberufer hätten ihre verheerende Wirkung voll entfaltet, wäre auch die Attacke
auf den Papst gelungen. Den Pontifex im Hauptquartier
der Christenheit auszuschalten, wäre als ultimative
Kriegserklärung an die westliche Welt verstanden
worden. Und in dem folgenden Chaos hätten die
Feinde des Papstes ihre Pfründe ins Trockene gebracht.
Langsam glitt die *Queen Mary 2* die Meerenge des Solent
zum Ärmelkanal hinaus. Die Fahrrinne mäandrierte
stark, einmal lag die Isle of Wight steuerbord, dann
wieder backbord. Kurz nach der Passage von Hurst
Castle lief ein hundertfacher Schrei durch die Reihen
der Passagiere am Promenadendeck. Ein riesiges weißes
Schiff lag wie ein gestrandeter Pottwal auf der Seite.
Nicht schon wieder, dachte ich, mein Bedarf an Atten-
taten ist gedeckt. Aber da ertönte auch schon die
Stimme des Ersten Offiziers. Das Schiff sei gestern
Nacht auf Grund gelaufen, an der Bergung werde gearbeitet. An Bord des Autotransporters befänden sich
dreitausend Jaguars, Bentleys und Lotus, wer ein wenig
Geld für ein gestrandetes *luxury car* lockermachen
könne, möge sich beeilen. Die Preise seien günstig, das
Angebot begrenzt.

Die Dämmerung und die einfallende Nacht hindurch
standen Joseph und ich an der windgeschützten Bar im
Heck und verfolgten die letzten Seemeilen im Ärmelkanal. Anfangs waren noch langsamer fahrende Schiffe

264

zu sehen, dann aber wurden sie seltener und bald waren wir auf dem Atlantik allein. So schien es zumindest. Die Labestation auf dem elften Deck wurde von der Gischt nur gestreift, die Lufttemperatur war hoch und das draught bitter von Boddingtons angenehm kühl. Ich bewunderte das Design. Eine gelbe Dose mit schwarzem Rand, sie zeigte Bienen, die ein braunes Faß umschwirren. *Pour into a large glass in smooth action*, lautete die Gebrauchsanweisung. Das muß man üben. Sehr oft üben.

Ich hatte dieses Bier auf Zypern schätzen gelernt, als in den Klubs in der Altstadt von Larnaca in den späten achtziger Jahren britische Punkbands aufspielten. Sowohl der Geschmack als auch die sprachliche Anweisung stachen den zypriotischen Bierchampion KEO aus. *Be happy and drink well* ist ja an Schlichtheit schwer zu überbieten. Ob der lahme Spruch damit zusammenhing, daß die Landeskirche am größten Brau- und Spirituosenkonzern der Insel einen bedeutenden Anteil hält? Woran wohl der Vatikan und die Malteser versteckte Anteile halten? Gebe Gott, daß es nur Brauereien sind. Der einzige, den man hätte fragen können, war tot. Aber der Zugang zu den versteckten Schätzen schaukelte in Josephs Netz. Man brauchte nur den Code zu knacken.

Eine Stunde später, ich kam gerade vom Promenadendeck in die Kabine zurück, um die Bordzeitung abzuholen, zeigte BBC World die Stromschnellen des Tiber und Leichen, die sich darin verfangen hatten.

Jemand, der keine Scherereien wollte, mußte sie in den Fluß geworfen haben, sagte eine Reporterin. Vielleicht hatte unser Mann vom Kiosk ordnend eingegriffen.

Auf meinen Wunsch wurde ich von der ersten auf die zweite Essenssitzung im Britannia Restaurant transferiert. Die begann um einundzwanzig Uhr, man konnte den Abend dann in einer der Bars ausklingen lassen. Ich bekam einen Tisch neben dem Damenstreichquartett. Wie ich später erfuhr, stammten die Musikerinnen aus Odessa, sie spielten großartig und waren sehr charmant. Der Maître d'Hôtel, Mister Attila, ein Fliegengewichtler mit sprudelnder pannonischer Herzlichkeit, ließ es sich angelegen sein, mir den Tisch mit der besten Aussicht und dem kürzesten Weg zum Aufzug höchstpersönlich freizumachen. So mußte der Zahlober der Konditorei Gerbeaud auf dem Vörösmarty-Platz in Budapest um die Jahrhundertwende ausgesehen haben, dachte ich. Zwischen Herrn Attila und mir sollte sich eine von Sympathie und gegenseitigem Respekt getragene Beziehung entwickeln.

Der Speisesaal war gegliedert wie ein moderner Konzertsaal, er erstreckte sich über drei Stockwerke, die Buchten und Galerien ließen aber keine Bahnhofshallenstimmung aufkommen. Die Sommelière Elena aus Melnik in Bulgarien beriet mich in Weinfragen. Auf fremde Kosten zu tafeln erhöht den Genuß, dachte ich, aber dann fiel mir ein, daß meine Auftraggeberin mir das Honorar für immer schuldig bleiben würde, was mir einige Minuten Mißmut bescherte. Ich tröstete mich mit dem Gedanken, daß Mister Giordano wohl nicht nur für meine Passage, sondern auch für die finanziellen Nebengeräusche aufkommen würde. Dennoch gab ich die Hoffnung, das mir zustehende Honorar doch noch einzutreiben, nicht auf. Ich hasse es, wenn man meine Leistung nicht honoriert. Ich bin zwar ein erbitterter Gegner des Kapitalismus, aber zu dessen wenigen guten Seiten gehört eine gewisse Geschäftssicherheit. Gangstertruppe hin oder her, meine Rechnung würde sehr hoch ausfallen.

Die Reederei Cunard schien beim Personal bewußt auf Diversität zu setzen. Da gab es betagte spanische Kellner mit der Ausstrahlung eines Hidalgos im Rentenalter; weiters Vietnamesen und Malayen, die stehend grade ein paar Zentimeter größer waren als ich mit meinem Joseph; pausbäckige füllige rothaarige Kellnerinnen aus Litauen und zwei nur als sehr dick zu bezeichnende dunkelhäutige waiter. Waren die einen wieselflink und gehetzt, gingen die anderen mit gebotener Gelassenheit zu Werk. Alle verrichteten sie ihre Arbeit mit Hingabe und Würde, was bei der Arbeitsintensität – ich sah dieselben Angestellten beim Buffet und beim Lunch, und wahrscheinlich schufteten sie auch beim Frühstück – nicht weit von einem Sklavendasein entfernt schien.

Die *Queen Mary 2* besitze den größten schwimmenden Weinkeller der Welt, sagte Elena, für jeden Gaumen sei da etwas dabei, man solle ruhig seine Vorlieben angeben. Nur von chinesischen Weinen riet sie dringend ab, diese seien nicht *well balanced* und außerdem *overpriced*.

Die Commodore Bar, direkt unter der Brücke gelegen, wurde von einem Ungarn regiert, Balász Bécsi war sein Name. Seine Mutter wohne in Dunabogdány oder Donaubogen, einem donauschwäbischen Dorf. Meine Großmutter stamme aus Großmaros, auf der anderen Seite des Stroms, sagte ich. Sie sei im Jahr 1921 mit ihrer Mutter und fünf Schwestern nach Österreich geflüchtet und in Großpetersdorf im Burgenland interniert worden. Nach einem ereignisreichen Leben mit weiteren Fluchten sowie dem frühen Tod ihres Mannes und des vierzigjährigen Sohnes lud die älteste der geflüchteten Schwestern, Anuschka, das Nesthäkchen Mathilda ein, zu ihr nach Kitchener in Ontario zu kommen und in Kanada ein neues Leben zu beginnen. Da meine Großmutter eine Heidenangst vor dem Fliegen hatte, kam nur eine Schiffspassage in Frage. Und so lag jedes Jahr der neue Cunard-Prospekt auf der Kommode in Großmutters Schlafzimmer. Anusch und ihr Mann Joe, der aus Trausdorf an der Wulka stammte, hätten die Reise finanziert, aber Großmutter war eine stolze Ungarin, und da sie mit der kleinen Witwenrente und ihrem Schandlohn als Textilarbeiterin keine weiten Sprünge machen konnte, blieb der Prospekt ein unerwiderter Gruß aus der Ferne. Aber der Name Cunard und die Queen-Schiffe begleiteten meine Kindheit. Daß Mathildas Enkelkind nun die große Reise antrat, war eine seltsame Fügung. Um

mein schlechtes Gewissen gegenüber meiner Großmutter ein wenig zu beruhigen, ernannte ich die Flucht
aus Europa zum Unternehmen „Mathildas crossing".
Vor diesem Hintergrund eines ungarischen Flüchtlings-
schicksals war auch mit dem Pianisten rasch eine Ge-
sprächsebene gefunden, die über das übliche Touristen-
geschnatter hinausreichte. Wenn ich die Bar aufsuchte,
um meinen Macabeo zur Einstimmung auf das Dinner
einzunehmen, intonierte er mir zu Ehren den „Traurigen Sonntag". Und zur traurigsten Melodie aller Zeiten
rollte er seine traurigen Augen, daß man am liebsten in
die Tiefen des Ozeans gesprungen wäre. Und weil ich
schon bei schwarzen Gedanken war, dachte ich an den
Dozenten und seine somnambule Polin. Wie es ihnen
wohl erging? Waren sie trotz aller Turbulenzen wenigstens
zusammen und verliebt? Haben sie in gemeinsamer
Lustanstrengung die Mächte der Finsternis besiegt?
Was wird er unternehmen, wenn Kryszu wiederher-
gestellt ist? Wird er sie auf der Suche nach den jüdischen
Exemplaren des Korans begleiten? Für wen arbeitete
die junge Frau? Hatte sie nicht vielleicht andere Pläne
mit meinem Freund, Pläne, die ihn zu einem Objekt für
dunkle Machenschaften degradierten? Es gab zwar auf
dem Schiff einen Computerraum, dort konnte man zu
horrenden Preisen Verbindungen in die Welt herstellen
lassen, aber ich war froh, ein paar Tage für mich zu
haben und wieder auf die Beine zu kommen.
Am zweiten Tag erwarb ich ein stabiles Notizbuch und
ein paar Stifte. Ich würde die Zeit nützen, um mir

vermittels einiger Notizen Klarheit über das Geschehene zu verschaffen.

Neben dem Buchladen samt Papiershop befand sich die Bibliothek, mit siebentausend Bänden war sie hervorragend bestückt. In der deutschen Abteilung fand ich Bücher von Elfriede Jelinek, Karl-Markus Gauß und Miklós Rádnoti und in der Abteilung Religion eine Taschenbuchausgabe des Korans, die laut englischem Impressum in Jaffa gedruckt worden war. Aber ich konnte nicht Arabisch, und so fehlte mir jede Möglichkeit, die editorische Bedeutung des Werks zu beurteilen. Wie wohl meine Beatrice auf den Band reagieren würde?

Pünktlich zu Mittag meldete sich per Lautsprecher und im ganzen Schiff gut vernehmbar der Kapitän und gab einen kurzen Abriß der nautischen Lage. Einmal erklärte er, daß wir nur vierhundert Meter Wasser unter uns hätten, da wir dabei waren, ein unterseeisches Gebirge, das mid-atlantic ridge zu überqueren, sonst betrug die Durchschnittstiefe mehr als das Zehnfache. Dann wiederum gab er eine Einführung in die Nebelkunde: eine Sicht bis zu einer Seemeile war *fog*, bis zu zwei Seemeilen *mist* und darüber hieß der Nebel *haze*. Alle drei Spielarten der *restricted visability* erforderten den Einsatz des Schiffshorns, im Fünf-Minuten-Takt muß es durch den Nebel tönen. Diese Bestimmung wurde 1894 eingeführt, damit Segelschiffe als auch dampfgetriebene vessels aufmerksam werden. Sie wird trotz dreifachem Radar und GPS-Ortung eingehalten, ebenso wie die zwei Wahrschauposten auf beiden Seiten der Brücke, die ständig durch ein Fernglas Ausschau halten und deren Arbeit, so wie die des Kapitäns und des Ersten Offiziers man von einem schmalen, erhöhten Gang oberhalb der Brücke durch eine Glasscheibe beobachten kann. Der Beobachtungsstand faßt nur sechs Personen, man muß dort leise sein, gesprochen darf nur im Flüsterton werden, Kamerablitze sind tabu. Auch zu diesem kleinen Ausguck führte ein Lift.

Auf dem Weg zur Bugspitze passierte man eine permanente Fotoausstellung, die prominente Gäste aus der Geschichte der alten *Queen Elizabeth* zeigten, unter ihnen Charlie Chaplin, die Callas, Humphrey Bogart, Marlene Dietrich, Frank Sinatra und Clark Gable – letzterer Hitlers Lieblingsschauspieler, wie es im Begleittext heißt. Als Clark Gable gegen die Deutschen in den Krieg zog, befahl Hitler, diesen Mann im Falle einer Gefangennahme unbedingt zu schonen. Des Führers Sehnsucht nach einem männlichen Mann, einem *man's man*.

Ein andermal hieß es: „Ladies and gentlemen! Right now we are in the middle of nowhere, twothousand threehundred and six seamiles from Irleand and the same distance to Newfoundland." Eines Tages überraschte der Kapitän mit der Durchsage, daß sich sechsundvierzig Seemeilen weiter westlich der Titanic Sink Point befinde, jener Punkt, an dem der Stolz Britanniens in der Nacht zum 15. April 1912 einen Eisberg rammte und tausendfünfhundert Menschen ihr Leben verloren.

Der Kapitän war ein schmächtiges Männlein, dem man seine fünfzig Jahre nicht ansah. Was dem Mann an Größe fehlte, machte er durch seine Stimme und sein Auftreten wett. Ein Admiral der Royal Navy hätte britischer nicht sein können.

Eines Nachts werde ich von einem gräßlichen Traum heimgesucht. Ich befinde mich auf dem Weg zu einer Meeresbucht und werde von einem Tier in der Größe eines Marders attackiert. Der Kopf ist ein einziges umlaufendes Gebiß mit Hunderten messerscharfen Zähnen. Der Dozent hilft, das Tier abzuwehren, kommt aber selber unter Druck, weil weitere Bestien attackieren. Ich kann nicht schneller flüchten, da die Vorderräder sonst blockieren, worauf ich auf den Weg katapultiert würde. Da springt mir einer der Quälgeister an den Hals und beißt sich an der Halsschlagader fest. Der Dozent reißt das Tier weg, es fällt zu Boden, im Maul einen Fetzen blutigen Fleisches. Ein dunkelroter Strahl schießt aus der Wunde, der Dozent versucht, sie mit der einen Hand zuzudrücken, mit der anderen muß er sich aber der angreifenden Meute erwehren, also ist er gezwungen, meinen Hals wieder loszulassen. Andere Bestien beißen sich an mir fest, immer mehr Blut sprudelt aus meinen Wunden. Ich sehe die knopf-großen mordlüsternen Augen. Und wache auf.
Auf dem Atlantik Nebel. Ich wechsle auf den Rollstuhl und drohe um ein Haar zwischen Bett und Joseph auf den Boden zu rutschen. Im letzten Moment ziehe ich

mich auf meinen Gefährten hoch und öffne die Schiebe-
tür zum Balkon. Feuchtwarme, salzige Luft strömt in
die Kabine. Ich versuche, mich auf das feine Schwanken
des Schiffes in der Längsachse zu konzentrieren, das
Ein- und Auftauchen in und aus dem Ozean. Das
Schiffshorn ertönt, ein Meeresungeheuer schreit seinen
Zorn in die Weiten des Atlantiks hinaus.

Die Engländer und besonders die Cunard Line be-
handeln behinderte Menschen umsichtig, respektvoll
und höflich. Sie schließen sie nicht aus ihrem Alltag
aus, wenn man allein auf freier Wildbahn unterwegs
ist, gibt es keine unsichtbare vierte Wand, die in unseren
Breiten mit Ausnahme einiger Stadtzentren noch
immer existiert und an der man sich manch blutige
Nase holt. So muß man sich als Rollstuhlfahrer bei Paß
und Zoll und allen Erledigungen im pursers office, dem
Zahlmeistertisch im dritten Deck, nicht in der Schlange
anstellen, ein Schild informiert über einen eigenen
Schalter, an dem die Formalitäten innerhalb weniger
Minuten abgewickelt sind. Daß der Transfer auf das
Schiff über eine bequeme Rampe und nicht über
windschiefe Hilfskonstruktionen erfolgt, sei nur der
Vollständigkeit halber erwähnt. Die *Queen Mary 2* verfügt über sechzehn großzügig bemessene und wohl-
ausgestattete Außenkabinen für behinderte Menschen.
Auf den meisten anderen Kreuzfahrtschiffen liegen
diese Kabinen innen und weisen auch keine Doppel-
betten auf. Selbst die Totenkammer, sie bietet Platz für

vier Särge, ist mit dem Rollstuhl befahrbar. Barriere-freiheit bis in den Tod. Ein Ziel, für das es sich zu leben und zu streiten lohnt. Amen.

Auch bei allen anderen Dingen werden behinderte Menschen bevorzugt, sei es bei der Bedienung im Restaurant, im Buffet oder in den Bars im Inneren des Schiffes und auf den vierzehn Decks. Aber nicht nur die Bediensteten sind freundlich und hilfsbereit. Ich entwickelte eine Vorliebe für das Reisen in den groß dimensionierten Aufzügen. Die mitfahrenden aparten Ladies und hüftleidenden Sirs riechen nicht nur nach allen Düften Arabiens, sie haben auch immer ein Lächeln oder einen der leichtfüßigen englischen Scherze bereit.

Die Apotheose der Inklusion aber sind die Behinderten-toiletten. Mehr als ausreichend in der Anzahl, schweres Messing, hohe Spiegel, Plüschtapeten und mit Duft-wässerchen, Handtüchlein und Erfrischungssäftchen ausgestattet wie ein Frisiersalon bei Harrod's in London. Man könnte dort Urlaub machen, und es würde einer der besten im Leben eines *disabled rover* sein.

Sieben Tage auf See, ohne anzulegen, sind eine fünf-tausend Seemeilen währende Stippvisite im Paradies! Ein Vorgeschmack auf bessere Zeiten. Die Gänge sind so breit, daß man neben den Reinigungstrolleys mit dem Rollstuhl durchkommt. Wie ich aus Gesprächen aufgeschnappt hatte, war das auf anderen Schiffen mitnichten so, was ärgerlich weite Umwege auf schwer befahrbarem tiefem Teppichgeläuf nach sich zieht.

Aber hier auf der Queen – Wandteppiche und Tapeten und perlendes Oxford-Englisch – ein Balmoral Castle auf See. Fast beginnt man, den Untergang des Empire zu bedauern.

Von der Champagnerbar – in der man tagsüber ungestört lesen und schreiben konnte – und dem lärmigen Pub auf Deck drei sieht man gigantische Wellenberge und Gischtseen die Fenster entlangstieben. Es ist wie in einer Autowaschstraße, nur wird einem nicht der Lack, sondern das Gemüt zerkratzt. Beginnt das dreihundertfünfundvierzig Meter lange und zweiundsiebzig Meter hohe Schiff zu schlingern und zu rollen, werden tief unten im Rumpf vier riesige Stabilisatoren ausgefahren, jeder so lang und so breit wie ein Schiff der Circle Line, das die Insel Manhattan umrundet. Und schon dringt höchstens ein dezentes Zittern ins Schiffsinnere, das eher an einen beginnenden Schwips denn an eine Transatlantikfahrt gemahnt.

Ein Schild am Promenadendeck verkündet: *walkathlon 1 km = 1,9 rounds*. Ich testete das Geläuf auf Edelholz, die Zeit variierte je nach Verkehr, aber unter elf Minuten kam ich nie. An zwei Tagen war es warm wie im Mittelmeer vor Rhodos, die Meerestemperatur belief sich auf fünfundzwanzig Grad, auf den Freidecks lagen die Passagiere in Badeanzügen und schlürften Daiquiris und Martinis. Nächtens ist die Commodore Bar gesperrt, weil ihr Licht vom Nebel reflektiert wird und so die Sicht auf der darüberliegenden Brücke behindert. Man behilft sich, indem man eine

Bar, die dance hall oder die Diskothek aufsucht, in der eine großartige Rockband von African Americans auftritt. Ich erinnere mich an eine denkwürdige Nacht. Die Band spielte Lieder von Otis Redding, einige Gäste tanzten, unter ihnen ein großgewachsenes Paar, er dunkelhäutig mit einem Einschlag ins Karibische, sie dunkel und Michelle Obama zum Verwechseln ähnelnd. Die beiden tanzten mit kleinen, reduzierten Bewegungen so eng aneinander, daß ein Löschblatt zwischen ihnen nicht zu Boden gefallen wäre. Zwillingsvulkane vor dem Ausbruch. Ich tanzte mit wechselnden Partnern und Partnerinnen, dann blieb mir eine ausdrucksstarke Tänzerin erhalten, mit großer Selbstverständlichkeit richtete sie ihre Bewegungen nach Josephs Möglichkeiten aus, es war eine fordernde und sehr sinnliche halbe Stunde, die mit „Sittin' on the Dock of the Bay" endete. Meine nicht mehr ganz junge Partnerin lud mich dann noch im Pub auf ein Glas Merlot ein. Ich trank deren drei oder vier und begann mehr und mehr Gefallen an der Lady zu finden. Schon überlegte ich, ob wir uns eine Flasche mit auf meine Kabine nehmen sollten, da sah ich, was in der Dunkelheit der Discothek untergegangen war: pinkfarbene Schuhe, und mit einem Mal fiel mir auf, daß ihr körperenges Kleid dieselbe Farbe aufwies. Sie würde jetzt gern mit mir auf dem Promenadendeck vögeln, sagte sie so selbstverständlich, als würde sie beim Barkeeper eine Bestellung aufgeben. Im ersten Moment war ich verblüfft, dann hellauf entflammt, und schließlich tat ich etwas, was ich in ähnlichen Situationen noch nie getan hatte, ich zauderte. Sie wissen nicht, was Sie versäumen, sagte sie lachend und warf ihre gewellten rötlichen Haare in den Nacken. Ich verneigte mich und dachte: Möglicherweise, Lady. Kann sein, daß ich den besten Fick meines Lebens verpasse, es könnte aber auch sein, daß es der letzte meines Lebens wäre. Es tue mir leid, sagte ich, ich hätte grade unter tragischen Umständen meinen besten Freund verloren, für eine Liebesnacht sei es noch zu früh. Sie legte mir den Arm um die Schulter und küßte mich zärtlich auf Wange und Ohr. „Nineseventytwo", sagte sie, *heaven's gate* sei offen. Dann stand sie auf und schwebte wie Lauren Bacall in einer Screwball Comedy aus der Bar. Ich registrierte mitleidige Blicke dreier arabisch aussehender Männer.

Als Joseph am Atlantic Port in Brooklyn nahe dem einstigen Elendsviertel Red Hook wieder festen Grund unter den Rädern hatte, fühlte ich mich unwohl und schwerfällig. Ich war zwar in meiner Kabine erwacht, aber wie ich dorthin gekommen war, wußte ich nicht. Eine Stimme tief in meinem Innersten sagte, daß es zwischen dem Pub und meinem Bett eine Zwischenstation gegeben hatte. Joseph schien zu bocken, das Vorwärtskommen war mühsam. Ich dachte schon, ich hätte einen Platten, aber ein fester Druck mit den Daumen auf die Reifen belehrte mich eines Besseren. Als ich vor dem Einreisebeamten den Paß aus dem

Rollstuhlnetz gefingert hatte, stieß ich zu meiner großen Erleichterung auf Huberts Notizbuch. Aber da war noch etwas, ich zog einen Stoff aus dem Netz und legte ihn auf meine Oberschenkel, es war ein pinkfarbenes Höschen. „Thank you for your cooperation, Sir", sagte der Beamte und verzog keine Miene.

Im Bett meines Zimmers, das im Sheraton Tribeca in der Canal Street für mich reserviert war, vermißte ich die sanfte Massage des Atlantiks.

24. Kapitel

*Die Bar „Mare Chiaro" hat ihren Namen verloren und
eine Welt gewonnen. Frank Sinatras Erben im edlen Wettstreit
und alle Lebensfragen gelöst*

Als ich am späten Nachmittag erwachte, fiel mein Blick
auf ein Kuvert, das unter der Tür durchgeschoben
worden war. Es war verschlossen, mein Name war mit
der Hand geschrieben worden. In roter Tinte. Mister
Giordano verwendet rote Tinte. Voller Vorfreude riß
ich das Kuvert auf.

„Larry Giordano, Mister Giordanos Sohn, würde sich
freuen, Sie heute abend in der Mulberry Street Bar
begrüßen zu dürfen", stand da. „Eine Mitarbeiterin
wird Sie um zwanzig Uhr an der Rezeption abholen."
Kein Wort von Mister Giordano.

Ich war schon eine Stunde vorher in der Lobby und
machte einen kleinen Ausflug in das *deli* neben dem
Hotel; dort erwarb ich eine Dose Coors Lite und etwas,
das aussah wie Wein, „Product of grapes" hieß und nur
sechs Dollar kostete. Ein Reisender ist immer gut
beraten, etwas Trinkbares auf dem Zimmer zu haben.
Daß es in der Lobby rund um die Uhr besten Rotwein
gab, hatte ich noch nicht mitbekommen.

Um Viertel vor acht erschien eine athletisch gebaute Dame
mit einem Hosenanzug in der Lobby. Sie kam lächelnd
auf mich zu. Mir fiel auf, daß sie ein Bein nachzog.

„Mr. Groll, I presume?" Sie hockte sich auf die Fersen. Ihre Stimme war verschattet, aber angenehm. Eine interessante Erscheinung, und beweglich ist sie auch, dachte ich.

Ein Auto warte vor der Tür, sagte die Frau, die sich als Agatha vorgestellt hatte. Ich würde aber gern zu Fuß gehen, erwiderte ich.

„Was für eine schöne Doppelbedeutung!" sagte sie und stand auf. Sie hat recht, dachte ich und setzte mich in Bewegung. Dann fiel mir ein, daß es bis zur Mulberry Street schon ein halbstündiger Marsch sein würde.

„Wenn es für Sie aber besser ist …"

Sie schüttelte den Kopf. „Bewegung ist alles", meinte sie, und schon reihten wir uns in den Fußgängerstrom auf der Canal Street ein. Die Einfahrt zum Tunnel war verstopft, eine gute Gelegenheit, sich an den chromblitzenden roten und grünen Ungetümen der Müllautos, die den Dreck New Yorks in New Jersey loswerden, zu erfreuen. Bei der Querung des Broadway wurden die Menschentrauben so dicht, daß ich Mühe hatte, niemandes Ferse zu verletzen. Danach ging es besser vorwärts, bergauf zwar, aber ich war dank meines Trainings auf dem Schiff gut in Form. Meine Begleiterin hielt tapfer mit. Wir nahmen dann noch die Broome Street, ebenfalls bergauf, und stießen dann auf die Mulberry. Das „Mare Chiaro" wußte ich in achtzig Metern auf der linken Seite. Es war jener Ort in New York, an dem ich vor Urzeiten Mister Giordano kennengelernt hatte. Er konnte damals noch die Wendeltreppe heruntersteigen, und so wurde er auf mich aufmerksam, in der Annahme, ich suchte bei einem Paten Hilfe. Tatsächlich wollte ich nur ein Eishockeymatch im Stanley Cup schauen. Aus einem Eishockeymatch wurden mehrere, und bald war es so, daß wir uns nahezu jeden Tag spätabends auf ein paar Gläser Whisky und ein, zwei Krüge Rotwein sahen und uns über die Weltlage im allgemeinen und die in Sizilien im besonderen austauschten. Was dazu führte, daß zwar die Welt an uns nicht besser wurde, ich aber nach Sizilien gelangte und dort die Annehmlichkeiten eines Gastes von Mister Giordano genoß. Außerdem hatte ich damals ein schlecht heilendes gebrochenes Schienbein zu versorgen, und der von Giordano empfohlene Landwein vom Ätna wirkte tatsächlich Wunder.

Der Schock war groß, als ich das Haus und die zwei kleinen Stufen beim Eingang wiedererkannte: durch die Fenster sah ich, daß der Warteraum für Bittsteller zu einem Pizzaofen umfunktioniert worden war. Auch die Wendeltreppe war verschwunden.

Die größte Überraschung aber bildete der Namenswechsel, die Bar „Mare Chiaro", die 1908 im Herzen Little Italys eröffnet worden war, hieß jetzt „Mulberry Street Bar". Sie hatte ihre große Zeit in den Dreißigern und Vierzigern gehabt, als die Mafia sich von einem plumpen Verbrechersyndikat zu einem Wirtschaftszweig wandelte. Und sie war in Filmen wie „Godfather" und „Danny Brasco" aufgetreten – jeweils mit Al Pacino, dessen Vater aus der sizilianischen Mafia-Hochburg Corleone stammte.

Nachdem Larry mir ins Lokal geholfen hatte, umarmte er mich und bestellte Grüße von Mister Giordano. Noch bevor ich mich nach dem Befinden des alten Herrn erkundigen konnte, hatte er mich auch schon zum Stammtisch geführt, wo ich einen Ehrenplatz unter jenem Caravaggio nachempfundenen Großgemälde einnahm, das den jungen Mister Giordano und einige Mafiagrößen am Stammtisch sitzend sowie Frank Sinatra im Hintergrund stehend zeigte. Wer an diesen Tisch eingeladen wird, hat es in New York geschafft; es ist dies eine Parallele zum Binder-Heurigen in Wien-Floridsdorf, wer dort am Stammtisch Platz nehmen darf, kann auf ein geglücktes Leben verweisen. Drei ältere Herren erwarteten mich bereits. Sie erhoben sich und stellten sich vor. Mister Giordano schien gut von mir gesprochen zu haben, denn auch Larry mit seinem verschmitzten Lächeln und der Figur eines Kampfringers behandelte mich mit ausgesuchter Höflichkeit. Rasch stand ein Krug Montepulciano auf dem Tisch.

Agatha hantierte mit Kabeln und Mikrophonen und verzog sich in eine halboffene Kabine. Musik ertönte, einer der Gäste von einem Tisch nahe dem Eingang, ein dünner, groß gewachsener Mann um die siebzig, intonierte einen Song von Frank Sinatra. Nach ihm sang ein dandyhafter quirliger Typ mit roten Schuhen, der wiederum von einem eleganten Crooner gefolgt wurde. Und so ging es weiter, einer nach dem anderen kam an die Reihe. Zuerst traute ich meinen Ohren nicht, aber dann war mir klar: Ich wurde Zeuge eines Frank-Sinatra-Karaokes. Nach einiger Zeit setzte Agatha sich wieder zu mir an den Tisch, die Nummern liefen, die Sänger sangen, und das erstaunlich gut. Fast alle sind Profisänger, sagte Agatha mir ins Ohr, sie singen in den Jazzbars der großen Luxushotels. Einmal im Monat treffen sie sich hier und huldigen ihrem Idol. Hier singen sie nur für sich selbst, Sie hören ja, wie gut sie sind. Ein Mann, der Fellinis Casanova-Film entsprungen zu sein schien, kam auf mich zu, verbeugte sich und bat formvollendet darum, mit meiner Tischdame tanzen zu dürfen. Ich war verblüfft, in Österreich ist solches Verhalten unbekannt. Ich sagte gnädig zu, Agatha schwebte mit ihm zwei Tänze lang übers Parkett, ein schönes Paar. Von ihrer Behinderung war nichts zu sehen. Ich überlegte schon, ob auch ich mich exponieren sollte, aber dann dachte ich an meinen Ruf. Ich wollte nicht schon am ersten Abend als seltsamer Vogel gelten.

„Er ist Psychiater in einer Klinik in Brooklyn, ein Verwandter von Mister Giordano. Einer der wenigen Nichtprofis", erklärte Agatha, als sie wieder bei mir saß. „Er tanzt nicht nur gut, er kocht auch phantastisch." Sie lächelte hold. „Und er ist glücklich verheiratet und hat vier Kinder", fügte sie hinzu.

In einer Ecke war ein Mann mit einem Engelsgesicht gesessen, dieses war von einem schwarzen Bart umrahmt. Er erhob sich und präsentierte eine perfekte Obelix-Figur. Linkisch stellte er sich in der Mitte des Lokals auf, Agatha brachte ihm ein Mikrophon, und dann geschah etwas Unerwartetes. Der Pavarotti-Verschnitt sang die berühmte Arie aus Händels „Xerxes". Ich mußte mich korrigieren, das war kein Pavarotti-Verschnitt, das war eine Reinkarnation. Wie Pavarotti stand der Mann mit dem dicken Bauch und den schmalen Schultern regungslos und konzentrierte sich ganz auf seine Arbeit. Die Musik drang durch die offene Lokaltür auf die Gasse, Passanten drückten sich die Nasen an der Scheibe platt.

Nachdem Pavarotti geendet hatte, war es einen langen Moment still, dann brach jubelnder Beifall los. Der Sänger verbeugte sich und begab sich an seinen Platz zurück, wo seine filigrane Begleiterin glückstrahlend auf ihn wartete. Wenig später verließen die beiden das Lokal, sie steuerte ihren schwerfällig tapsenden Schatz ins Freie. Wieder gab es Applaus. „Er bereitet jeden Monat eine neue Arie vor", sagte Agatha. „Von Beruf ist er Straßenkehrer, und seine Frau arbeitet als Kindergärtnerin."

Später traten dann noch eine dunkle Latina mit großer Oberweite und ein gehetzt wirkender kleiner Mann auf. Sobald er zu singen begann, war er aber souverän und selbstbewußt. Er war der beste Sinatra-Sänger von allen.

Nach Mitternacht wurde es ruhiger. Einige Gäste standen noch beisammen, andere saßen an den Tischen. Agatha packte ihre CDs ein, der Pizzabäcker und Larry verhandelten etwas an der Bar. Bevor ich mich verabschiedete, suchte ich die restrooms auf und fand zu meiner großen Freude anstatt der antiken Kojen eine perfekte Behindertentoilette vor.

Als ich zurückkam, saß Mister Giordano an meinem Tisch. Er war unverändert. Der große Mann hatte seine stolze, aufrechte Haltung bewahrt, die langen weißen Haare und seine Augenbrauen waren voll und buschig wie eh und je. Nur die Augen lagen tiefer in den Höhlen. Als er mich sah, lachte er übers ganze Gesicht. Der alte Herr erklärte die Umbauten in seiner alten Bar, auf die Toilette war er sichtlich stolz Und zum Sinatra-Sängertreff sagte er nur: „Franks Vater, Antonio, stammte aus Palermo, er war Profiboxer und Feuerwehrmann und betrieb eine Bar. Die Mutter, Natalia, kam aus einem Nest oberhalb Genuas und arbeitete als Hebamme. Und sie war Vorsitzende der Demokratischen Partei in Hoboken, New Jersey." Seine Stimme war tiefer und rauchiger geworden.

„Und beider Hausarzt war der alte österreichische 48er-Revolutionär und Bauernbefreier Hans Kudlich, der aus politischen Gründen in die Neue Welt flüchten mußte", erwiderte ich.

„So fügt sich eins ins andere."

„Wenn die Sache unter einem guten Stern steht", setzte ich hinzu.

„Ihre Sache stand von Anfang an unter keinem guten Stern", sagte Mister Giordano, nestelte an seinem Jackett und holte eine Zigarre hervor.

„Haben Sie tatsächlich angenommen, die Malteser ließen sich von Ihnen auf der Nase herumtanzen? Jener Orden, der wie kein anderer seine politischen und finanziellen Interessen immer zu wahren wußte, und das durch tausend Jahre?" sagte er, während er die Zigarre anzündete. „Die Malteser sind eine Elitetruppe, alle anderen sind heute gegen sie Laienbrüder wie die Sektierer vom Opus Dei oder die Dominikaner, sogar die Jesuiten. Letztere hatten einmal ihre große Zeit, ein, zwei Jahrhunderte hindurch waren sie die schnelle Eingreiftruppe und schreckten vor keinem Verbrechen zurück. Die Malteser aber waren immer Meister ihres Fachs. Meine Leute in Sizilien können da ihre Geschichten erzählen. Oft klagten sie: ‚Wir können sie doch nicht alle umlegen, was sollen wir tun?'" Er tat einen tiefen Zug und es war eine Freude zu sehen, wie er ihn genoß.

„Und da erinnerten sich Ihre Freunde eines Satzes von Macchiavelli. If you can't beat them, join them."

Nach einem Moment des Nachdenkens sagte Mister Giordano: „Das war ein Fehler. Mit dem Teufel kann man keine Geschäfte machen."

Ich nahm einen großen Schluck vom Rotwein. Das enge Verhältnis von Mafia und hohem Klerus schien brüchiger zu sein, als ich vermutete. Immer wieder wies Gramsci darauf hin, daß man sich den herrschenden Block nicht konfliktfrei vorstellen darf. In starken Zeiten schöpft er aus den Konflikten Kraft und Geschmeidigkeit, in schlechten können die Konflikte Einfallstore für eine gegnerische Gruppe werden.

„Spätestens als Ihr Freund Hubert erstochen wurde, hätten Sie Ihren Auftrag zurücklegen müssen. So wurden Sie unrettbar in ein Labyrinth verstrickt. Die Dame in Olivgrün war der Höhepunkt Ihres Versagens. Ohne gesicherte Erkenntnisse über Geschäftspartner nehmen wir nicht einmal ein grüßendes Kopfnicken auf der Straße entgegen."

„Die Dame in Olivgrün war eine Profikillerin. Es sollte mich nicht wundern, wenn sie für mehrere Herren gearbeitet hat", sagte ich.

„Es gibt Dinge, die müssen Sie nicht wissen", meinte Giordano und füllte sein Glas erneut. „Fest steht, daß der Papst in einer verzweifelten Lage ist. Jetzt, wo er Massendemonstrationen nötig hätte, lassen ihn die liberalen Katholiken im Stich. Mich wundert's nicht, Sie wissen, wie ich über die *liberals* denke."

„Aber es ist großartig, daß Ihre Leute den Papst gerettet haben", warf ich ein.

„Vorläufig, mein Lieber, vorläufig. Und es waren nicht nur meine Leute daran beteiligt. Der Mann ist ein *dead man walking*, und er weiß es auch."

„Darf ich nach Ezechiel Heavensgate fragen?"

„Bitte. Fragen Sie."

„Ist er einer Ihrer Leute?"

„Einer unserer Besten."

„Und wie ist sein …"

„Mehr kann ich nicht sagen", unterbrach Mister Giordano. „Es würde ihm schaden und Ihnen nichts nützen."

Ich wußte, er würde schon noch gesprächiger werden – wenn er sich in Rage redet, läßt er die eine oder andere Information aus, die er sonst für sich behielte. Zumindest hatte ich es so in Erinnerung.

Wir streiften dann noch kurz den neuen Präsidenten und dessen Vorhaben. „Der Kerl ist ein krimineller Geschäftemacher", sagte Mister Giordano. „Er verkörpert das, was dieses Land groß gemacht hat. Daran werden wir nicht zugrunde gehen. Und er ist kein Idiot, er ist beschränkt. Aber bei all dem ist er auch gerissen und arbeitet mit den Fehlern des Gegners. In früheren Zeiten hätten wir ihm ein paar Stadtviertel überlassen. Was uns Sorgen macht, ist sein Geisteszustand. Er ist größenwahnsinnig, daran besteht kein Zweifel." Er nahm einen Schluck, und als er das Glas hart auf dem Tisch abstellte, sagte er: „Wer weiß, vielleicht bringt er es noch zu einem Weltkrieg."

„Trauen Sie ihm das zu?"

„Wer hat ihm denn einen Wahlsieg zugetraut? Wenn ich nicht so alt wäre, würde ich emigrieren."

„Nach Sizilien."

„Wohin sonst?"

Giordano war politisch rechts eingestellt, wie fast alle Leute seines Schlages. Aber er war nicht rechter als fürs Geschäft erforderlich. Ideologische Verbohrtheit habe ich bei ihm nie festgestellt. Ob das für die Kollegen in der alten Heimat auch galt?

„Was denken Ihre Freunde in Sizilien über ihn?"

Er hob die Hände zur Abwehr. „Sie verabscheuen sein

Auftreten, seine Frisur, seine Kleidung und seine Sprache: In Sizilien könnte der Mann nicht einmal Lose verkaufen."

„So schlimm?"

Er nickte. „Man denkt in der alten Heimat, wir seien in unseren skyscrapers verrückt geworden. Es ist eine Schande." Er beugte sich vor und sagte leise. „Vielleicht mache ich heuer Urlaub auf der Krim. Oder in Schanghai. Ich bin dort investiert. Bescheiden, aber für den Anfang reicht es. Die Chinesen sind nicht aufzuhalten. Sie haben Little Italy aufgeschnupft wie eine Straße Koks." Er prostete mir zu und leerte sein Glas. Dann lehnte er sich zurück und sagte mit dumpfer Stimme:

„Ich bin lange genug auf der Welt, um zwei und zwei zusammenzählen zu können. Mein lieber Groll, in Europa braut sich etwas zusammen. Nicht nur in Rom, nicht nur in Polen oder Ungarn."

„Es ist wichtig, daß Deutschland hält." Diesen Satz hätte ich vor ein paar Jahren nicht über die Lippen gebracht.

„Weit haben wir's gebracht, daß Europa von Deutschland abhängig ist", sagte Giordano. „In fünf Jahren werden Sie Ihren Satz nicht wiederholen."

„Aber Israel!" hielt ich dagegen.

„Eine Leermeldung. Die Juden haben den arabischen Frühling verspielt. Anstatt blitzschnell Frieden mit den Palästinensern zu machen, eröffnen sie neue Siedlungen am dritten Nilkatarakt. Die Mehrheit des Offizierskorps ist mit Strenggläubigen besetzt. Was glauben Sie, wie diese Fanatiker sich im Ernstfall aufführen?"

Wir schwiegen. Und tranken. Dann schwiegen wir wieder. Schließlich sagte Giordano:

„Sie fragen sich, was mich Israel angeht? Ich werde es Ihnen sagen: Ein enger Freund hat in allen Kriegen Israels seit achtundvierzig gekämpft, als Soldat, Geheimdienstler und – Archäologe. Er war dabei, als die Papyrusrollen von Qumran geborgen wurden, und in Nag Hammadi ein paar Jahre später ebenfalls. Er sieht schwarz für seine Leute. Im übrigen werden Sie ihn morgen nachmittag kennenlernen, Maurice erwartet Sie in seinem Altersheim an der Houston, direkt gegenüber von Katz's Deli. Er wird Ihnen etwas zeigen."

„Das ist sehr freundlich von Ihnen – und Ihrem Kollegen", sagte ich. „Sie meinen also …"

„Ich bin zu alt, um die Zeit mit Meinungen zu vergeuden", unterbrach er mich und goß Whisky ins Glas.

„Die Welt geht ihren Gang. Wir haben ihr Reverenz erwiesen. Aber nun zu Ihnen! Sie werden nicht jünger. Es wird Zeit, daß Sie Ordnung in Ihr Leben bringen und die paar Jahre, die Sie noch bei Bewusstsein verbringen, anständig verleben. Investieren Sie in Aktien, heiraten Sie!"

„Das ist ein Befehl?"

„Sagen wir, ein Herzenswunsch."

Also mehr noch als ein Befehl. Ich gab mich geschlagen.

„Ihre Freundin, dieses flatterhafte Wesen, das von einem Oligarchen zum anderen hüpft und dabei Zwischenstops bei Versagern einlegt, diese Astrid…"

„Anita!"

Er leerte das Glas. „Frauen, deren Vorname mit A beginnt, sind mit Vorsicht zu genießen. Die glauben immer, sie kämen zuerst." Er lächelte.

„Eine Erfahrung, nehme ich an…"

„Schön wär's", sagte er und nippte vom Whisky. „Es waren mehrere. Sehr viele mehr. Im Italienischen beginnen viele weibliche Vornamen mit A."

„Ich verstehe."

„Es waren auch kluge dabei, intelligente, großartige Frauen…"

„Sie wechselten den Vornamen."

Er sah erstaunt auf.

„Und Sie haben sie trotzdem verloren."

Er schlug mit der Faust auf den Tisch, das Whiskyglas kippte um. „Genug! Sie bekommen von mir ein Aktienpaket und eine Ehefrau. Die Aktien sind auf Kredit. Rückzahlung in fünfzig Jahren."

„Mit Zinsen?"

„Selbstverständlich. Ich bin nicht von der Heilsarmee. Oder der Caritas. Oder den Maltesern, falls die Ihnen mehr liegen."

„Und die Ehefrau?"

„Eine Italienerin, das wird passen."

„Ich kann nicht nein sagen?"

„No way."

„Eine Auswahl? Sagen wir drei, und ich suche dann eine aus."

Schade, daß unser Dialog nicht auf einem feministischen Fernsehsender übertragen wird, dachte ich.

„Sie vertrödeln unsere Zeit. Ich kenne Sie jetzt ein Vierteljahrhundert und weiß daher, daß Sie unfähig sind, die wichtigen Fragen des Lebens selbständig zu meistern. Das gilt insbesondere für das Familienleben und die Sexualität. Ein Mann in Ihrem Alter sollte schon wissen, worauf es ankommt. Er sollte souverän handeln, als Mann eben. Da Ihr Lebensmotor in den entscheidenden Gängen Aussetzer hat, muß ich für Sie handeln. Darüber kann es keine Diskussion geben."

„Ihr Name?" fragte ich gottergeben.

„Antonella."

„Oje."

„Aber sie hat einen zweiten Vornamen. Da ließe sich etwas machen."

„Er lautet?"

„Gigliola."

„Das wird schwierig. Da zerbricht meine Zunge", mauerte ich.

„Gigi, Sie Banause. Gigi! Und Ihre Zunge werden Sie bei ihr noch brauchen. Sie kocht hervorragend. Ihre Linguine mit Zitronensauce sind eine Erleuchtung. Kardinäle haben ihretwegen dem Christentum abgeschworen."

„Um Gottes willen. Nicht auch das noch. Und im …"

„Im Bett ist sie ein Vulkan, ein Fünfnull-Auswärtssieg, ein Straßenfest nach dem Kriegsende, ein Lamborghini zwischen Zypressen und Weinreben … was weiß ich. Suchen Sie sich etwas aus. Eine Italienerin eben. In Italien sind beim Sex nur die Männer schlecht, nie die Frauen. Wußten Sie das nicht?"

„Und woher ist sie?"

„Ihre Großeltern stammten aus Montelupo bei Florenz. Der Vater war Keramikarbeiter, die Mutter war Haushälterin bei Enrico Caruso auf seinem Schloß Bellosguardo, bis er 1921 gestorben ist. Sie mochten Mussolini nicht und sind deshalb abgehauen. Der Mann war in der Gewerkschaft, ein Kommunist."

Ein Genosse Antonio Gramscis, dachte ich. Gut möglich, daß er Gramsci noch persönlich erlebt hatte. Der kleine Sarde ist ja viel herumgefahren und 1921 waren die Kämpfe um das Rote Turin noch nicht abgeflaut. Ob ihre Großeltern wohl bei Giordanos Leuten Unterschlupf gefunden haben?

„Also gut, erzählen Sie mir von Gigli."

„Nicht Gigli, das ist ein anderer Sänger, Sie Banause! Beniamino Gigli. Sie heißt Gigi! Haben Sie nie von Gigi Riva gehört? Cagliari, Sardinien. Nationalmannschaft. Ein Gott. Ein Österreicher hat ihm 1970 das Schienbein zertreten, ich habe seinen Namen vergessen, ich weiß nur, daß er aus einem Wiener Arbeiterbezirk stammte! Palermo muß dagegen ein Luftkurort sein. Der Mordanschlag geschah bei einem Freundschaftsspiel! Der König des Calcio für ein Jahr außer Gefecht. Und er hat sich nie wieder von dem Attentat erholt. Fast wäre damals ein Krieg ausgebrochen, Sie erinnern sich, die Südtirolkrise … Aber was rede ich, Sie waren damals noch ein Kind."

Er bestellte für mich noch einen Krug Wein. Und für sich eine Flasche Bourbon. Dann fuhr er mit seiner Eheschule fort.

„Lassen Sie sich nie in einem China-Restaurant blicken. Das kommt bei uns Italienern nicht gut an. Wir tragen unser Geld nicht zu jenen, die uns fertiggemacht haben. Außerdem sind unsere Nudeln um Welten besser." Er beugte sich vor. „Zu meiner Schande muß ich gestehen, daß ich mir manchmal chinesischen Fraß bringen lasse, von einem Laden namens ‚General Ho'. So hieß ein südvietnamesischer Kriegsverbrecher."

„Ho Chi Minh!" korrigierte ich.

„General Ho war Südvietnamese. Ein Schlächter", beharrte Giordano. „Ich lasse mir seine Dumplings von einem italienischen Pizzaservice liefern. Und Wakame-Salat. Leicht und bekömmlich. Gesüßte Algen mit Zitrone. Die Schwermetalle sind gut für die Bodenhaftung. Genau das Richtige für Sie. Jetzt, wo Sie Familie haben, müssen Sie auf ihre Linie achten. Ich habe Sie Gigliola als charmanten, gutaussehenden Albaner beschrieben, nicht als schwammigen Faulsack."

„Albaner?" Ich hatte mich wohl verhört.

„Hätte ich sagen sollen, daß Sie Österreicher sind? Gigliola, mein Täubchen, hätte sich ins Küchenmesser gestürzt. Außerdem: Gramscis Vorfahren kamen aus Albanien. Und Sie haben ja ein Faible für den verwachsenen Bolschewiken."

294

Langsam stieg in mir der Verdacht auf, daß die liebreizende Gigi eine Tochter oder eine Nichte Mister Giordanos war, die mit der ersten Ehe Pech gehabt hatte und nun in einen ruhigen Hafen einlaufen sollte. Daß er kein Foto von ihr dabei hatte, war auch keine Beruhigung. Aber was soll's, man muß der Wahrheit in die Augen sehen. Die Beziehung mit Anita war längst irgendwo zwischen dem Donbass und den Waldkarpaten auf der Strecke geblieben. Daß sie jemals wieder ihr altes Leben bei mir und beim Binder-Heurigen aufnehmen würde, war auszuschließen. Auch meine Sehnsucht nach ihr war verflogen wie die Gischtfahne eines Donautankschiffs. Ich war so frei wie ein sibirischer Kormoran, der auf der Schwalben-insel bei Deutsch-Altenburg mitten in der Donau den Winter verbringt und die Fischer zur Weißglut treibt. Mein Versagen mit der Dame in Olivgrün sprach nicht dafür, daß ich in der Lage war, mit meiner Freiheit vernünftig umzugehen. Da war es vielleicht gar nicht so übel, wenn der Dorfälteste in den Gang der Minne eingriff.

„Was hat sie gelernt?"

„Was heißt das, gelernt?" ereiferte sich Giordano. „Eine Italienerin braucht nichts zu lernen, sie kann alles. Ihr Vater war Chauffeur und Sicherheitsberater." Dann machte er eine Pause und setzte die nächsten Worte deutlich voneinander ab. „Bei John Gotti."

Ich schluckte. „Daß die Tochter des Leibwächters von John Gotti nicht studieren muß, leuchtet mir ein."

„Falsch", donnerte Mister Giordano. „Sie hat natürlich studiert. Vergleichsweise Literaturwissenschaft oder so etwas Ähnliches. Unnötiges Zeug. Mumpitz. Dann hat irgendein Weichei aus dem Piemont die Familie betrogen und sie sitzen lassen. Mit drei Kindern."

„Drei Kinder!" Ich sank auf Joseph zusammen.

Mister Giordano nickte grimmig. „Er ist dafür drei Tode gestorben."

„Wie alt sind denn die lieben Kleinen?" versuchte ich das Ausmaß der Katastrophe zu ergründen.

„Jung genug, um etwas Familienleben mitzubekommen, und alt genug, sich mit Ihnen darüber lustig zu machen. Sie laufen den ganzen Tag mit ihren Wischmaschinen herum."

„Geschlecht?"

„Sizilianer."

Er nahm noch einen Schluck und sah auf die Uhr.

„So, das reicht. Ihre Zukunft ist beschlossene Sache. Ich danke für die gute Aussprache. Wir sehen uns übermorgen hier wieder, ich werde Gigliola mitbringen. Seien Sie pünktlich. Und nehmen Sie Blumen mit, aber keine roten Rosen! Das wäre zum jetzigen Zeitpunkt vulgär."

„Wenn Sie mich schon mit Frau, Kindern und Aktien überhäufen, dann kann ich nicht zurückstehen", übte ich mich in Galgenhumor und überreichte dem alten Herrn Huberts Büchlein. „Das berühmte Notizbuch!" sagte Giordano und ließ keine Überraschung erkennen. Er blätterte in dem Buch und steckte es ein, ohne eine Regung zu zeigen.

„Vielleicht enthält es den Schlüssel zum legendären Malteserschatz?" versuchte ich einen Scherz.

Mister Giordano lächelte. „Es gibt Spezialisten, die kennen sich da aus. Aber danke, daß Sie das Buch gerettet haben. Beim Papst-Kidnapping haben Sie sich auch gut benommen. Ich weiß das zu schätzen."

Daher also wehte der Wind. Kaum kutschiert man einen geflüchteten Papst ein paar Kilometer durch die römischen Berge, steht einem die Welt offen.

Obwohl er mich verabschiedet hatte, saßen Giordano und ich noch lange beisammen und unterhielten uns über die wirklich wichtigen Dinge des Lebens, das Müllbusiness in Großstädten und, damit eng verbunden, die Lage der Binnenschiffahrt. Ohne Schubleichter und Schubschiffe kein Verklappen des Mülls vor dem Festland.

Irgendwann fand ich mich mit Joseph auf dem Heimweg ins Hotel auf der Canal Street wieder. Ich hatte einen großen Abend mit einem guten Freund verbracht; ich war plötzlich Aktienbesitzer und ein verheirateter Mann, der seine Braut nicht kannte. Was kann ein Mann von einem Abend mehr erwarten?

Auf meinem Zimmer entdeckte ich ein Kuvert im Rollstuhlnetz. Und mir fiel ein, daß Giordano es mir mit den Worten überreicht hatte, es sei eine ausgedruckte Mailbotschaft, die der Dozent an ihn, Mister Giordano, gesandt hatte, und ich dürfe den Brief erst lesen, wenn ich den sagenumwobenen Maurice im Pflegeheim besucht hätte. „Wenn Sie sich nicht an meine Anweisungen halten, breche ich mit Ihnen", hatte Mister Giordano hinzugefügt.

Der Tag graute bereits, als ich ins Bett fiel. Bald hatte mich ein Traum gepackt. In der Bar sind sie alle versammelt: Lucky Luciano, John Gotti, der Boxer Rocky Marciano und im Hintergrund, an der Bar stehend, Robert de Niro und Al Pacino. Im Vordergrund sitzen Kryszu und ich am Stammtisch. Frank Sinatra steht an die Bar gelehnt und singt ein italienisches Volkslied.

Die Tür öffnet sich, ein tritt der Dozent. Er wartet, bis das Lied verklungen ist, und eilt im einsetzenden Applaus zu mir. Er wirft der Polin einen schmachtenden Blick zu, verbeugt sich formvollendet vor mir und begehrt nicht etwa einen Tanz, er hält bei mir um Kryszus Hand an! Ich schaue ratlos um mich. Lucky Luciano grinst, Al Pacino wendet sich ab, John Gotti nimmt einen großen Schluck. Bei Robert de Niro findet mein suchender Blick Halt. Er schüttelt den Kopf. Leider, sage ich zum Dozent. Die Familie ist dagegen. Da greift der Dozent in sein Jackett und holt einen riesigen Colt hervor. Er schaut mich haßerfüllt an, zielt auf Joseph und drückt ab. Eine ungeheure Detonation, die halbe Decke fällt auf unsere Köpfe.

Ich schrecke aus dem Traum hoch. Von der Canal Street dringt Verkehrslärm, ich bin schweißgebadet. Ich taste nach Joseph und halte ihn eine Weile fest. Dann holen wir vom Eisautomaten am Gang einen

kleinen Kübel Eisstücke. Lange reibe ich mir mit dem
Eis den Oberkörper ab.

Epilog

Ein paar Stunden später machte ich mich zu Mister Maurice auf. Bis zu Katz's Deli war es eine gute Stunde, einige Bergpassagen und die vielen steilen Gehsteigabschrägungen würden den Marsch erschweren. Aber ich hatte einen großen Espresso und ein Truthahnsandwich zu mir genommen und war guter Dinge.

Vor Katz's Deli auf der anderen Straßenseite hatte sich bereits eine lange Menschenschlange gebildet. Das Maimonides-Heim war aus den Sechzigern, der Security-Mann durchsuchte mich und das Rollstuhlnetz, was Joseph schmeichelte.

Zehn Minuten später war ich in eine andere Welt eingetaucht. Maurice war ein kleiner, drahtiger Mann mit struppigen grauen Haaren. Er hatte eine Flasche Zubrówka auf ein winziges Tischchen gestellt, es war der einzig freie Platz in der kleinen Wohnung, der nicht von Zeitungsstapeln belegt war. So will ich nicht enden, nahm ich mir vor. Die Bücherregale an den Wänden waren vollgestopft, ich sah viele Bücher in polnischer, aber auch in deutscher Sprache. Der Staub lag wie eine dicke konservierende Schicht auf allem. Nur nicht husten, sagte ich zu mir.

„Ich habe nicht viel Zeit", sagte Maurice. „Aber das nicht, weil ich keine Zeit hätte, sondern weil meine Stimme immer leiser und krächzender wird und ich husten muß. Überall dieser Feinstaub. New York ist eine einzige Dreckschleuder. Naturliebende Menschen gehen da an Lungenfraß zugrunde."

„COPT?" fragte ich.

„Was weiß ich", sagte er. „Ich habe den letzten Arzt vor fünf Jahren aus der Wohnung geworfen. Ich kann mir nicht alle Namen der Quacksalber merken, sie haben so viele." Maurice krächzte wie ein liebeskranker und immer wieder abgewiesener Rabe. Manchmal holte er Luft und ich befürchtete einen Hustenanfall, aber dann hüpfte er auf einem Bein und es ging wieder. Dennoch fühlte ich mich unwohl.

Rasch war die Geschichte der Polin erzählt, ich wollte hier nicht heimisch werden. Durch die schmutzige Fensterscheibe sah ich auf einen kleinen, asphaltierten Park. Die Wurzeln hatten den Asphalt aufgerissen, der Park war, passend zum Altersheim, runzelig wie das Gesicht eines Greises. Wie lange er hier schon wohne, fragte ich Maurice.

„Hab ja nie geraucht", sagte er und zuckte die Schultern. „Hören tu' ich auch schlecht. Warum nuscheln Sie so?"

Irgendwie schaffte ich es dann aber doch, Maurice jene Informationen zu entlocken, die ich brauchte. Ich verhehle nicht, daß der Wodka unsere Zungen löste und für einige Zeit den Hustenreiz unterband.

Er heiße eigentlich Stanisław – er nannte einen langen polnischen Namen – und sei im Ghetto von Lublin geboren. Als die Deutschen kamen, sei er zwölf gewesen. Gemeinsam mit Familie und Kumpeln sei er in die Wälder geflüchtet, wo sie sich einer jüdischen Partisanentruppe angeschlossen hätten. Die Hälfte der Leute habe den Krieg überlebt, seine Eltern leider nicht, aber eine Schwester lebe noch in den Masuren. Über Bratislava und Wien sei er als *Displaced person* nach Salzburg gekommen, dort habe ein Salzburger Jude namens Feingold ihn und seine Truppe auf Schleichpfaden durchs Gebirge geführt. Von Triest aus seien sie dann per Schiff nach Zypern gelangt. Dort seien sie ein Jahr festgehalten worden, bis es auf abenteuerliche Weise nach Palästina weitergegangen sei. Man könne dies in dem Tatsachenroman „Exodus" nachlesen, seine Geschichte unterscheide sich von dem dort Erzählten nur in Nuancen. In Palästina habe er sich gemeinsam mit anderen polnischen Juden dem Palmach angeschlossen, einer Untergrundorganisation, die überwiegend aus Überlebenden des Holocaust bestand, sie kämpften gegen die Engländer, die das Land besetzt hielten. Schließlich sei der Unabhängigkeitskrieg 1948 gegen die Araber gekommen und so weiter.

„Unsere Truppe hieß ,die meschuggenen Polen', wo andere sich klein machten, wenn Todeskommandos vergeben wurden, sind wir aufgesprungen. Seltsamerweise haben die meisten von uns überlebt."

Nochmals erzählte ich von Krystyna und ihrer Suche nach dem jüdischen Koran. Ob er da etwas wisse?

Er lotste mich zu einer Kommode neben dem Fenster und öffnete die zweite Lade. In ihr befand sich eine stählerne Kassette.

„Wegschauen", krächzte er. Ich drehte der Rollstuhl zur Seite. Er öffnete die Kassette.

„Herschauen", befahl er. Ich tat wie geheißen. Vor mir lagen unter Glas drei antike Bücher, eines war in Auflösung begriffen, aber die anderen beiden schienen intakt. Maurice wurde zunehmend nervös. „Gesehen?" sagte er. Ich nickte. „Wegschauen!" Ich gehorchte, er verschloß die Kassette und schob die Lade zurück. Er dürfe die Lade nicht lange offenhalten, es sei wegen des Staubs. „Der dringt in die kleinste Ritze!"

„Sind das Originale?" Ich konnte nicht glauben, daß ich den Gegenstand von Krystynas Sehnen und Streben geschaut hatte. „Vielleicht sind es auch nur Fälschungen, geniale Fälschungen", erwiderte er und lächelte. „Tatsache ist, es gibt den jüdischen Koran, in vierfacher Ausfertigung."

„Ich habe aber nur drei Exemplare gesehen!"

„Das vierte ist auch in Sicherheit, keine Angst."

Ob meine Freundin die Bücher auch sehen dürfe, fragte ich.

„Ist sie hübsch?" fragte er zurück und grinste.

„Eine Polin!" sagte ich.

„Sie soll bald kommen", sagte er und seine Stimme rasselte. „Meine Lunge wird immer schwächer, aber ich lasse mich nicht untersuchen. Wozu auch? Hab ja nie geraucht. Hab ich schon von den unfähigen Doctores erzählt?" Er ließ ein krächzendes Lachen hören.

„Hören tu' ich auch schlecht."

„Sind das alle noch existierenden Exemplare?" gab ich mich nicht geschlagen.

„Es waren nie mehr als sieben", krächzte er fürchterlich. Eines ist verbrannt, eines durch einen Bombentreffer umgekommen … oder war es eine Überschwemmung? … eines wurde von einem ägyptischen Helfer gestohlen. Bei der Übergabe an einen reichen Geschäftsmann wurde er … erschossen … auch Caruso … und irgendwo in der Lagune von Venedig oder in der Lagune von Florenz … Ich sagte ja, mehr als dreizehn sind nicht überliefert." Er sah mich in einer Mischung aus Flehen und Unmut an.

„Sie gehen also davon aus …"

„Ja, gehen Sie!" krächzte Maurice. „Ich danke für Ihr Interesse. Kommen Sie sehr bald wieder. Und lassen Sie Mister Giordano schön grüßen. Er ist ein ehrenwerter Mann, ohne ihn hätte ich dieses Refugium nicht …" Er begann zu würgen, hüpfte auf einem Bein und holte tief Luft. Er hüpfte zur Eingangstür und riß sie auf, ich startete hinaus, die Tür fiel ins Schloß und ein fürchterlicher Hustenanfall erschütterte den Gang.

Vor dem Heim benötigte ich einige Zeit, um mich zu sammeln. Eine kleine, dicke, schwarze Polizistin wurde auf mich aufmerksam. Mit souveräner Autorität ließ sie den vierspurigen Verkehr mit einer Handbewegung anhalten. Sie holte mich über die Straße, obwohl ich die Houston gar nicht queren wollte, dann schob sie mich an der elendslangen Schlange der Wartenden vorbei in Katz's Deli, ein Lokal wie ein chinesischer Bahnhof. Weitläufig, lärmend, übervoll mit Menschen.

Ich dankte der Polizistin. „My pleasure", sagte sie. „Proud to serve you."

Bald saß ich mit einem Mineralwasser und einem fettriefenden Pastrami-Sandwich im Park des jüdischen Altersheims. Wieder hatte die Polizistin, die die Kreuzung dirigierte wie Leonard Bernstein die Wiener Philharmoniker, mich über die Straße geleitet.

Ich turnte über den aufgeplatzten Asphalt hinweg und ließ mich an einer steineren Tischtennisplatte ohne Netz nieder. Dann tat ich mich an dem Sandwich gütlich und aß es bis zur Hälfte, es war hervorragend. Der Verkehrslärm und ein aufgekommener heißer Wind störten mich nicht. Als ich auch die Wasserflasche zur Hälfte geleert hatte, fühlte ich mich stark genug, das Kuvert mit dem Brief des Dozenten aus dem Rollstuhlnetz hervorzuholen. Ich las:

Geschätzter Groll!

Sie ahnen nicht, was hier los ist. Der Papst ist in Sicherheit, aber niemand weiß, wo er ist. Er weigert sich, nach Rom zurückzukehren, und äußert jeden zweiten Tag in skurrilen Videos den Plan, den Vatikan aufzulösen, das Papsttum abzuschaffen und die Reichtümer der Kirche unter den Armen zu verteilen. Außerdem beschwert er sich über den roten Tischwein im Vatikan, der sei ein teuflisches Gesöff.

Das sind aber nur Quisquilien, lieber Freund. Was ich tatsächlich mitzuteilen habe und warum ich Sie möglichst rasch persönlich sehen muß – obwohl es mir bis heute unmöglich ist, einen Flug nach New York zu ergattern (vielleicht bekomme ich morgen einen über Venedig – Belgrad – Moskau) –, dafür ist ein anderer Umstand verantwortlich.

Sie denken an Kryszu? Wie recht Sie haben.

Als ich sie aus der Klinik abholen konnte, war sie wie verwandelt. Sie zeigte mir einen Zettel, auf dem standen drei Adressen in der Toskana und eine in der Lagune von Venedig. Dort müßten wir hin, jüdische Korane sicherstellen. Der Krieg um das Buch habe ja eben begonnen.

Da ich keinen Führerschein besitze, mieteten wir einen Leihwagen, ein riesiges, ungeschlachtes Ding – es erschien mir am sichersten – und fuhren damit von Rom nach Livorno, wo wir in Sichtweite des Hafens in einem Hotel innerhalb der Festungsmauern Quartier nahmen. Von dort klapperten wir über die FiPiLi-Schnellstraße die genannten Adressen ab, fanden aber nichts. Auch in San Miniato al Tedesco und in Certaldo war die Ausbeute null. Den letzten Versuch in der Toskana unternahmen wir in Volpaia, einem mittelalterlichen Weiler in der Nähe von Radda.

Dort war der ehemalige Mesner eben verstorben, er hatte sich in einem mittelalterlichen Turm, in dem eine Videothek untergebracht war, erhängt.

Nächste Station war laut Liste ein entlegener Ort in der Lagune von Venedig: Lio Piccolo. Also machten wir uns auf und nahmen die Autobahn durch die Berge nach Bologna. Kryszus Fahrstil taugt vielleicht für die masurische Seenplatte, aber nicht für italienische Autobahnen. Ich bin während der Höllenfahrt tausend Tode gestorben, aber schließlich schafften wir es doch in die Lagune. Kryszu war gelöst, fast heiter. Sie war sich sicher, hier ein

Buch zu finden. Die freie Landschaft der Lagune schien sie an
Polen zu erinnern. Sie war sogar ein wenig zärtlich zu mir. Seit
ihrer Entlassung aus der Klinik hatten wir die Mächte der Fin-
sternis nicht herausgefordert, sie kam nie in Überschwemmungs-
gefahr, zumindest glaube ich das. Was weiß man schon als Mann.
Stellen Sie sich folgende Szene vor: Am äußersten Ende der
Lagune, nur über einen Feldweg erreichbar, ein Platz, der zur
Lagune hin offen ist. Auf der anderen Seite begrenzt von einem
halb verfallenen Palazzo, ein paar uralten Häusern und einer
Kirche, auf deren Stufen ein kleiner schwarzer Hund umhersprang.
Schräg gegenüber der Piazza erhob sich ein Campanile, da-
neben befanden sich ein Garten und ein kleines geducktes
Häuschen. Ein Pfau stolzierte am Zaun entlang und beobachtete
die Piazza.
Ich flüchtete vor der Hitze in den Schatten unseres Schlachtschiffs
und streckte mich auf dem bißchen Gras aus. Kryszu schickte sich
an, den Turm zu erklimmen. Ich bin nicht frei von Höhenangst,
wie Sie wissen, also ließ ich sie gehen. Sie verabschiedete sich mit
einem Kuß auf meine Stirn, was sie vorher nie getan hatte. Der
Hund lief ihr noch über den Platz nach, ich wunderte mich, daß
sein Schwanz steil in die Luft zeigte. Dann verschwand sie im
Eingang des Turmes.
Ich mußte dann eingenickt sein, denn plötzlich schreckte ich hoch,
weil der Hund wie verrückt bellte und der Pfau am Zaun hin und
her raste. Ich renne über die Piazza, nehme fliegende Blätter wahr,
denke mir aber nichts dabei. Der Hund führt mich um den
Campanile, und da liegt unsere Kryszu auf einem Rasenstück,
als würde sie schlafen. Dann aber sehe ich, wie ihr Körper seltsam
verdreht ist, und ich rieche Urin. Rund um Kryszu liegen

Buchseiten, wie ein Kranz liegen da Seiten aus einem Buch. Ich
stürze zu ihr …

Sie hat nichts gespürt, sagte der Notarzt, als der Hubschrauber
vom nahen Venediger Krankenhaus auf der Piazza gelandet war.
In solchen Momenten werden die Menschen von Hormonen über-
schwemmt, da gibt es keinen Schmerz. Als der Hubschrauber ab-
flog, mit Kryszu, unserer Kryszu an Bord, stapfte ich wie betäubt
um den Campanile herum. Immer wieder schaute ich hoch, als
gelte es sie aufzufangen.

Irgendwann fand ich dann hinter einer Staude ein uraltes Buch,
viele Seiten waren herausgerissen. Ich schnappte es und warf es in
einen versumpften Wasserlauf.

Ich schob den Brief von mir und legte den Kopf seitlich
auf die Steinplatte. Sie war heiß, brennheiß. Ein
ruppiger Wind zog die Houston entlang. Leere Müll-
säcke und Zeitungsseiten wirbelten durch die Luft. An
einer Seite des Parks stand eine zehn Stock hohe
Ziegelwand mit Efeubewuchs, als wär's ein Schloß in
Cornwall. Der Flügel eines alten Holzfensters hatte
sich entriegelt, das Fenster öffnete sich und knallte ins
Schloß. Es ging auf und knallte ins Schloß. Niemand
schien sich daran zu stören. Das Fenster ging auf und
knallte ins Schloß. Und so fort. Endlich verstand ich.
Solange ich hierblieb, würde das nicht aufhören. Ich
stopfte den Brief mit meinen vor Fett triefenden
Fingern in Josephs Netz und machte mich auf den
Weg. Bald waren auch die Treibreifen fettig und ich
rutschte immer wieder durch. Bis ich auf einer Bergauf-

Passage nicht mehr weiterkonnte. Mit einer Desin-
fektionsflüssigkeit, die ich immer mitführe, begann ich
die Hände und Joseph zu reinigen.

Ein alter Schwarzer mit einer Wollmütze und einem
vollgestopften Einkaufswagen zog an uns vorbei.

„The Lord gave us hands to heal the world ', sagte er.

„Hallelujah!" sagte ich.

Inhaltsverzeichnis